季羡林清欢五卷·4

山河远阔，
三更灯火

季羡林 ——— 著

青岛出版社
QINGDAO PUBLISHING HOUSE

图书在版编目（CIP）数据

山河远阔，三更灯火 / 季羡林著 . — 青岛：青岛出版社，2021.5
ISBN 978-7-5552-5815-5

Ⅰ . ①山… Ⅱ . ①季… Ⅲ . ①散文集—中国—当代 Ⅳ . ① I267

中国版本图书馆 CIP 数据核字（2021）第 002927 号

书　　名	山河远阔，三更灯火
作　　者	季羡林
出版发行	青岛出版社
社　　址	青岛市海尔路182号（266061）
本社网址	http://www.qdpub.com
邮购电话	（0532）68068091
策　　划	杨成舜
责任编辑	杨松霖
特约策划	创意百人汇
封面设计	仙　境
封面插图	牛　力
照　　排	刘龄蔓
印　　刷	青岛双星华信印刷有限公司
出版日期	2021年5月第1版　2021年5月第1次印刷
开　　本	32开（880mm×1230mm）
印　　张	9.5
字　　数	199千
印　　数	1-8000
书　　号	ISBN 978-7-5552-5815-5
定　　价	45.00元

编校印装质量、盗版监督服务电话　4006532017　0532-68068050
本书建议陈列类别：畅销　名家　散文

目录

壹 旅行：身体总在路上

北戴河杂感 / 003

西双版纳礼赞 / 006

访绍兴鲁迅故居 / 011

火焰山下 / 015

在敦煌 / 021

登黄山记 / 028

富春江上 / 046

还乡记 / 052

临清县招待所 / 055

聊城师范学院 / 060

赞西安 / 065

观秦兵马俑 / 068

兰州颂 / 075

富春江边 瑶琳仙境 / 077

登蓬莱阁 / 084

海上世界 / 090

壹

旅行：身体总在路上

游石钟山记 / 094
登庐山 / 097
法门寺 / 101
虎门炮台 / 107
延边行 / 110
逛鬼城 / 130
大觉寺 / 137
佛山心影 / 146
歌唱塔什干 / 181
重过仰光 / 193
天雨曼陀罗 / 198
巴马科之夜 / 204
同声相求——参加印度蚁垤国际诗歌节有感 / 211
下瀛洲 / 213
游唐大招提寺 / 217
重返哥廷根 / 223

贰 读书：灵魂只能独行

开卷有益 / 233
「天下第一好事，还是读书」 / 236
我的书斋 / 239
坐拥书城意未足 / 242
对我影响最大的几本书 / 244
我最喜爱的书 / 247
我和东坡词 / 252
漫谈古书今译 / 256
我和外国语言 / 259
我和外国文学 / 279
龙抄本《中国古典小说》序 / 287
《西学东传人物丛书》序 / 289
追求一个境界——漫谈梁衡的散文 / 295
读《人生宝典》/ 295

壹

旅行：身体总在路上

北戴河杂感

对我来说，北戴河并不是陌生的。新中国成立后不久，我曾来住过一些时候。

当时，我们虽然已经使旧时代的北戴河改变了一些面貌，但是改变得还不大。所以，我感到有点不调和：一方面是各式各样大大小小五颜六色的避暑别墅，掩映于绿树丛中，颇有一些洋气；另一方面，却只有一条大街，路基十分不好，碎石铺路，坎坷不平，两旁的店铺也矮小阴暗，又颇有一些土气。

今年夏天，我又到北戴河来住了几天。临来前，我自己心里想：北戴河一定改变了吧。但是，我却万没有想到，它改变得竟这样厉害，我简直不认识它了。如果没有人陪我同来，我一定认为走错了路。这哪里是我回忆中的北戴河呢？

我回忆中的北戴河完全不是这个样子。

我们就从火车站说起吧。我回忆中当然会有一个车站，但那只是几间破旧的房子，十分荒凉。然而现在摆在我眼前的却是一片现代化的建筑，灰瓦红墙，光彩夺目。车站外还有新建的商店、公共汽车站等等。人们熙熙攘攘，来来往往。在这一瞬间，我感觉到，我回忆中的那个破旧荒凉的北戴河车站已经永远从人间消失了。

走出车站，用洋灰铺的高级马路一直通到海滨。汽车以每小时四五十公里的速度在上面飞驶。两旁的田地里长满了高粱、豆子、老玉米等，郁郁葱葱，浓绿扑人眉宇。我上次来的时候，这一条路还是一条土路，下了大雨，交通就要断绝。我也曾因汽车不能开而被阻一日。这样的事情同今天这样一条马路无论如何也联系不起来了。

到了海滨，我那陌生的感觉就达到了顶点。除了大海还有点"似曾相识"之外，其余的东西都是陌生的。上次在这里住的时候，每逢下雨天，我总喜欢到海边散步。在海湾拐弯的地方，我记得有一座破旧的亭子似的建筑。周围是一些小饭铺，前面是卖西瓜和香瓜的摊子。我曾在这里吃过几次瓜。远望海天渺茫，天际帆影点点，颇涉遐想，嘴里的瓜也似乎特别香甜。我很喜欢这个地方，现在很想再找到它。然而，我来往徘徊，远望海天依然渺茫，天际依然帆影点点，大海并没有变样子。可是那一座破旧的亭子却不见了。

我并没有感到失望。正相反，我感到兴奋和愉快。因为，即使那一座破旧的亭子再值得留恋，但是同今天宽广马路旁那些崭新的房子比起来，又算得了什么呢？我意识到：北戴河已经大大地变了，必须用新的眼光来看它。

我于是就走上海滩，站在那一块高出海面的大石头上，纵目四望，身后是混混茫茫的大海，眼前是郁郁葱葱的北戴河。右望东山，左望西山，山树相连，浓绿一片，真令人心旷神怡。东山我从来没有去过，现在我看到那里一幢幢的红色楼房，高出丛林之上，万绿丛中，红色点点，宛如海上仙山，引起人美妙的幻想。西山我是去过的，当时印象并不特别好。可是今天看起来，也是碧树红房，一片兴盛气象。遥想山中也有很大的变化了吧。

北戴河已经大大改变了。

我十分兴奋、愉快。在我们辽阔的祖国土地上，北戴河只是一个小点。只因它是一个避暑胜地，所以在比较大的地图上才能找到它的名字。然而，小中可以见大。北戴河难道不也可以算是我们祖国的缩影吗？我们祖国的飞跃进步、迅速变化，可以在北京看到，可以在上海、天津、广州等大城市看到，也可以在像北戴河这样小的地方看到。这一事实充分说明，我们祖国面貌的改变是无远弗届的。有人认为这是奇迹，到处去寻找原因。我却只想到毛主席有关北戴河的一首词里面的一句话：换了人间。

1962 年 8 月 14 日

西双版纳礼赞

在北京的时候,我就常常想到西双版纳。每一想到,思想好像要插上翅膀,飞呀,飞呀,不知道要飞多久,飞多远,才能飞到祖国的这一个遥远的边疆地区。

然而,今天我到了西双版纳,却觉得北京就在我跟前。我仿佛能够嗅到北京的气味,听到北京的声音,看到北京的颜色;我的一呼、一吸、一举手、一投足,仿佛都与北京人共之。我没有一点辽远的感觉。这是什么原因呢?

这原因,我最初确是百思莫解。它对我仿佛是一个神秘的谜,我左猜右猜,无论如何也猜不透。

如今我终于在无意中得到了答案。

有一天,我们在允景洪参观一个热带植物园。一群男女青年陪着我们。听他们的口音,都不是本地人:有的来自上海,有的来自湖南,有的来自江苏。尽管故乡不同,方音各异,现在却和睦融洽地生活在一起、工作在一起。在浓黑的橡胶树荫里,在五彩缤纷的奇花异草的芳香中,这些青年兴致勃勃地给我们解释每一棵植物的名称、特点、经济价值。有一个女孩子，垂着一双辫子，长着一对又圆又大又亮的眼睛，双颊像苹果一般红艳。她浑身洋溢着青春的活力，眼睛里闪烁着动人的光芒。她正巧走在我的身旁，我就同她闲谈起来：

"你是什么地方人呢？"

"福建厦门。"

"来了几年了？"

"五年了。"

"你不想家吗？"

女孩子嫣然一笑，把辫子往背后一甩，从容不迫地说道：

"哪里是祖国的地方，哪里就是我可爱的家乡。"

我的心一动。这一句话多么值得深思玩味呀。从这些男女青年的神情上来看，他们早已把西双版纳当作自己的家乡。而我自己虽然来到这里不久，但也在不知不觉中把西双版纳当作自己的家乡了，我已经觉得它同北京没有什么差别了。

我曾不止一次地听日本朋友说到中国青年的眼睛特别亮，这个观察很细致。西双版纳的青年们，确实都像从厦门来的那个女孩子，眼睛特别明亮。这眼睛不但看到现在，而且看到将来，里面洋溢着蓬勃的热情、炽热的希望和美丽的幻想。

西双版纳是一个"黄金国"，是一个奇妙的地方，是一个能引起人们幻想的地方。到了这里，青年们的眼睛怎能不特别明亮呢？

就看看这里的树林吧。离开思茅不远，一进入西双版纳的原始密林，你就会为各种植物的那种无穷无尽、充沛旺盛的生命力所震惊。你看那参天的古树，它从群树丛中伸出了脑袋，孤高挺直，耸然而起，仿佛想一直长到天上，把天空戳上一个窟窿。大叶子的蔓藤爬在树干上，伸着肥大浓绿的胳臂，树多高，它就爬多高，一直爬到白云里去。一些像兰草一样的草本植物，就生长在大树的枝干上，骄傲地在空中繁荣滋长。大榕树劲头更大，一棵树就能繁衍成一片树林。粗大的枝干上长出了一条条的腿，只要有机会踏到地面上，它立刻就深深地牢牢地钻进去，仿佛想把大地钻透，任凭风多大，也休想动摇它丝毫。芭蕉的叶子大得惊人，一片叶子好像就能搭一个天棚，影子铺到地上，浓黑一团。总之，在这里，各种的树，各种的草，各种的花，生长在一起，纠缠在一起，长呀，长呀，长成堆，长成团，长成了一块，郁郁苍苍，浓翠欲滴，连一条蛇都难钻进去。

这里的水果蔬菜，也很惊人。一棵香蕉树能结成百上千只香蕉。肥大的木瓜，簇拥在一起，谁也不让谁，力量大的尽量扩大自己的身体，力量小的只好在夹缝中谋求生存。白菜一棵有几十斤重，拿到手里，像是满手翡翠。萝卜滚圆粗大，里面的汁水简直就要流出来。大葱有的长得像小儿的胳臂，又白又嫩。其他的蔬菜无不肥嫩鲜美。我们初看到的时候，简直有点觉得它们大得浪费，肥得荒谬，瞠目结舌，不知道究竟应该说什么好了。

所有这一切从地里生长出来的东西，仿佛从大地的最深处带出来了一股丰盈充沛的生命活力，汹涌迸发，弥漫横溢。它在一切树木上，一切花草上，一切山之巅，一切水之涯，把这一片土地造成了美丽的地上乐园。

再说到这里的自然风光，那更是瑰丽奇伟。这里也可以说是有四季的，但却与北方不同，不是春夏秋冬，而是三个春季和一个夏季。我来到这里的时候，北方正是"千里冰封，万里雪飘"，这里却风和日暖，花气袭人，大概只能算是一个春季吧。我最爱这里的清晨，当一百只雄鸡的鸣声把我唤出梦境的时候，晓星未退，晨雾正浓。各种各样花草的香气，在雾中仿佛凝结了起来，成团成块，逼人欲醉。我最爱这里的月夜，月光像水一般从天空中泻下来，泻到芭蕉的大叶子上，泻到累累垂垂的木瓜上，泻到成丛的剑麻上，让一切都浸在清冷的银光中。芭蕉的门扇似的大叶子，剑麻的带锯齿的叶子，木瓜树的长圆的叶子，阴影投在地上，黑白分明，线条清晰。我最爱这里的白云，舒卷自如，变化万端，流动在群山深处，大树林中；流动在茅舍顶上，汽车轮下。它给森林系上腰带，给群峰戴上帽子。每当汽车驶入白云中的时候，下顾溪壑深处，白云仿佛变成了银桥，驮着汽车走向琼楼玉宇的天宫。我最爱这里的青山，簇簇拥拥，层层叠叠，身上驮满了万草千树，肚子里藏满了珍宝奇石，像是一条条翠绿的玉带，环绕着每一个坝子，千峰争秀，万壑竞幽……我最爱这，我最爱那，我最爱的东西是数也数不完的。

现在，这里不但获天时，有地利，最主要的还是得人和。在过去几千年的历史上，这里是有名的瘴疠地，也是有名的民族矛盾冲突集中的地方。许多古书上记载着一些有关此地的骇人听闻的事情，说这里的空气满含瘴气,呼吸不得;这里的水是毒泉,喝不得;许多美丽的花草也是有毒的,摸不得,嗅不得;森林里蚊子大得像蜻蜓,毒虫肥得像老鼠,简直把这里描绘成一个人间地狱。但是,今天的西双版纳却"换了人间",完全是另一番景象,另一个天地了。所谓蛮烟瘴雨,早为光天化日所代替,初升的朝阳照穿了神秘的原始密林。花显得更香,叶显得更绿,果实蔬菜显得更肥更大,风光显得更美更妙。工厂里的白烟与山中的白云流在一起,分不清哪是烟,哪是云;人们的歌声与林中的鸟声汇在一起,分不清哪是歌声,哪是鸟声。许多外地的,甚至外国的植物在这里安了家;许多外地的人也在这里安了家。十几个语言不同、信仰不同、服装不同、风俗不同的民族聚居在一个村子里,和睦融洽地生活在一起,工作在一起,像是一个大家庭。现在这里真正够得上称作人间乐园了。

在这样一个地方,青年们的眼睛特别明亮,他们把自己的理想和前途,同祖国的前途,同这个地方的前途联系起来,把这个地方当作了自己的家乡,这也是很自然的事情了。

从前,在离开这里不远的思茅,流行着两句话:"要下思茅坝,先把老婆嫁。"但是,今天,我们这群来参观访问的人,都一致同意把它改成:"要到思茅来,先把老婆带。"我们兴奋地相约:十年后,二十年后,我们一定要再回西双版纳来。到了那时候,西双版纳不知道究竟会美丽奇妙到什么程度。我希望,到了那时候,我能够写出比现在好的礼赞来。

1962 年 8 月

访绍兴鲁迅故居

一转入那个地上铺着石板的小胡同，我立刻就认出了那一个从一幅木刻上久已熟悉了的门口。当年鲁迅的母亲就是在这里送她的儿子到南京去求学的。

我怀着虔敬的心情走进了这一个简陋的大门。我随时在提醒自己：我现在踏上的不是一个平常的地方。一个伟大的人物、一个文化战线上的坚强的战士就诞生在这里，而且在这里度过了他的童年。

对于这样一个人物，我从中学时代起就怀着无限的爱戴与向往。我读了他所有的作品，有的还不止一遍。有一些篇章我甚至能够背诵得出。因此，对于他这个故居我是十分熟悉的。今天虽然是第一次来到这里，我却感到我是来到一个旧游之地了。

房子已经十分古老，而且结构也十分复杂，不像北京的四合院那样，让人一目了然。但是我仍觉得这房子是十分可爱的。我们穿过阴暗的走廊，走过一间间的屋子。我们看到了鲁迅祖母给他讲故事的地方，看到长妈妈在上面睡成一个"大"字的大床，看到鲁迅抄写《南方草木状》用的桌子，也看到鲁迅小时候的天堂——百草园。这都是一些普普通通的东西和地方，一点也看不出有什么神奇之处。但是，我却觉得这都是极其不平常的东西和地方。这里的每一块砖、每一寸土、桌子的每一个角、椅子的每一条腿，鲁迅都踏过、摸过、碰过。我总想多看这些东西一眼。在这些地方多流连一会儿。

鲁迅早已离开这个世界了。他生前，恐怕也很久没有到这一所房子里来过了。但是，我总觉得，他的身影就在我们身旁。我仿佛看到他在百草园里拔草捉虫，看到他同他的小朋友闰土在那里谈话游戏，看到他在父亲严厉监督之下念书写字，看到他做这做那。

这个身影当然是一个小孩子的身影。但是。就是当鲁迅还是一个小孩子的时候，他那坚毅刚强的性格已经有所表露。在他幼年读书的地方三味书屋里，我们看到了他用小刀刻在桌子上的那一个"早"字。故事是大家都熟悉的：有一天，他不知道是由于什么原因，上学迟到了，受到了老师的责问。他于是就刻了这一个字，表示以后一定要来早。以后他就果然再没有迟到过。

这是一件小事。然而，由小见大，它不是很值得我们深思自省吗？

这坚毅刚强的性格伴随了鲁迅一生。"他没有丝毫的奴颜和媚骨"，他一生顽强战斗，追求真理。"横眉冷对千夫指，俯首甘为孺子牛。"他对人民是一个态度，对敌人是完全不同的另一个态度。谁读了这样两句诗，能不深受感动呢？现在我在这一间阴暗书房里看到这一个小小的"早"字，我立刻想到他那战斗的一生。在我心目中,他仿佛成了一块铁,一块钢,一块金刚石。刀砍不断,石砸不破,火烧不熔,水浸不透。他的身影突然大了起来,凛然立于宇宙之间,给人带来无限的鼓舞与力量。

同刻着"早"字的那一张书桌仅有一壁之隔,就是鲁迅文章里提到的那一个小院子。他在这里读书的时候,常常偷跑到这里来寻蝉蜕,捉苍蝇。院子确实不大,大概只有两丈多长、一丈多宽,墙角上长着一株腊梅,据说还是当年鲁迅在这里读书时的那一棵。按年岁计算起来,它的年龄应该有一百八十岁了。可是样子却还是年轻得很。梗干茁壮坚挺,叶子是碧绿碧绿的。浑身上下,无限生机,看样子,它还要在这里站上一千年。在我眼中,这一株腊梅也仿佛成了鲁迅那坚毅刚强的、威武不能屈、富贵不能淫的性格的象征。我从地上拾起了一片叶子,小心地夹在我的笔记本里。

把树叶夹在笔记本里,回头看到一直陪我们参观的闰土的孙子在对着我笑。我不了解他这笑是什么意思,也许是笑我那样看重那一片小小的叶子,也许是笑我热得满脸出汗。不管怎样,我也对他笑了一笑。我看他那壮健的体格,看他那浑身的力量,不由得心里就愉快起来,想同他谈一谈。我问他的生活情况和工作情况,他说都很好,都很满意。我这些问题其实都是多余的,从他那满脸的笑容、全身的气度来看,他生活得十分满意,工作得十分称心,这不是清清楚楚的吗?

我因此又想到他的祖父闰土。当他隔了许多年又同鲁迅见面的时候,他不敢再承认小时候的友谊,对着鲁迅喊了一声"老爷"。这使鲁迅打了一个寒噤。他被生活的担子压得十分痛苦，但却又说不出。这又使鲁迅吃了一惊。可是他的儿子水生和鲁迅的侄儿宏儿却非常要好。鲁迅于是大为感慨：他不愿意孩子们再像他那样辛苦辗转而生活，也不愿意他们像闰土那样辛苦麻木而生活，也不愿意他们像别人那样辛苦恣睢而生活。他们应该有新的生活。

这样的生活鲁迅没有能够亲眼看到。但是，今天这新的生活却确确实实地成为现实了。他那老朋友闰土的孙子过的就是这样的新生活，这是他们所未经生活过的。按年龄计算起来，鲁迅大概没有见到过闰土的这个孙子。但这是不重要的，重要的是，鲁迅一生为天下的"孺子"而奋斗，今天他的愿望实现了。这真是天地间一大快事。如果鲁迅能够亲眼看到的话，他会感到多么欣慰啊！

我从闰土的孙子想到闰土，从现在想到过去。今昔一比，恍若隔世。我眼前看到的虽然只是闰土的孙子的笑容，但是，在我的心里，却仿佛看到了普天下千千万万孩子们的笑容，看到了全国人民的笑容。幸福的感觉油然流遍了我的全身。我就带着这样的感觉离开了那一个我以前已经熟悉、今天又亲眼看到的门口。

1963 年 11 月 23 日写毕

火焰山下

从前读《西游记》,读到火焰山,颇震惊于那火势之剧烈。听人说,火焰山影射的就是吐鲁番。可是吐鲁番我以前从未到过,没有亲身感受,对于火焰山我就只有幻想了。

万没有想到,我今天竟来到火焰山下。

火焰山果然名不虚传。在乌鲁木齐,夜里看电影,要穿上棉大衣。然而,汽车从乌鲁木齐开出,开过达坂城,再往前走一段,一出天山山口,进入百里戈壁,迎面一阵热风就扑向车内,我们仿佛一下子落到蒸笼里面,而且是越走越热。中午到了吐鲁番县,从窗子里看出去,一片骄阳闪耀在葡萄架上,葡萄肥大的绿叶子好像在喘着气。有人告诉我,吐鲁番的炎热时期已经过去;我们来的前两天,气温是四十多摄氏度,今天已经"凉爽"得多了,只有三十九摄氏度。但是,从我自己的亲身感受中,同乌鲁木齐比较起来,吐鲁番仍然是名副其实的火焰山。

这让我立刻想到了非洲的马里。我曾在最热的时期访问过那个国家,气温是五十多摄氏度。我们被囚在有空调设备的屋子里,从双层的玻璃窗子看出去,院子里好像是一片火海。阳光像是在燃烧,不是像在吐鲁番一样燃烧在葡萄架上,而是燃烧在参天的芒果树上。芒果树也好像在喘着气。树下当然是有阴影的,但是连那些阴影看上去也绝不给人以清凉的感觉,而仿佛是火焰的阴影。

我眼前的吐鲁番俨然就是第二个马里。

我们就在类似马里那样炎热的一个下午驱车近百里去探望高昌古城遗址。

一走出吐鲁番县,又是百里戈壁,寸草不生,遍布沙砾,极目天际,不见人烟。阳光毫无遮拦地照射在这些沙砾上,每一粒都闪闪发光,仿佛在喷着火焰。远处是一列不太高的山,这就是那有名的火焰山。上面没有一点儿绿的东西,没有一点儿有生命的东西。石头全是赤红色的,从远处望过去,活像是熊熊燃烧着的火焰,这不是人间的火,也不是神话中的天堂里的火和地狱之火。这是火焰已经凝固了的火,纹丝不动,但却猛烈;光焰不高,但却团聚。整个天地,整个宇宙仿佛都在燃烧。我们就处在上达苍穹下抵黄泉的大火之中。

我从前读《西游记》,读到那一段关于火焰山的描绘,我只不过觉得好玩而已。书上描绘说,离开火焰山不远,房舍的瓦都是红的,门是红的,板榻也是红的,总之,一切都是红的,连卖切糕的人推的车子也是红的。那里"有八百里火焰,四周围寸草不生。若过得山,就是铜脑盖、铁身躯,也要化成汁哩"。八百里当然是夸大之词,但是在我眼前,整个山全是红的,周围寸草不生,这些全是实情。我现在毫无好玩的感觉。我只有一个渴望,一个十分迫切的渴望,渴望得到铁扇公主那一把芭蕉扇,用力一扇,火焰立刻熄灭,清凉转瞬降临。

　　我现在很不理解,为什么当年竟在这样一个地狱似的酷热的地方建筑了高昌城。唐朝的高僧玄奘到印度去求法,曾经路过高昌。《大慈恩寺三藏法师传》里面,对他在高昌的情况有细致生动的描绘。这里讲到了城门,讲到了王宫,讲到了王宫中的重阁,讲到了王宫旁边的道场。虽然没有讲到市廛的情况,但是有上述的那些地方,则王宫之外,必然是市廛林立,行人熙攘。每当黄昏时分,夜幕渐渐笼罩住大漠,黑暗弥漫于每一个角落,跋涉过千山万水、横绝大戈壁的商队迤逦入城,驼铃丁当,敲碎了黄昏的寂静。每一间黄土盖成的房子里也必然有淡黄的灯光流出,把窄窄的长街照得朦胧虚幻,若有若无……但是今天我们来到这里,早已面目全非,城市的轮廓大体可见,城门和街道历历可指。然而看到的却只有断壁颓垣,而且还不同于一般的断壁颓垣。这里根本没有砖瓦,所有的建筑——皇宫、佛寺、大厅、住宅,统统是黄土堆成。这种黄土坚硬似铁,历千年而不变,再加上这里根本很少下雨,因此这一座黄泥堆成的城才能保存到今天。我们今天看到的是一片淡黄,没有一棵树,没有一根草。"春风不度玉门关",春天好像已经被锁在关内,这里与春天无分了。

　　在这里,我无论如何也想象不出,当年玄奘来到这里是什么情景。我想象不出,他是怎样同鞠文泰会面,是怎样同鞠文泰的母亲会面的。他在这里住了一段时间，大概每天也就奔波于一片淡黄之中。鞠文泰也像后来唐太宗一样想劝玄奘还俗。玄奘坚持不动，甚至以绝食至死相威胁，终于感动了鞠文泰母子，放玄奘西行。这是多么热烈的人类生活的场面。然而今天这一些都到哪里去了呢？我一时忍不住发思古之幽情，前不见古人，后不见来者，但是我并没有独怆然而泪下。在历史的长河中，人人都是这样，后之视今亦犹今之视昔。我丢开了这种幽情，抬眼四望，这一座黄土古城的断壁颓垣顿时闪出了异样的光辉。

第二天，我们又在同样酷热的天气中去凭吊交河古城。这座古城正处在同高昌相反的方向。从表面上看上去，它同高昌几乎没有什么不同之处：一样是黄土堆成的断壁颓垣，一样是寸草不生，一样是一片淡黄。"西风残照，汉家陵阙"，一样能引起人们的思古之幽情。但是，从环境上来看，却与高昌迥乎不同。"交河"这个名称就告诉我们，它是处在两河之交的地方。从残留的城墙上下望，峭壁千仞，下有清流，绿禾遍野，清泉潺湲。我从前读唐代诗人李颀的诗《古从军行》："白日登山望烽火，黄昏饮马傍交河。行人刁斗风沙暗，公主琵琶幽怨多。野云万里无城郭，雨雪纷纷连大漠。胡雁哀鸣夜夜飞，胡儿眼泪双双落。"我无论如何也想象不出，交河究竟是什么样子。今天亲身来到交河，一目了然，胸无阻滞，我那思古之幽情反而慢慢暗淡下去，而对古人所说的"读万卷书，行万里路"由衷地钦佩起来了。

就这样，我在吐鲁番住了几天，两天看了两座历史上有名的古城。这两座名城同火焰山当然不一样，但是其炎热的程度却只能说是不相上下。我上面讲到的看到火焰山时的那一个渴望得到铁扇公主芭蕉扇的幻想，时时萦绕在我脑际，一刻也不想离去。然而我的理智却让我死心塌地地相信，那只是幻想，世界上哪里会有什么铁扇公主？哪里会有什么神奇的芭蕉扇？吐鲁番这地方注定是火焰山的天下了。

然而，到了黄昏时分，当我们凭吊完古城乘车回宾馆的时候，招待我们的主人提出来要到葡萄沟去转一转。我根本不知道，葡萄沟是什么样子。"去就去吧！"我在心里平静地想，我万万没有想到，在这个地方，在这个时候，会出现什么奇迹。

可是，汽车转了几转，奇迹就在眼前出现了。两行参天的杨树整整齐齐地排在大路两旁，潺潺的水声透过杨树传了出来。浓密的葡萄架散布在小溪岸边、杨柳树下，这里绿意葱茏，浓荫四布，身上还感到有一些凉意。我一下子怔住了：我现在是在火焰山下吗？是不是真有人借来了铁扇公主的芭蕉扇把火焰扇灭了呢？我自凝神细看：绿杨葡萄，清泉潺湲，丝毫也不容怀疑。我来到葡萄沟了。

车子开上去，最后到了一座花园。园子里长满葡萄，小溪萦绕。山脚下有一个小池子，泉水从石缝中流出，其声清脆。有一群红色游鱼在池中摇摆着尾巴游来游去。我们坐在葡萄架下，品尝着有名的新疆葡萄。此时凉意渐浓，仿佛一下子从酷热的三伏来到凉爽的深秋，火焰山一下子变成了清凉世界。看来，铁扇公主的那一把芭蕉扇在唐代大概是缺少不了的。但是，到了今天，已经换了人间，这扇子就没有作用了。

  新疆毕竟是一块宝地,有火焰山,也有葡萄沟,而葡萄沟偏偏就在火焰山下。这就是我们的吐鲁番,这就是我们的新疆。

1979 年 8 月 26 日

在敦煌

刚看过新疆各地的许多千佛洞,在驱车前往敦煌莫高窟千佛洞的路上,我心里就不禁比较起来:在那里,一走出一个村镇或城市,就是戈壁千里,寸草不生;在这里,一离开柳园,也是平野百里,禾稼不长,然而却点缀着一些骆驼刺之类的沙漠植物,在一片黄沙中绿油油地充满了生机,看上去让人不感到那么荒凉、寂寞。

我们就是走过了数百里这样的平野,最终看到一片葱郁的绿树,隐约出现在天际,后面是一列不太高的山冈,像是一幅中国水墨山水画。我暗自猜想:敦煌大概是来到了。

果然是敦煌到了。我对敦煌真可以说是"久仰大名,如雷贯耳"了。我在书里读到过敦煌,我听人谈到过敦煌,我也看过不知多少敦煌的绘画和照片。几十年梦寐以求的东西如今一下子看在眼里,印在心中,"相见翻疑梦",我似乎有点怀疑,这是否是事实了。

敦煌毕竟是真实的。它的样子同我过去看过的照片差不多,这些我都是很熟悉的。此处并没有崇山峻岭,幽篁修竹,有的只不过是几个人合抱不过来的千岁老榆,高高耸入云天的白杨,金碧辉煌的牌楼，开着黄花、红花的花丛。放在别的地方，这一切也许毫无动人之处，然而放在这里，给人的印象却是沙漠中的一个绿洲，戈壁滩上的一颗明珠，一片淡黄中的一点浓绿，一个不折不扣的世外桃源。

至于千佛洞本身，那真是琳琅满目，美不胜收，五光十色，云蒸霞蔚。无论用多么繁缛华丽的语言文字，不管这样的语言文字有多少，也是无法描绘，无法形容的。这里用得上一句老话了："只能意会，不能言传。"洞子共有四百多个，大的大到像一座宫殿，小的小到像一个佛龛。几乎每一个洞子里都画着千佛的像。洞子不论大小，墙壁不论宽窄，无不满满地画上了壁画。艺术家好像绝不吝惜自己的精力和颜料，绝不吝惜自己的光阴和生命，把墙壁上的每一点空间，每一寸的空隙，都填得满满的，多小的地方，他们也绝不放过。他们前后共画了一千年，不知流出了多少汗水，不知耗费了多少心血，才给我们留下了这些动人心魄的艺术瑰宝。有的壁画，就暴露在光天化日之下，经过了一千年的风吹、雨打、日晒、沙浸，但彩色却浓郁如新，鲜艳如初。想到我们先人的这些业绩，我们后人感到无比地兴奋、震惊、感激、敬佩，这难道不是很自然的吗？

我们走进了洞子，就仿佛走进了久已逝去的古代世界，甚至古代的异域世界；仿佛走进了神话的世界，童话的世界。尽管洞内洞外一点声音都没有，但是看到那些大大小小的雕塑，特别是看到墙上的壁画：人物是那样繁多，场面是那样富丽，颜色是那样鲜艳，技巧是那样纯熟，我们内心里就不禁感到热闹起来。我们仿佛看到释迦牟尼兜率天下骑着六牙白象下降人寰，九龙吐水为他洗浴，一下生就走了七步，口中大声宣称："天上天下，唯我独尊。"我们仿佛看到他读书、习艺，他力大无穷，竟把一只大象抛上天空，坠下时把土地砸了一个大坑。我们仿佛看到他射箭，连穿七个箭靶。我们仿佛看到他结婚，看到他出游，在城门外遇到老人、病人、死人与和尚，看到他夜半乘马逾城逃走，看到他剃发出家。我们仿佛看到他修苦行，不吃东西，修了六年，把眼睛修得深如古井。我们又仿佛看到他幡然改变主意，毅然放弃了苦行，吃了农女献上的粥，又恢复了精力，走向菩提树下，同恶魔波旬搏斗，终于成了佛。成佛后到处游行，归示，度子，年届八旬，在双林涅槃。使我们最感兴趣，给我们印象最深的是那许许多多的涅槃的画。释迦牟尼已经逝世，闭着眼睛，右胁向下躺在那里。他身后站着许多和尚和俗人。前排的人已经得了道，对生死漠然置之，脸上毫无表情地站在那里。后排的人，不管是国王、各族人民，还是和尚、尼姑，因为道行不高，尘欲未去，参不透生死之道，都号啕大哭，有的捶胸，有的打头，有的击掌，有的顿足，有的撕发，有的裂衣，有的甚至昏倒在地。我们真仿佛听到哭声震天，看到泪水流地，内心里不禁感到震动。最有趣的是外道六师，他们看到主要敌手已死，高兴得弹琴、奏乐、手舞、足蹈。在盈尺或盈丈的墙壁上，宛然一幅人生哀乐图。这样的宗教画实际上是人世社会的真实描绘，把千载前的社会现实栩栩如生地搬到我们今天的眼前来。

在很多洞子里，我们又仿佛走进了西方的极乐世界，所谓净土。

在这个世界里，阿弥陀佛巍然坐在正中。在他的头上、脚下、身躯的周围画着极乐世界里各种生活享受：有妓乐，有舞蹈，有杂技，有饮馔。好像谁都不用担心生活有什么不足，衣来伸手，饭来张口。而且这些饮食和衣服，都用不着人工去制作。到处长着如意神树，树枝上结满了各种美好的饮食和衣着，要什么，有什么，只须一伸手一张口之劳，所有的愿望就都可以满足了。小孩子们也都兴高采烈，他们快乐得把身躯倒竖起来。到处都是美丽的荷塘和雄伟的殿阁，到处都是快活的游人。这些人同我们这些凡人一样，也过着世俗的生活。他们也结婚。新郎跪在地上，向什么人叩头；新娘却站在那里，羞答答不肯把头抬。许多参加婚礼的客人在大吃大喝。两只鸿雁站在门旁。我早就读过古代结婚时有所谓"奠雁"的礼节，却想不出是什么情景。今天这情景就摆在我眼前，仿佛我也成了婚礼的参加者了。他们也有老死。老人活过四万八千岁以后，自己就走到预先盖好的坟墓里去。家人都跟在他后面，生离死别。虽然也有人磕头涕哭，但是总起来看，脸上的表情却都是平静的、肃穆的，好像认为这是人生规律，无所用其忧戚与哀悼。所有这一切世俗生活的绘画，当然都是用来宣扬一个主题思想：不管在什么样的生活环境中，只要一心念阿弥陀佛，就可以往生净土，享受天福。这当然都是幻想，甚至是欺骗。但是艺术家的态度是认真的，他们的技巧是惊人的。他们仔细地描，小心地画，结果把本是虚无缥缈的东西画得像真实的事物一样，生动活泼地、毫不含糊地展现在我们眼前，让我们对于历史得到感性认识，让我们得到奇特美妙的艺术享受。艺术家可能是真正相信这些神话的，但是这对我们是无关紧要的，重要的是他们的画。这些画画得充满了热情，而且都取材于现实生活。在世界各国的历史上，所有的神仙和神话，不管是多么离奇荒诞，他们的模特儿总脱离不开人和人生，艺术家通过神仙和神话，让过去的人和人生重现在我们眼前。我们探骊得珠，于愿已足，还有什么可以强求的呢？

最使我吃惊的是一件小事：在这富丽堂皇的极乐世界中，在巍峨雄伟的楼台殿阁里，却忽然出现了一只小小的老鼠，鼓着眼睛，尖着尾巴，用警惕狡诈的目光向四下里搜寻窥视，好像见了人要逃窜的样子。我很不理解，为什么艺术家偏偏在这个庄严神圣的净土里画上一只老鼠。难道他们认为，即使在净土中，四害也是难免的吗？难道他们有意给这万人向往的净土开上一个小小的玩笑吗？难道他们有意表示即使是净土也不是百分之百的纯洁吗？我们大家都不理解，经过推敲与讨论，仍然是不理解。但是我们都很感兴趣，认为这位艺术家很有勇气，绝不因循抄袭，绝不搞本本主义，他敢于石破天惊地去创造。我们对他都表示敬意。

在许多洞子里，我们还看到了许多经变，什么法华经变、楞伽经变、金光明经变，如此等等。艺术家把经中的许多章节，不是根据经文，而是根据变文，用绘画的形式表现出来。在这些经变里，法华经普门品似乎是最受欢迎的一品。普门品说，谁要是一心称观世音菩萨的名，入大火，大火不能烧；入大水，大水不能漂；入海求宝遇到黑风，船漂坠罗刹国，可以解脱罗刹之难；遭迫害临刑，刑刀段段坏；女子求生男孩，就可以生福德智慧之男；求生女孩，就可以生端正有相之女。总之，威灵显赫，有求必应。画上最多的是临刑刀寸寸断的情景。这似乎是最能形象地表现观音菩萨的法力的一个题材。但是我们也可以看到许多描绘人民生活和生产的情景。一个农民赶着耕牛去耕地。许多小手工业者坐在那里制作什么东西。人们在家里面安静地宴客。人们在花园中游乐。人们到灞桥去送别亲友，折杨柳为赠。我曾在不知多少唐诗中读到这情景，今天才第一次在绘画上看到。最有意思的、最耐人寻味的是许多绘画，画的是人们大便的情景、刷牙的情景，据我所知道的，在世界各国任何时代的任何绘画中都难找到这样的绘画。这好像也成了绘画的禁区。然而我们的艺术家却有勇气冲破这不成文而事实上却存在的禁区，把这种细微并不那么太雅观的情景画给我们看。除了佩服以外，我还能说些什么呢？此外，描绘舞蹈的场面和杂技的场面，也是非常动人的。一个个乐队，一个个乐工，手中执着各种各样的乐器，什么箫、笛、筝、琴、箜篌、排箫、阮咸、琵琶，还有尺八，神情是这样逼真，人物是这样细致，我们耳中仿佛能听到各种乐器和谐的弹奏声，静静的洞子一时喧闹起来。舞蹈的场面也很动人。男女舞人，翩翩起舞，有人甩着长大的袖子，有人动作非常强烈，所谓"胡旋舞"大概就是这个样子吧。我们看到的虽然不是真正的舞蹈，而只是绘画，但是我们也恍然感到"观者如山色沮丧，天地为之久低昂。㸌如羿射九日落，矫如群帝骖龙翔，来如雷霆收震怒，罢如江海凝清光"。至于杂技，更是动人心魄。一个演员站在那里，头上顶着长竿，竿顶上站着一个人，人头顶上还站着一个小孩子。看那摇摇欲坠的样子，我们不禁为画上的古人担忧起来。然而，不要怕，两旁还站着两个人哩。他们好像是为了防备万一而站在那里。虽然都戴着纱帽，斯斯文文的，看来好像也蛮有把握，我们可以放心了。前面坐着一些人，这大概就是观众。画面上人数不算多，但看上去却热闹得很。在古代文化交流中，音乐、舞蹈和杂技，好像是占着突出的地位。在新疆的许多千佛洞中，这样的场面也是随处可见的。

1979 年 10 月 9 日

登黄山记

早就听人说过:"五岳归来不看山,黄山归来不看岳。"又经常遇到去过黄山的人讲述那里的奇景,还看到画家画的黄山,摄影家摄的黄山,黄山在我的心中就占了一个地位。我也曾根据那些绘画和摄影,再掺上点传闻,给自己描绘了一幅黄山图,挂在我的心头。我带着这样一幅黄山图曾周游国内,颇看了一些名山大川。五岳之尊的泰山,我曾凌绝顶,观日出。在国外,我也颇游览了一些国家,徜徉于日内瓦的莱蒙湖畔,攀登了雪线以上的阿尔卑斯山,尽管下面烈日炎炎,顶上却永远积雪皑皑。所有这一切都是永世难忘的。但是我心中的那一幅黄山图,尽管随着游览的深广而多少有所修正,但毕竟还是非常美的,非常迷人的。

今天我就带着我心中的那一幅黄山图,到真正的黄山来了。

汽车从泾县驶出,直奔黄山。一路上,汽车蜿蜒绕行于万山丛中,我的幻想也跟着蜿蜒起来,眼前是千山万岭,绵延不绝,但是山峰的形象从远处看上去都差不多,远处出现了一座耸入晴空的高峰,"那就是黄山了吧!"我心里想。但是一转眼,另一座更高的山峰呈现在我的眼前,我只好打消了刚才的想法。如此周而复始,不知循环了多少遍。还有一个问题一直萦回在我的脑际:在这千山万岭中,是谁首先发现黄山这个天造地设的人间仙境呢?是否还有另一座更美的什么山没有被发现呢?我的幻想一下子又扯到徐霞客身上。今天我们乘坐汽车来到这里,还感到有些疲惫不堪。当年徐霞客是怎样来的呢?他只能自己背着行李,至多雇上个农民替他背着,自己手执藤杖,风餐露宿,踽踽独行于崇山峻岭中,夜里靠松明引路,在虎狼的嗥叫声中,慢慢地爬上去。对比起来,我们今天确实是幸福多了……

就这样,汽车一边飞快地行驶,我一边飞快地幻想。我心里思潮腾涌,绵绵不断,就像那车窗外绵延的万山一样。

汽车终于来到了黄山大门外。

一走进黄山大门,天都峰就像一团无限巨大的黑色云层,黑乎乎得像泰山压顶一般对着我的头顶压了下来,好像就要倒在我的头上。我一愣:这哪里是我心中的那个黄山呢?然而这毕竟是真实的黄山。我几十年蕴藏在心中的那一幅黄山图一下子烟消云散了,我心中怅然,若有所失。但是我并不惋惜,应该消逝的让它消逝吧!我现在已经来到了真实的黄山。

从此以后,真实的黄山就像古代的画卷一样,一幅一幅地、慢慢地展现在我的眼前。

出宾馆右行,经疗养院右转进山,山势一下子就陡了起来。我曾经听别人说过,从什么地方到什么地方是多少多少华里;在导游书上,我也看到了这样的记载。我原以为几华里几华里都是在平面上的,因此我对黄山就有了一些不正确的理解。现在,接触了实际,才知道这基本上是按立体计算的。在这里走上一华里,同平地上大不一样,费的劲儿要大得多。就是向上走上一尺,也要费上一点力气。没有别的办法,只好喘气流汗了。我低头看着脚下的台阶,右手使劲地拄着竹杖,一步一步向上爬行。我眼睛里看到的只是台阶,台阶,台阶。有时候,我心里还数着台阶的数目。爬呀,数呀,数呀,爬呀,以为已经很高了。但是抬眼一看,更高、更陡、更多的台阶还在前面哩。想当年登泰山的时候,那里还有一个"快活三里",这里却连一个"快活三步"都没有。但是,既来之,则安之,爬就是一切。

我到黄山来,当然并不是专为来走路的,我还是要看一看的。但是,在黄山,想看也并不容易。有经验的人说:"走路不看山,看山不走路。"这确实是至理名言。这有点像鱼与熊掌的关系,不可兼而得之。谁要想"兼之",那就有失足坠下万丈深涧的危险。我只在爬到了一定的阶段时,才停下脚步,小心地抬头向身后和左右看上一看,但见峭壁千仞,高岭入云,幽篁参天,苍松夹道,鸟鸣相和,蝉声四起。而且每看一次,眼前的情景都不一样,扑朔迷离,变幻万端。就连同一个地方,从不同的角度看,都能看出不同的形象。从慈光阁看朱砂峰,看到天都峰上的金鸡叫天门。但是登上龙蟠坡,再抬头一看,金鸡叫天门就变成了五老上天都,在什么地方才能看到黄山的真面目呢?我想,在什么地方也是看不到的。我很想改一改苏东坡的诗:"横看成岭侧成峰,远近高低各不同,不识黄山真面目，即使身在此山中。"

我有时候也有新的发现，我简直觉得其中闪现着"天才的火花"，解人难得，我只有自己拍手（这里没有案）叫绝。比如，我看远山上的竹石树木，最初只觉得一片蓊郁。但细看却又有明暗之别。有的浓绿，有的淡绿。经过我再三研究揣摩，我才发现，明的是竹，暗的是松，所谓"苍松翠竹"，大概指的就是这个意思吧。我又想改陆游的两句诗："山重水复疑无路，松暗竹明又一山。"

一想到陆游，我又想到了徐霞客。我们且看看他登上慈光寺以后是怎样看黄山的："由此而入，绝巘危崖，尽皆怪松悬结，高者不盈丈，低仅数寸，平顶短鬣，盘根虬干，愈短愈老，愈小愈奇，不意奇山中又有此奇品也！"他看到了奇山，又看到了奇松。他看到的山同我们今天看到的几乎完全一样，这毫无可怪之处。但是他看到的松，有多少是我们今天还能看到的呢？"愈短愈老，愈小愈奇"，难道在这几百年的漫长时间内，它们就一点也没有长吗？就是起徐霞客于地下，我这样的问题恐怕也无法回答了。

我就是这样一边爬，一边看，一边改着古人的诗，一边想到徐霞客，手、脚、眼、耳、心，无不在紧张地活动着，好不容易才爬到了天都峰脚下。这是一个关键的地方。向右一拐，走不多远，就可以登上台阶，向着天都峰爬上去。天都峰是黄山的主峰。不到天都非好汉，何况那天险鲫鱼背我已经久仰大名，现在站在天都峰下，一抬头就可以看到，上面有蚂蚁似的人影在晃动，真是有说不出的诱惑力啊！但是一看到那一条直上直下的登山盘道，像一根白而粗的线绳一样悬在那里，要爬上去还真需要有一把子力气呢。我知道，倘若给我半天的时间，登上去也是没问题的。可惜现在早已经过了中午，到我们今天住宿的地方玉屏楼还有一段路要走。我再三斟酌，只好丢掉登天都峰的念头，这好汉看来当不成了。我一步三回头地向左一拐，拾级而上一直爬到了一线天的门口。这时我们坐了下来，背对一线天口，脸朝前望，可以看到近在咫尺的蓬莱三岛。所谓蓬莱三岛只是三座石笋似的小山峰，上面长着几棵松树。下面是一片深不见底的山谷。据说，白云弥漫时，衬着下面的云海，它们确确实实像蓬莱三岛。但现在却是赤日当空，万里无云，我只能用想象力来弥补天公的不作美了。

一线天真正是名副其实。在两个峭壁中，只存一条缝隙，仅容人体，抬眼一看，只见高处露出一线光明，上面是蓝蓝的天。这一团光明就召唤着我们，奋勇前进，我们也就真的一个个精神抖擞，鼓足了余勇，爬了上去。低头从我们两条腿中间向后看去，还可以看到悬挂在天都峰上的那一条白练似的磴道。

过了一线天，再向右一拐就走上了玉屏楼，这里是从温泉到北海去的必由之路。一般人都是在这里过夜的。徐霞客时代，这里叫玉屏风。他在《游黄山日记》里写道："四顾奇峰错列，众壑纵横，真黄山绝胜处！"可见徐霞客对此处评价之高。原来这里有一座庙，叫作文殊院。古人曾说过："不到文殊院，没见黄山面。"这同徐霞客的意见是一致的。

这里有什么特点呢？这里是万山丛中一块比较平坦的地方，好像天造地设，就是一个理想的中途休息的地方。一转过山脚，就能看到峭壁上长着一棵松树。提起此松，真是大大地有名。全中国人民和全世界人民大概都经常能看到它的形象。挂在人民大会堂里的那一幅叫作"迎客松"的照片，就是它。这棵松树的大名就叫作"迎客松"。许多来访的外国领导人，以及名人、学者会见中国领导人时，就在那个照片下面照相。你看它伸出双臂，其实是不知道多少臂，仿佛想同来的游人握手、拥抱，它那青翠的枝头仿佛能说出欢迎的语言，它仿佛就是黄山好客的象征，不，它实际上成了中国人民好客的象征。你若问它的高寿，那就很难说。它干并不粗，也不特别高，看样子它至多也不过几十年至百年，然而据人说，它挺立在这里已经有一千多年的历史了。这里山高风劲，夏有酷暑，冬有寒冰，然而它却至今巍然屹立，俊秀挺拔，苍翠欲滴，枝头笼烟，仿佛正当妙龄青春。我在这里祝它长寿！

至于玉屏楼本身，可看的东西并不多。只是因为此地处万山之中，抬眼四顾，前有大谷深壑，下临无地。上面有参天云峰，耸然并立。同前一段地无三尺平的情况比较起来，当然显得空阔辽阔，快人心目。当白云弥漫时，云海苍茫，必然另有一番景色。可惜我们没有这个福气，只看到一片干涸了的大海。在玉屏楼的右边，就是那一棵在名声上稍逊一筹的送客松。它也像迎客松一样，伸出了它那许多胳臂，好像向游客告别，祝他们身强体健，过一些时候再来黄山。我也祝它长寿！

我们就是在住宿一夜之后，怀着还要再回来的心情走过这一棵松树向黄山深处前进的。一走过送客松,山路就好像一反昨天上山时的规律,陡然下降。下降,下降,再下降,一直降到涧底。这一段路走起来非常舒服,似乎还要超过泰山的"快活三里"。我们虽低头走路,但仍可以抬头望山。走过望客松、蒲团松,右边可以看到指路石,回头则见牛鼻峰上的犀牛望月。下到深涧涧底以后,一泓清泉,就在道旁,清澈见底,冷冽可饮。拿做文章来比,我们走这一段山路,好像是在作"承"的那一段,"起"得突兀,"承"得和缓,我们过了一段舒服的时光。

但是,再拿作文章来比,"承"过以后,就来了"转",这一"转",可真不得了。到了涧底,抬眼一看,前面是八百级的莲花沟。这八百级仿佛是直上直下,令人看了真有点发怵。实际上,往上攀登的时候,比在下面仰望时更令人感到可怕。我们面前好像只有这一条窄窄的石阶,只能向上,不能回转,"马行在夹道内,难以回马",不管流多少汗,喘多少气,到此也只有奋勇攀登,再没有回旋的余地了。

皇天不负有心人。爬上了八百石阶,一转就到了莲花峰脚下,这一座莲花峰也是黄山主峰之一。从它的脚下上山好像比从天都峰脚下攀登天都峰要容易得多,只需往右一转,爬上几个台阶就可以达到峰顶。然而,正唯其觉得容易,也就失掉了吸引力。同时,我们今天的目标是到北海,我于是只在莲花峰下稍坐片刻。抬头看到不远的峰顶上游人多如过江之鲫,然后左转走上前去。要说到黄山的险境,仿佛现在才算是开始。身右峭壁凌空,左边却是悬崖无地。

山路是整修过的，在最危险的地方加了石头栏杆或铁链。但栏外就是危险境地，好像泰山上的阴阳界一样。走在这样的地方，连昨天奉行的"看山不走路，走路不看山"的箴言都无法奉行，只有一心一意埋头苦走而已。这里就是鼎鼎大名的百步云梯，真可以说是名不虚传。但是，大自然最憎恨的是单调，它绝不会让百步云梯成为千步云梯、万步云梯。过了百步云梯，又是一段比较平直的山路。此时我仿佛已经过了险关，大有闲情逸致，观赏山景。蓦抬头，在远处的山崖上，忽然看到"万绿丛中一点红"。此时正是盛夏，早过了春暖花开的时节。这一点红是哪里来的呢？我无法攀上悬崖去看，无从探索与研究。我只有沉入幻想中，幻想暮春四五月间，黄山漫山遍野开满了杜鹃花的情况。我眼前的黄山一下子变了样，"日出山花红胜火"，红色的火焰仿佛燃遍了全山，直凌太空，形成了一幅红透宇宙的奇景。

就这样，一路幻想下去。平路走尽，又上山路，穿过鳌鱼洞，就到了天海。这一段路更平了，仿佛已经离开黄山，到了平地上。一路树木葱郁，翠竹夹道，两旁蝉声啼不住，轻身已到北海边。

北海真是个好地方。人们已经看过了天都峰和莲花峰的奇景险境，久已身履，大概总会觉得黄山胜境已经探过，到了北海已经成为尾声了。

然而实则不然。

我先讲一个口头传说。距北海不远有一座山峰，叫作始信峰。什么叫始信峰呢？这里熟于掌故的人说，就是"开始相信"，意思就是，到了这里才开始相信黄山之美。不管这个解释是否正确，是否就是原意，我确确实实是相信的。我到了北海以后，才知道，北海绝不是黄山之游的尾声，而是高峰，是顶端。上文曾引过一句古语："不到文殊院，没见黄山面。"我想改一改："走不到北海，黄山没有来。"再拿写文章作比，如果过了玉屏楼算是"转"，那么到了北海就算是"合"。一篇精巧的文章写到这里，才算是达到精妙的顶点，黄山乃山中之奇山，北海是众奇并备，万巧同臻。游黄山到此，真可以说是叹为观止矣。

然而究竟"合"出一些什么东西来呢？

三言两语是说不完的。以北海为中心，三五华里的半径内，景色万千，名目繁多。大则崇山峻岭，小至一石一树，无不奇绝人寰。从宾馆右转，走不多远，在深山绝谷的边缘上，出现了散花精舍，前面不远就是梦笔生花、笔架峰、骆驼石、上升峰和老翁钓鱼，再往前走就是始信峰。登上始信峰顶，下临无地，隔着深涧远处可见仙女峰、石笋矼，石笋壁立千仞，真仿佛天上有一个顶天立地的金刚巨无霸从上面把石笋栽在那里，成为宇宙奇观。我们只是从远处看石笋矼的，徐霞客是亲身到过。他在《游黄山日记》里写道："趋石笋矼，至向年所登尖峰上。倚松而坐，瞰坞中峰石回攒，藻缋满眼，如觉匡庐、石门，或具一体，或缺一面，不若此之闳博富丽也。"

"闳博富丽"当然还不仅限于石笋矼。北海附近这一些名胜，无不"闳博富丽""藻缋满眼"。比如清凉台、曙光亭，都各有奇妙之处。出宾馆左折西行，可以到西海。沿路青松参天，翠竹匝地，有很多有名的奇景。走到尽头，同别的地方一样，眼前又是峭壁千仞，深涧万寻。从这里的排云亭上，可以看到丹霞峰、松林峰、石床峰，各个刺入青天，令人神往。据说这地方是看落照的好地方，可惜我们来的时候，不是黄昏，我们只有怅望西天，幻想一番日落西山、红霞满天的情景而已。

是不是北海就只"合"出了这样一些东西来呢？

也还不是的。黄山所谓四大奇景：奇松、怪石、云海、温泉。温泉一进山就可以看到，上面已经说到，这里不再提了。其它三奇，除了云海以外，一进山也都陆续可以看到。从慈光阁开始，只要你注意，奇松、怪石，到处可见。简直是让你一步一吃惊，一步一感叹。到了北海算是达到了顶峰，所谓集大成者就是。

那么，人们也许要问，奇松奇在什么地方呢？这个问题问得好，我初次听说奇松时，心里也泛起过这个问题。我游遍了黄山，到了北海，要想答复这个问题，也还感到非常困难，简直可以说是回答不出。我常常想，世间一切松树无不是奇的，奇就奇在它同其他一切树都不一样。其它树木的枝子一般都是往上长的，但是松树的枝干却偏平行着长或者甚至往下长，其他树木从远处看上去都能给人一个轮廓，虽然茂密，但杂乱，然而松树给人的轮廓却是挺拔、秀丽，如飞龙，如翔凤，秩序井然，线条分明。松柏是常常并称的。如果它们站在一起，人们从远处看，立刻就能够分清哪是松，哪是柏。总之一句话，我们脑中一切关于树的规律，松树无不违反。此之所谓奇也。

但是，黄山上的松树比其他地方更奇，是奇中之奇。你只要看一看黄山上有名字的名松，你就可以知道：蒲团松、连理松、扇子松、黑虎松、团结松、迎客松、送客松、飞虎松、双龙松、龙爪松、接引松，此外还不知道有多少松。连那些不知名的大松、小松、古松、新松，长在悬崖上的松，长在峭壁上的松，长在任何人都不能想象的地方的松，千姿百态，石破天惊，更是违反了一切树木生长的规律。别的地方的松树长上一千多年，恐怕早已老态龙钟了，在这里却偏偏俊秀如少女，枝干也并不很粗。在别的地方，松树只能生长在土中，在这里却偏偏生长在光溜溜的石头上；在别的地方，松树的根总是要埋在土里的，在这里却偏偏就把大根、小根、粗根、细根，一股脑地、毫不隐瞒地、赤裸裸地摆在石头上，让你看了以后，心里不禁替它担起忧来。黄山松奇就奇在这里。看松而看到黄山松，真可以说是达到顶峰了。

谈到怪石，也真是够怪的。那么这些石头怪又怪在何处呢？在别的名山胜地中，也有一些有名有姓的山峰，也有一些有名有姓的石头。但是在黄山，这种山峰和石头却多得出奇。虎头岩、郑公钓鱼台、莺谷石、碰头石、鲫鱼背、羊子过江、仙人飘海、仙桃石、蓬莱三岛、鹦哥石、飞鱼石、采莲船、孔雀戏莲花、象石、金龟望月、仙鼠跳天都、仙人下轿、仙人把洞门、姜太公钓鱼、犀牛望月、指路石、金龟探海、老僧入定、老僧观海、仙人绣花、鳌鱼吃螺蛳、容成朝轩辕、鳌鱼驮金鱼、仙人下棋、仙人背包、飞来钟、老翁钓鱼、梦笔生花、猪八戒吃西瓜、书箱峰、达摩面壁、仙人晒靴、老虎驮羊、天鹅孵蛋、关公挡曹、仙人铺路、太白醉酒、五老荡船、天狗望月、双猫捕鼠、苏武牧羊、老僧采药、仙人指路、喜鹊登梅、猴子捧桃等等。名目确实够繁多的了。名目之所以这样繁多，决定因素就是因为这里石头长得怪。如果不怪的话，就绝不会有这样多的名目。你以为这些五花八门的名目已经把黄山的怪石都数尽了吗？不，还差得很远。如果你有时间静坐在黄山的某一个地方，面对眼前的奇峰怪石，让自己的幻想展翅驰骋，你还可以想出一大批新鲜动人的名目。比如我们几个人在西海排云亭附近面对深涧对面的山，我看出了一座"国际饭店"。这个名字一提出，你就越看越像，像得不能再像了，我们都为这个天才的发现而狂欢。假我以时日，我们可以巧立名目，为黄山创立一大批新鲜、别致，不但神似而且形似的名目，再为黄山增添光彩。

在怪石中最怪的，当然要数飞来石。顾名思义，人们认为这块大石头是从天外飞来的。我们从玉屏楼到北海的路上，快到北海的时候，已经从远处看到了它。它是在一座小山峰的顶上，孑然耸立在那里。上粗下细，同山峰接触的地方只是一个点，在山风中好像是摇摇欲坠，让人不禁替它捏一把汗，后来我们从北海到西海，在回去的路上爬了上去，一直爬到峰顶上，同黄山别的山头一样，小小的一个峰顶，下临万丈深涧。看到飞来石，我们都大吃一惊：原来同峰顶连接的地方有一条缝。这样一块巨石，上粗下细，又不固定在峰顶上，怎能巍然屹立在那里，而且还不知已经屹立了多少年呢？在这漫长的时间内，谁知道它已经经历了多少狂风暴雨、山崩地震呢？而它到今天仍然是岿然不动。简直违反了物理的定律。我们没有别的话可说，只能说它是奇中之奇了。

　　至于黄山的云海，更是我闻所未闻，见所未见。一座大山竟然命名北海、西海、天海、前海、后海，这样许多海，初听时难道不会让人不解吗？原来这些海都是云海。我从小读王维的诗："行到水穷处，坐看云起时。"觉得这个境界真是奇妙，心向往之久矣。可是活了六十多岁，也从来没能看到云起究竟是什么样子。一天，我们正在北海的一个山头上，猛回头，看到隔山的深涧忽然冒起白色的浓烟。我直觉地认为这是炊烟。但是继而一想，炊烟哪能有这样的势头呢？我才恍然：这就是云起。升起来的云彩，初时还成丝成缕，慢慢地转成一片一团，颜色由淡转浓。最初群山的影子还隐约可见，转瞬就成了一片云海，所有的山影都被遮住，云气翻滚，宛若海涛。然而又一转瞬，被隐藏起来的山峰的影子又逐渐清晰，终于又由浓转淡，直到山峰露出了真面目，云气全消，依然青山滴翠，红日皓皓。所有这一切都发生在几分钟之内。这算不算是云海呢？旁边有人说："还不能算是。真正的云海那要大雨之后。"我只好相信他的话。但是，"慰情聊胜无"，不是比没有看到这种近似云海的景象要好得多吗？

　　除了上面谈的四大奇景之外，我还有一点意外的收获，那就是我在黄山看了日出。日出并没有列入黄山四奇之内，但仍然可以说是一奇。北海的曙光亭，顾名思义，就是看日出最好的地方。几十年前，当我还年轻的时候，我曾登泰山看日出，在薄暗中，鹄候在玉皇顶上，结果除了看到一团红红的云彩之外，什么也没有看到。我只有暗自背诵姚鼐的《登泰山记》，聊以自慰：

> 及既上，苍山负雪，明烛天南。望晚日照城郭，汶水、徂徕如画，而半山居雾若带然。戊申晦，五鼓，与子颖坐日观亭，待日出。大风扬积雪击面。亭东自足下皆云漫。稍见云中白若樗蒱数十立者，山也。极天云一线异色，须臾成五彩。日上，正赤如丹，下有红光动摇承之。或曰，此东海也。

这一次来到黄山北海。早晨天还没有亮，就有人跑着、吵着去看日出。我一轱辘爬起来，在凌晨的薄暗中摸索着爬上曙光亭，那里已经是黑压压的一团人。我挤在后面，同大家一样向着东方翘首仰望。天是晴的，但在东方的日出处，却有一线烟云。最初只显得比别处稍亮一点而已。须臾，彩云渐红，朝日露出了月牙似的一点；一转眼间，它就涌了出来，顶端是深紫色，中间一段深红，下端一大段深黄。然而立刻就霞光万道，白云为霞光所照，成了金色，宛如万朵金莲飘悬空中。

就这样，黄山的三奇，奇松、怪石、云海，还加上一个奇——日出，我在黄山，特别是在北海都领略过了，再拿做文章来打个比方，起、承、转、合，这几个大股都已做完，文章应该结束了。

然而不然，从我的感情和印象说起来，合还没有合完，文章也就不能结束。从我的激情来看，这仿佛才刚达到高潮，文章更不能就此结束了。我们原来并不想在北海住这样久，但是越住越想住，越住越不想走。三天之内，我们天天出去，天天有新的发现。大有流连忘返之意。我们最后怀着惜别的心情离开北海的时候，我的内心如潮涌、如云起，一步三回头。我们绕过黑虎松走上后山的道路，向着云谷寺的方向走去。一路之上，流水潺潺，山风习习，蝉声相送，鸟鸣应和，苍松翠竹，映带左右。我们又像走到山阴道上，应接不暇了。但是我们走到幽篁中，闻鸟声却不见鸟。我们笑着开玩笑说，这是留客鸟，它们也惋惜我们即将离去，大有依依不舍之意呢。

此时周围清幽阒静，好像宇宙间只有我们几个人似的。但是我的内心里却又像来黄山的路上那样波涛汹涌，遐想联翩，我想到过去游览过的国内外的名山大川。我一时想到泰山，一时又想到石林。这都是天下奇秀，有口皆碑。但是我觉得，同黄山比起来，泰山有其雄伟，而无其秀丽；石林有其幽峭，而无其雄健。黄山是大则气势磅礴，神笼宇宙；小则剔透玲珑，耐人寻味。如果拿美学名词来比附的话，我们就可以说，黄山既有阳刚之美，又有阴柔之美。可谓刚柔兼，二难并，求诸天下名山，可谓超超玄箸了。

我一下子又想到中国的山水画。远山一般都只用淡墨渲染，近山则用各种的皴法。对远山的那种处理，只要在有山的地方，看到过远山的人，都会同意的，都会知道那实际上是把自然景物，再加上点画家个人的幻想与创造，搬到了纸上来的。这不同于自然主义，这是形似而又神似。但是对近山的那些不同的皴法，则生长在北方高山不多的地方的人，有时就不大容易理解，认为这不过是画家的传统手法，没有多大意思的。特别是对大涤子这样的画家，更不容易理解。今天我到了黄山，据说大涤子在这里住过，积年疑团，顿时冰释。我站在任何一个悬崖峭壁的下面，抬头仰望，注意凝视，观之既久，俨然是一幅大涤子的山水画出现在自己的眼前，我也俨然成了画中人了。但见这一幅画，笔墨恣纵，元气淋漓，皴法新颖，巨细无遗。倘若我们请天上匠作大神，来到人间，盖上一座万丈高的大厦，把这一幅大画挂在里面，不知会产生什么效果，恐怕观赏的人都会目瞪口呆、惊愕万状吧！此时，只在此时，我才真正理解中国古代山水画家，其中也包括像大涤子这样有天才、有独创性，能独辟蹊径，开一代风气的画家，都是在仔细观察自然山色，简练揣摩，融会贯通之后，然后才下笔的。他们绝不是专门抄袭古人，拾古人牙慧的。

我一下子又想到，天下名山多矣，中外皆然。但是像黄山这样的名山，却真如凤毛麟角。为什么中国竟会有黄山这样的山呢？这个问题似乎非常幼稚，实际上却是发自我内心深处的一个问题。我并不觉得它有什么幼稚、可笑。古人会说，这是灵气所钟。什么又是灵气呢？灵气这东西摸不着、看不到，实在是玄妙得很。但是依我看，它又确实是存在着的。我们一到黄山，第一天晚上坐在宾馆外深涧岸边，细听涧中水声，无意中捉到了一个萤火虫，发现它比别的地方的都大而肥壮。后来我们又发现这里的知了也比别的地方的大而肥壮，就连苍蝇也和别的地方不同，大得、壮得惊人，而在海拔近两千尺的天都峰顶，天风猎猎，人站在那里都摇摇欲坠，然而却能见到苍蝇,而且都有点气魄,飞驶迅速,呼啸而过。这实在使我吃惊不小,不用灵气所钟,又怎样解释呢?世界各国都有它们灵气所钟的地方,对于这些地方,只要我能走到、看到,我都喜爱、欣赏,一视同仁,绝不会有任何偏心。但是,有黄山这样灵气所钟的地方,我作为一个中国人感到无比的骄傲与幸福。我因此热爱我们这一块土地,我更热爱我们这一个国家。我们也并不想把黄山秘而不宣,独自享受。"但愿人长久,千里共婵娟。"我也但愿世界永存,黄山永存,永远以它那无比美妙的山色,为我们提供无比美妙的怡悦。

我一下子又想到,古人说,人生要读万卷书,行万里路。又说太史公司马迁周览名山大川,故其文疏宕有奇气。还有人说,唐代大书法家张旭观公孙大娘舞剑器,因而书法大进。我现在游览了黄山,将来会产生什么样的影响呢?我一非文豪,二非书法家,这影响究竟要产生在什么地方呢?不管怎样,影响终归会有的,我且拭目以待。

我就是这样一边走,一边想,一边还欣赏四周奇丽景色,不知不觉地就回到了温泉。等到我从北海返回温泉的时候,我仿佛成了一个爱丽丝,我漫游了一个奇而又奇的奇境。过去一周的游踪,历历呈现在我心中。我的黄山梦于今实现了。但我并不满足于实现了梦境,而是梦得更加厉害起来。我仿佛还并没有到过真正的黄山,不,黄山对我来说比原来还要陌生,还要奇妙。我直觉地感到,真正的黄山我还没有看到。我从北海归来,只看了黄山的皮毛。黄山的名胜真如五光十色、扑朔迷离,在那"万壑树参天,千山响杜鹃"中似乎还隐藏着什么秘密,有待于我、有待于其他人去发现,去欣赏，去惊叹。古时候有一首关于黄山的诗："踏遍峨嵋与九嶷，无兹殊胜幻迷离。任他五岳归来客，一见天都也叫奇。"

我还没有历游五岳，也还没有到过峨嵋与九嶷。我对黄山、对天都叫奇，完全是很自然的。我相信，即使我有朝一日真的遍游五岳，登峨嵋，探九嶷，我再到黄山来仍然会叫奇不绝的。

我来的时候，心里带来了一个假的黄山图，它一遇到真黄山就破碎消失了。我现在离开的时候，带走了一幅真正的黄山图。虽然我还不能相信，这一幅图就是黄山的真相，但是这幅黄山图将永远留在我的心中。经过了一段时间酝酿思忖，我现在写出了我心目中的黄山。但写的过程中，我时时怀疑我这一支拙笔会玷污了黄山。古人诗说："美人意态画不出，当时枉杀毛延寿。"我现在真觉得："黄山意态写不出，枉费不眠数夜间。"《世说新语·任诞第二十三》说：

> 桓子野每闻清歌，辄唤"奈何！"谢公闻之，曰："子野可谓一往有深情。"

这里指的是，桓子野每闻清歌，辄情动乎中。我现在面对着黄山，心中有座美妙的黄山，笔下的黄山却并不那么美妙，我也只能学一学桓子野，徒唤奈何。

1979 年 12 月 9 日

富春江上

记得在什么诗话上读到过两句诗：

> 到江吴地尽，隔岸越山多。

诗话的作者认为是警句，我也认为是警句。但是当时我却只能欣赏诗句的意境，而没有丝毫感性认识。不意我今天竟亲身来到了钱塘江畔富春江上。极目一望，江水平阔，浩渺如海；隔岸青螺数点，微痕一抹，出没于烟雨迷蒙中。"隔岸越山多"的意境我终于亲临目睹了。

钱塘、富春都是具有诱惑力的名字。实际的情况比名字更有诱惑力。我们坐在一艘游艇上。江水青碧，水声淙淙。艇上偶见白鸥飞过，远处则是点点风帆。黑色的小燕子在起伏翻腾的碎波上贴水面飞行，似乎是在努力寻觅着什么。我虽努力探究，但也只见它们忙忙碌碌，匆匆促促，最终也探究不出它们究竟在寻觅什么。岸上则是点点的越山，飞也似的向艇后奔。一点消逝了，又出现了新的一点,数十里连绵不断。难道诗句中的"多"字表现的就是这个意境吗?

眼中看到的虽然是当前的景色,但心中想到的却是历史的人物。谁到了这个吴越分界的地方不会立刻就想到古代吴王夫差和越王勾践的冲突呢?当年他们钩心斗角互相角逐的情景,今天我们已经无从想象了。但是乱箭齐发、金鼓轰鸣的搏斗总归是有的。这种鏖兵的情况无论如何同这样的青山绿水也不能协调起来。人世变幻,今古皆然。在人类前进的征途上,这些都是不可避免的。但青山绿水却将永在。我们今天大可不必庸人自扰,为古人担忧,还是欣赏眼前的美景吧!

但是,我的幻想却不肯停止下来,我心头的幻想,一下子又变成了眼前的幻象。我的耳边响起了诗僧苏曼殊的两句诗:

春雨楼头尺八箫,何时归看浙江潮。

这里不正是浙江钱塘潮的老家吗?我平生还没有看到浙江潮的福气。这两句诗我却是喜欢的,常常在无意中独自吟咏。今天来到钱塘江上,这两句诗仿佛是自己来到了我的耳边。耳边诗句一响,眼前潮水就涌了起来:

怒声汹汹势悠悠,罗刹江边地欲浮。

漫道往来存大信,也知反覆向平流。

> 狂抛巨浸疑无底，猛过西陵只有头。
> 至竟朝昏谁主掌，好骑赪鲤问阳侯。

但是，幻象毕竟只是幻象。一转瞬间，"怒声汹汹"的江涛就消逝得无影无踪，眼前江水平阔，浩渺如海，隔岸青螺数点，微痕一抹，出没于烟雨迷蒙中。

可是竟完全出我的意料：在平阔的水面上，在点点青螺上，竟又出现了一个人的影子。它飘浮飞驶，"翩若惊鸿，宛如游龙"，时隐时现，若即若离，追逐着海鸥的翅膀，跟随着小燕子的身影，停留在风帆顶上，飘动在波光潋滟中。我真是又惊又喜。"胡为乎来哉？"难道因为这里是你的家乡才出来欢迎我吗？我想抓住它，这当然是不可能的。我想正眼仔细看它一看，这也是不可能的。但它又不肯离开我，我又不能不看它。这真使我又是兴奋，又是沮丧；又是希望它飞近一点，又是希望它离远一点。我在徒唤奈何中看到它飘浮飞动，定睛敛神，只看到青螺数点，微痕一抹，出没于烟雨迷蒙中。

我们这样到了富阳。这是我们今天艇游的终点。我们舍舟登陆，爬上了有名的鹳山。山虽不高，但形势极好。山上层楼叠阁，曲径通幽，花木扶疏，窗明几净。我们登上了春江第一楼，凭窗远望，富春江景色尽收眼底。因为高，点点风帆显得更小了，而水上的小燕子则小得无影无踪。想它们必然是仍然忙忙碌碌地在那里飞着，可惜我们一点也看不着，只能在这里想象了。山顶上树木参天，森然苍蔚。最使我吃惊的是参天的玉兰花树。碗大的白花在绿叶丛中探出头来，同北地的玉兰花一比，大小悬殊，颇使我这个北方人有点目瞪口呆了。

在山边上一座石壁下是名闻天下的严子陵钓台。宋朝大诗人苏东坡写的四个大字"登云钩月"赫然镌刻在石壁上。此地距江面相当远，钓鱼无论如何是钓不着的。遥想两千多年前，一个披着蓑衣的老头子，手持几十丈长的钓竿，垂着几十丈长的钓丝，孤零一个人，蹲在这石壁下，等候鱼儿上钩，一动也不动，宛如一个木雕泥塑。这样一幅景象，无论如何也难免有滑稽之感。古人说："姑妄言之，姑妄听之。"过分认真，反会大煞风景。难道宋朝的苏东坡就真正相信吗？此地自然风光天下独绝，有此一个传说，更会增加自然风光的妩媚，我们就姑妄听之吧！

两年前，我曾畅游黄山。那里景色之奇丽瑰伟，使我大为惊叹。窃念大化造物，天造地设，独垂青于中华大地。我觉得生为一个中国人，是十分幸福的，是非常值得骄傲的。今天我又来到了富春江上。这里景色明丽，秀色天成，同样是美，但却与黄山形成了鲜明的对照。如果允许我借用一个现成的说法的话，那么一个是阳刚之美，一个是阴柔之美。刚柔不同，其美则一，同样使我惊叹。我们祖国大地，江山如此多娇，我的幸福之感、骄傲之感，便油然而生。我眼前的富春江在我眼中更增加了明丽，更增加了妩媚，仿佛是一条天上的神江了。

在这里，我忽然想到唐代诗人孟浩然的一首著名的诗：

宿桐庐江寄广陵旧游

山暝听猿愁，沧江急夜流。
风鸣两岸叶，月照一孤舟。
建德非吾土，维扬忆旧游。
还将两行泪，遥寄海西头。

孟浩然说"建德非吾土"，在当时的情况下，这种心情是容易理解的。他忆念广陵，便觉得建德非吾土。到了今天，我们当然不会再有这样的感觉了，我觉得桐庐不但是"吾土"，而且是"吾土"中的精华。同黄山一样，有这样的"吾土"就是幸福的根源。非吾土的感觉我是有过的。但那是在国外，比如说瑞士。那里的山水也是十分神奇动人的，我曾为之颠倒过、迷惑过。但一想到"山川信美非吾土"，我就不禁有落寞之感。今天在富春江上，我丝毫也不会有什么落寞之感。正相反，我是越看越爱看，越爱看便越觉得幸福，在这风物如画的江上，我大有手舞足蹈之意了。

我当然也还感到有点美中不足。我从小就背诵梁代大文学家吴均的一篇名作《与朱元思书》。这封信里描绘的正是富春江的风景：

风烟俱净，天山共色。从流飘荡，任意东西。
自富阳至桐庐，一百许里，奇山异水，天下独绝。

上面就是对这"奇山异水"的描绘，那确是非常动人的。然而他讲的是"自富阳至桐庐",我今天刚刚到了富阳,便戛然而止。好像是一篇绝妙的文章,只读了一个开头。这难道不是天大的憾事吗?然而,这一件憾事也自有它的绝妙之处,妙在含蓄。我知道前面还有更奇丽的景色,偏偏今天就不让你看到。我望眼欲穿,向着桐庐的方向望去,根据吴均的描绘,再加上我自己的幻想,把那一百多里的奇山异水给自己描绘得如阆苑仙境,自己感到无比的快乐,我的心好像就在这些奇山异水上飞驰。等到我耳边听到有点嘈杂声,是同伴们准备回去的时候了。我抬眼四望,唯见青螺数点,微痕一抹,出没于烟雨迷蒙中。

1981 年 12 月 9 日

还乡记

经过了长期的反复的考虑，我终于冒着溽暑，带着哮喘，回到一别九年的家乡来了。六七天以来，地委的个别领导同志、聊城师院的个别领导同志，推开了一切日常工作，亲自陪我参观访问，每天都要驱车走上三五百里路。在极短的时间内，我总共参观了四个县，占聊城地区的一半。真是闻所未闻，见所未见；所见所闻，触目快意。我的心有时候激动得似乎想要蹦出来。我一向热爱自己的家乡，热爱自己的祖国。一想到自己的家乡的穷困，一想到中国农民之多、之穷，我就忧从中来，想不出什么办法，让他们很快地富裕起来。我为此不知经历了多少不眠之夜。

但是，好像一个奇迹一般，用一句西洋现成的话来说，就是：我一个早上一睁眼，忽然发现，我的家乡的，也可以说是全中国的农民突然富起来了。我觉得自己的家乡从来没有这样可爱过，自己的祖国从来没有这样可爱过。浓烈的幸福之感油然传遍了全身。对我来说，粉碎了"四人帮"以后，喜事很多，多得数不过来。但是，像这样的喜事还没有过。无以名之，姑名之为喜事中的喜事吧。

我原来丝毫也没有打算写什么东西。九年前回家时，我就连半个字也没有写。当时我只是天天挨日子过，哪里还有什么兴致动笔写东西呢？这次回来，原来也想照老皇历办事：只是准备看一看，听一听；看完听完，再回到学校，去过那种平板、杂乱而又紧张的日子，如此而已。

但是，为什么又终于非写不行、欲罢不能了呢？难道是我的思想感情改变了吗？难道是山川土地改变了吗？都不是的。是我们党的政策发挥了威力。它像一阵和煦的春风，吹绿了祖国大地，吹开了亿万人民的心。我当然也不例外。我在故乡所见所闻，逼迫着我要说话，要写东西。我不能无言，无言就对不起自己的良心，对不起养育过我的故乡的父老兄弟姐妹，对不起热情招待我的从大队党支部一直到地委的各级领导。

写点东西的想法一萌动，感情就奔腾汹涌，沛然不可抗御。我本来只想写一点眼前的感想。但是，一想到当前，过去也就跟着挤了上来；于是浮想联翩，如悬河泻水，滔滔不绝，逼得我在车上构思，枕上构思，晨夕构思，午夜构思，随时见缝插针，在小本子上写上几句，终于写出了草稿。我舞笔弄墨已经几十年了，写东西从来没有这样快过。我似乎觉得，我本来无意为文，而是文来找我。古人有梦笔生花的说法。我怎敢自比于古人？我梦见的笔，不生鲜花，而生蒺藜。蒺藜当然并不美，但是它能刺人。现在它就刺激着我，让我不能把笔放下。我就这样把已写成的速写式的草稿，修改了又修改，写成了接近完成的草稿。

要想写出我那些激动的感情，二十记，一百记，比一百更多的记，也是不够的。但那是不可能的。我总不能无休无止地写下去的，总应该有一条界线啊。可这界线要划在哪里呢？古人写过《浮生六记》，近人又有《干校六记》，都是极其美妙的文字。我现在想效颦一下，也来个《还乡几记》。六是一个美妙的数字。但我不想照抄。中国古时候列举什么东西，往往以十计，什么十全十美、十全大补等等，不一而足。我想改一句古人的话："十者，数之极也。"我现在就偷一下懒，同时也想表示，我想写的东西很多，决定采用"十"这个字，再发挥一下"十"字的威力，按照参观时间的顺序，写了十篇东西，名之曰《还乡十记》。

           1982年9月17日初稿于聊城
           1982年10月19日修改于北京

临清县招待所

这是什么地方呀？绿树满院，浓荫匝地；鲜红的花朵，在骄阳中迎风怒放。同行的一位女同志脱口而出说："这里真像是苏州！"我自己也真的想到了二十年前漫游过的地上天堂苏州。除了缺少那些茂密的竹林以外，这里不像苏州又像什么地方呢？这里是地地道道的苏州的某一个角落。

然而不是，这里是我的家乡临清。

我记忆中的临清不是这样子的。完完全全不是这样子的。我生在过去独立成县、今天划归临清的清平县。在那个地方，除了黄色和灰色之外，好像什么都没有。我把自己的回忆翻腾了几遍，然而却找不出半点的红色。灰色，灰色，弥漫天地的灰色啊！如果勉强去找的话，大概也只有新娘子腮上涂上的那一点点胭脂，还有深秋时枣树上的黄叶已将落尽，在树顶上最高枝头剩下的几颗红枣，孤零零地悬在那里，在冷冽的秋风中，在薄薄的淡黄色中，红艳艳，夺人眼目。

今天我回到家乡，第一个来到的地方就是临清县招待所。我来到家乡，第一眼就看到了南国的青翠与红艳。我的眼睛一下子亮了起来，心头洋溢着快乐的激情。在这招待所里，大多是新盖的平房，窗明几净。院子里种了不少花木，并不茂密，但却疏落有致。残夏的阳光强烈但并不吓人。整个院落给人以明朗舒适的感觉。这个招待所餐厅所在的那一个小院，就是我们误认为是苏州的地方。

就在这个餐厅里，我生平第一次品尝了同时端上来的六个汤，汤汤滋味不同。同行者无不啧啧称奇，认为这是在任何地方都没有见到过的。我一向觉得，对任何国家来说，烹调技术都是文化的一部分。我的家乡竟有这样高超的烹调技术，说明它有很高的文化水平。这也是我始料所不及的，用德国人常用的一个词来说，这也算是愉快的吃惊吧。

临清虽然说是我的家乡，但是，我对于临清并不熟悉。古人诗说：

近乡情更怯，不敢问来人。

我并没有这样的感觉。我只是在阳光普照下，徜徉于临清街头，心中似有淡漠的游子归来之感。在我眼中，一切都显得新鲜而陌生。街上的行人熙熙攘攘。他们的穿着，虽然比不上大都市，但也绝不土气。间或也有个别的摩登女郎，烫发，着高跟鞋，高视碎步，挺胸昂然走过黄土的街道。

街道两旁，摆着一些小摊子，有的堆满了蔬菜，都干净而且新鲜，仿佛把菜园中的青翠湿润之气，也带到城市中来。食品摊子很多，其中的一个摊子特别引起了我的注意。一位穿着颇为时髦的少女，脚蹬半高跟鞋，头发梳成了像马尾巴似的一束，在脑袋后面直摇晃。这种发式大概也是有个专门称呼的，恕我于此道是门外汉，一时叫不出来。她站在炉子旁边，案板后面，在全神贯注地擀面，烙一种像烧饼似的东西。她动作麻利、优美，脸上流着汗珠，两腮自然泛起了红潮，"人面桃花相映红"，可惜这里并没有桃花，无从映起。这一幅当炉少女的图画，引起了我的兴趣。她烤的那一种烧饼，对我这远方归来的游子也具有诱惑力。我真想站在那里吃上一顿。但也只是想想而已，没有真正那样去做。

同行的人都对教育有兴趣，很关心。所以在看了两座清真寺、胜利桥和一座古塔以后，就去参观著名的临清一中。因为是星期天，学校的大门（好像是后门）上了锁，汽车开不进去，我们只好下车，从两扇门之间的相当宽的缝隙里挤了进去。院子里静悄悄的，不见人影，只有几只老母鸡咕咕地叫着，到处转悠。有几件洗晒的衣服，寂寞地挂在绳子上。我们原以为大概就是这样子了。但是，我们走过一间教室，偶尔推开门向里一看：在不太明亮的屋子里，却有一群男女孩子坐在课桌旁，鸦雀无声地在学习，个个精神专注，在读着什么，写着什么。我们的兴致一下子高了起来。我们走近桌子，同他们搭话。他们站起来说话，腼腆但又彬彬有礼，两腮红润得像新开的花朵。我们取得了经验，接着又走进了几间外面看上去已经有点古旧的教室，间间情况都是这样。我们万没有想到，在外面一片寂静中，屋子里却洋溢着青春的活力。此时此地，我想得很远很远。我的心飞出了这一间间简陋的教室，飞出了我的家乡临清。难道这种动人的情景只能在我家乡这一个小角落里看得到吗？我不相信情况就是这个样子。一粒沙中可以看到宇宙。在祖国辽阔的土地上，还不知道有多少这样的角落，还不知道有多少这样可爱的孩子。孩子身上承担着祖国的未来，人类的未来。有我眼前这样一些孩子，我们祖国的未来会是什么样子，不是一清二楚了吗？在我的家乡不期而遇地看到这样一些孩子，我对自己的家乡有什么感觉，不也一清二楚了吗？

就这样，我们在临清县城内，这里看看，那里瞧瞧，整整地参观了一个上午。各方面的情况，我们都看了一点，了解了一点。这就是走马观花吧，我们总算是看到了花。如果现在有人问我："你觉得你的家乡怎样呀？你在上面不是说，它有点像苏州吗？你现在看了市容，对临清了解得更清楚了，你怎么想呢？"说实话，苏州我已经很久没有去过了。它现在怎么样，我实在说不清楚。既然我的家乡变了，遥想苏州也会改变的。就自然景色来说，苏州一定会胜过我的家乡。不管我对家乡怎样偏爱，我也决不能说："上有天堂，下有临清。"

但是，在现在这个时候，在残夏的骄阳中，看到了这样一些东西以后，我真觉得，我的家乡是非常可爱的。我虽然不能同街上的每一个人都谈谈话，了解他们在想些什么，但是，从他们的行动上，从他们的笑容上，我知道，他们是快乐的，他们是满意的，他们是非常地快乐和满意的。我的眼睛一花,仿佛看到他们的笑容都幻化成了一朵朵的花,开放在我的眼前。笑容是没有颜色的,但既然幻化成了花朵,那似乎就有了颜色,而这颜色一定是红的。再加上刚才在临清一中看到的那一些祖国的花朵,于是我眼前就出现了一片繁花似锦的景象,灿烂夺目,熠熠生光,残留在我脑海里的那种灰色,弥漫天地的灰色,一扫而光,只留下红彤彤的一片,宛如黎明时分的东方的朝霞。

1982 年 9 月写初稿于聊城
1982 年 11 月 29 日修改于北京

聊城师范学院

姑且不从全中国来看吧,就是从山东全省来看,我们地区也不是文化发达的地区。清朝初年,聊城出过一个姓傅的状元,后来还当上了宰相。但那已是过去的"光荣",现在早已暗淡,连这位状元公的名字知道的人也不多了。也曾有过一个海源阁,那里的藏书多为善本,名闻海内外,而今也已荡为荒烟蔓草,只能供人凭吊了。

对这些事情,我虽然很少对人谈起,但心里确实感到有点不是滋味。

在这样的情况下,当我听说聊城师范学院已经建立起来的消息时,我心中的高兴与激动,就可以想象了。这毕竟是我们地区的最高学府,是一所空前的最高学府。我们那文化落后的家乡,终于也有了最高学府。

谁都知道,这件事情是来之不易的。如果不是推翻了"三座大山",如果不是在推翻了"三座大山"之后二十多年又粉碎了"四人帮",这件事情无论如何是无法想象的。

同年轻人谈这种事情,他们好像是听老年人谈海市蜃楼,不甚了了。但是，对像我这样年龄的人，它却是活生生的令人兴奋的事实。六十多年前，我是我们官庄唯一的小学生，后来是唯一的中学生，再后来又是唯一的大学生，而且是国立大学的学生，更后来，我这个外洋留学生，当然是唯一的唯一，"洋翰林"这块牌子，金光闪闪。所有这一切，都不说明我自己有什么能耐，而是环境使然，时代使然。况且没有家乡的帮助，我恐怕什么都不是。当我还在上大学的时候，我们那个极其贫穷的清平县，每年都提供给我一笔奖学金。没有这一笔奖学金，我恐怕很难念完大学。大学毕业以后，风闻家乡要修县志，准备把我的名字修进去，恐怕是进入艺文志之类。这大概只是一个传闻，因为按照老规矩，活着的人是不进县志的。不管怎样，就算是一个传闻吧，也可见乡亲们对像我这样的人是怎样的想法。在念书方面，我在那个小庄子里早成了"绝对冠军"，而且这记录几十年没有被打破。区区不才，实在有点受宠若惊了。

然而今天我回到家乡，村村有小学，县县有中学，专署所在的聊城，又有了师范学院，有了最高学府。我那个"绝对冠军"的记录早被打破。我并不惋惜，我兴奋，我高兴。如果像我这样的人永远"冠军"下去，我们的家乡还有希望吗？我们的国家还有希望吗？

希望就在于我的记录已被打破，而打破记录的主要标志就是聊城师范学院的建立，我要用世界上最美丽的语言来赞美这所学院，歌颂这所学院。如果我是一个诗人的话，我将写上无数首赞美的诗歌，以表达我的感情。因此，在我没有见到聊城师范学院以前，我就对它怀有深厚的感情了。现在我亲自来到这里，这感情更加浓烈，更加集中。我虽然在学院待的时间并不长,但从表面上来看,也可以看到创业维艰的情况。我知道,学院里的困难还是非常多的。但是,我也看到从学院领导同志一直到青年教员那一团蓬蓬勃勃的朝气。只要有这种朝气,就没有克服不了的困难;只要有这种朝气,学院就会蒸蒸日上。这是我深信不疑的。

当然,我也听到另一些情况:个别的教员在这里不很安心。在十年浩劫中,学院搬来搬去,人为地制造了许多矛盾。这是原因之一。但也有别的原因。比如聊城这地方小,有点闭塞,有点土气;学院很小,显得有点幼稚;生活条件差,有困难,等等,等等。尽管这样,绝大多数教员,不管年老的还是年轻的,是安心的,是满意的。虽然我无法一一同他们谈话,但是从他们的表情上,从他们的笑容上,从他们的眼神里,我仿佛看到他们的心,一颗颗忠诚于教育事业的心。比起北京等大城市来,聊城确实是个小地方,显得有点土气,有点闭塞。但是闭塞中有开通,土气中有生气。只要有生气,就有希望,就有未来。比起那些大大学来,聊城师院确实显得有点小,有点幼稚。但是微小中有巨大,幼稚中有成熟。未来的希望也就蕴藏于其中。创业有困难,可以磨炼人的斗志,可以提高人的精神境界。比起吃现成饭来,这要高尚得多,有意义得多。聊城师院绝大部分的教职员工,难道不正是这样想的吗?

谁要是看一看学院的校园,就会同意我上面的想法。校园中空地很多,有的地方杂草丛生,看上去有点荒寒。但是图书馆大楼不是已经矗立在那里了吗?我这从大大学去的人,看了图书馆,都不禁有点羡慕起来，我们的书库和阅览室比这里拥挤多了。至于空地和杂草，那就像是一张白纸，可以在上面画最美的画，比起盖起林立的大楼而这些楼并不能使人满意的地方来，要好得多。学院的领导心中确实已经有了一张草图：这里修建楼房，这里铺设柏油马路，这里安排花坛种植花木，甚至还要搞上一个喷水池。听了这样的设想，我仿佛已经看到了摩天大楼成排成排地站在那里，院子里繁花似锦，绿柳成荫，一个大喷水池喷出了白练似的水柱，赤橙黄绿青蓝紫，在阳光中幻出惊人的奇景，幻出七色的彩虹。

环境是这样子，人又何尝不是呢？

我因为停留时间极短，没能同更多的教职员和同学接触。但是在举行开学典礼的那一天，我同两个女孩子，也是两个新同学谈了几句。一个说是来自济南，一个说是来自烟台，都是第一次出远门。我听后心里立刻漾起了一丝快乐：我们的学院已经冲出了本地区，面向全省了，下面不就应该是面向全国的局面了吗？这两个小女孩彬彬有礼，有点腼腆，又有点兴奋。答话时还要毕恭毕敬地站起身来，说话时细声细气，让人觉得非常可爱。我没有时间同她们多谈，我不完全了解她们的心情。但是从她们的表情上，可以看到，她们是满意的，她们是快乐的。第一次离开父母，走向广阔的社会，她们一定有许多憧憬，有许多幻想。她们也许想得很远很远，也许会不时地想到二十一世纪。像我这样的老年人当然也会想到祖国的前途，想到人类的未来，想到二十一世纪。但是对我来说，二十一世纪实在是渺茫得很，我不大有可能活到二十一世纪了。但是对像她俩这样十六七岁的孩子来说，二十一世纪却是活生生的现实，一点也不渺茫，到了二十一世纪，她们也不过三十来岁，风华正茂，正是一生的黄金时期。对那样一个时期，她们一定也有所设想，有所安排的。她们看到将来要走的路一定是玫瑰色的，一定是铺满了鲜花的。我不禁从内心深处羡慕起她们这样的年轻人来。古人说："长江后浪推前浪，浮世新人换旧人。"这是一个自然规律。个人是无能为力的。我们应该为有这个自然规律而欢欣鼓舞。宇宙总是要发展的，人类总是要进步的，年轻人总是要成长起来的。祖国的前途，人类的未来，一切希望不就寄托在这样的年轻人身上吗？

我在上面曾讲到傅状元和名闻世界的海源阁。如果海源阁还在的话，它当然是我们聊城、我们山东、我们中国的骄傲。既然不在了，我们当然会感到非常惋惜。但是如果看到未来，看到比较遥远的未来，这惋惜之情一定会大大地减轻的。我们一定能创建更多更好的海源阁，藏书一定更为珍贵，更为丰富，更能为我们的祖国争光。至于傅状元之流，他们八股文大概写得不错，但谈到其他知识，则我们的年轻人一定远远超过他。我们要培养的正是这样的年轻人。培养的地方当然是很多很多的，小学和中学都有作用。但在我们地区，首先就是我们的最高学府聊城师范学院。在这个意义上，我为我们的师范学院祝贺。

1982 年 9 月 18 日写初稿于聊城
1982 年 12 月 26 日写毕于北京华都饭店

赞西安

三年前，我第一次来到西安。坦白地说，西安给我的第一个印象是并不美妙的。街道脏而乱，到处是土。我费尽力量，也很难看到马路上的白线。车轮一过，尘土飞扬。大街上似乎总是雾气重重，令人呼吸都感到困难。车辆行人，也不大遵守交通规则。当时我对这里的司机非常同情。我曾对人说过："谁要是能在西安开车，走遍天下都可以开车了。"其次就是天气干燥。连灞桥附近那几棵可怜的杨柳都似乎是奄奄一息的。有一位朋友对我说："西安大概已经开始沙漠化了。"我对他这句话从内心里有着共鸣。

西安是我国的文明古都，像兵马俑、秦始皇陵、华清池等名闻全世界的古迹，遍布全市，每天吸引着大量的外国朋友。然而市容竟是这个样子，我真是不胜惋惜了。

仅仅相隔三年，我今天又来到西安。一下火车，耳目就为之一新。车站外面，有人认真维持秩序。马路上干干净净，白线赫然在目。车辆行人也似乎都遵守交通规则，秩序井然。我不禁大为惊奇，大为欣慰。"西安就应该是这个样子。"我自己心里想。

我住在丈八沟陕西宾馆里面。此地有茂林修竹，绿草如茵，曲径通幽，真是一个奇妙的地方。时届深秋，红叶已经满园，但月季花还在迎霜怒放。古人诗说："霜叶红于二月花。"这里却是霜叶与红花竞美，令人分不清是春是秋。阆苑仙境大概也就是这样子吧。特别是那一片片的竹林，更引人入胜，绿竹与紫竹并茂，为他处所少见。北京有一个著名的紫竹院，那里却连一根紫竹也没有。在别处这种竹子也不多见。因此，我一提到紫竹，不但北方的同志要求我指给他们什么是紫竹，连竹乡四川来的同志也提出同样的要求。我乐于带他们到竹林里去，给他们指点哪是绿竹，哪是紫竹。

这竹林真是迷人极了。我从前读唐代诗人王维的名诗：

独坐幽篁里，弹琴复长啸。深林人不知，明月来相照。

我真喜欢这种意境。上次来时，这种地方我没有找到。我想，唐代的西安，天气大概比今天潮湿，比今天暖，所以才有那样多的竹子，今天可是不行了。

然而，今天在陕西宾馆，在我眼前，就不知道有多少片竹林。在任何一片竹林里，王维都可以吟出那样美妙的诗句。我在竹林里还能听到鸟的鸣声。虽然我看到的只有一种灰色的喜鹊，但这毕竟也是一种鸟，目前在北京连麻雀都很少见了。如果你有那么一点闲情逸致，你一定会能领略到"鸟鸣山更幽"的意境。

西安并没有沙漠化，并没有干燥化，并没有寒冷化。西安是在绿化，美化，年轻化。我要搜索最美好的词句来赞扬西安。我相信，等到我下一次再来到西安的时候，我会看到一个更加美丽、更加年轻的西安。

1982 年 10 月 25 日于丈八沟

观秦兵马俑

好像从地下涌出来一样,千军万马的兵马俑一个个英姿勃发地突然站立在大地上。说是千军万马,绝不是夸大之词。仅就已知的俑的数目来看,足足够编成一个现代化的师。有待于发现的还没有计算在内。

你说这是一个奇迹吗?我同意。这几乎是全世界到中国来参观兵马俑的外国朋友的一致的意见,他们中间有的人甚至说,秦兵马俑这一奇迹超过了举世闻名的万里长城。但是,我不同意。我们伟大的祖国是文明古国,在现在的九百多万平方公里的土地上,十亿人民正在从事万马奔腾的社会主义现代化建设的伟大工作。这是地面上的奇迹,是明明白白地摆在光天化日之下的,是人们都能够看到的。但是在地下呢?谁也说不清楚,究竟还有多少像秦兵马俑这样的奇迹暂时还埋藏在那里。就连邻近兵马俑的地方,地下情况我们也还不很清楚,何况是这样辽阔的大地呢?

在兵马俑没有涌出来以前,想来地面上也不过是一片青青的庄稼,或是一片荒烟蔓草。这一块土地,同另外任何一块土地完全是一模一样的。两千多年以来,不知道有多少人脚踩过这一块土地。也许在上面种过庄稼,种过菜,栽过树,养过花;也许在上面盖过房子,修过花园。谁也不会想到,就在自己的脚下,竟埋藏着这样多这样神奇的国宝。中国古人有一句现成的话说:"地不爱宝。"现在也许是大地忽然不再爱这些宝贝了,于是兵马俑这样的国宝就一下子涌到地面上来。

今天我们不远千里来到这里,无非是想看一看这些国宝,这些奇迹。一路之上,从西安城一直到这里,看到的当然都是地面上的东西。车过秦始皇陵,看到一个高高的土丘,上面郁郁葱葱,长满了石榴树。因为天气不好。骊山只剩下一片影子,黑魆魆地扑人眉宇。田地里长满了青青的蔬菜,间或也能看到麦苗。麦苗长得还很矮小,却青翠茁壮。在骊山的阴影压迫之下,这麦苗显得更加青翠,逗人喜爱。

但是在西安引人注意的却不是这些青翠茁壮的麦苗,西安是一个最容易让人发思古之幽情的地方。只要一看到秦始皇陵和骊山,人们的思潮就会冲决这两个地方,向外扩散。我现在正是这样。我的心思仿佛长了翅膀,连绵起伏,奔腾流泻。看到半坡,我自然就想到了蒙昧的远古时代的祖先。接着想到的是我们汉族公认的始祖轩辕黄帝,他的陵墓距离西安不算太远。骊山当然让我想到周幽王和褒姒。秦始皇陵里埋着妇孺皆知的秦始皇。茂陵是汉武帝的陵墓。这位雄才大略的大皇帝把自己的大将和大臣埋葬在身边,霍去病和卫青的墓都在茂陵附近。这两个杰出的大将军在死后还在赤胆忠心地保卫着自己的主子。

至于唐代，那遗迹更是到处可见。很多地方都与中国文学史上一些非常显赫的诗人的名字联系在一起。抬头一看，低头一想，无一不让你想到唐代诗歌的黄金时代，想到一些脍炙人口的诗句。这里简直是诗歌的王国，是幻想的天堂，是天上彩虹的故乡，是人间真情的宝库。走过灞桥，我怎能不想到当年折柳赠别的那一些名句和那种依依不舍的友情呢？看到蓝田这个地名，我自然就想到了王维的辋川别业，想到那些意境幽远的短诗。终南山抬头就能够见到，一看到终南山："终南阴岭秀，积雪浮云端。林表明霁色，城中增暮寒。"吟咏这首诗的声音，就在我耳边响起。车子驰过城西北的那一些原，我不由自主地低吟："五陵北原上，万古青蒙蒙。"走过咸阳桥，杜甫的名句"耶娘妻子走相送，尘埃不见咸阳桥"自然就在我耳边响起。我仿佛看到在滚滚的黄尘中唐代出征军人的身影，他们的父母妻子把臂牵袂，痛哭相送。一走过渭水，"秋风生渭水，落叶满长安"这样的诗句马上把我带到了长安的深秋中，身上感到一阵阵的凉意。一想到秋天，我马上就想到春天："云里帝城双凤阙，雨中春树万人家。"这样春雨中的情景立刻就把千树万树枝头滴着红雨的杏花带到我眼前来，我身上感到一阵阵的湿意。从帝城我联想到大明宫："九天阊阖开宫殿，万国衣冠拜冕旒。"我仿佛亲眼看到当年世界上最繁华的都城长安的情景：大街上熙熙攘攘，挤满了人，在黄皮肤的人群中夹杂着不少皮肤或白或黑、衣着怪异、语言奇特的外国学者、商人、僧侣、外交官。

总之，在我乘车驶向秦俑馆的路上，我眼前幻影迷离，心头忆念零乱，耳旁响着吟诗声，嘴里念着美妙的诗句，纵横八百里，上下数千年，浮想联翩，心潮腾涌。以前我在任何时候任何地方都没有过这样复杂的感情，我是既愉快，又怅惘，既兴奋，又冷静，中间还掺杂上一点似乎是骄傲的意味。

就这样，转眼之间，我们已经到了秦兵马俑博物馆。

所谓兵马俑馆，是一个硕大无比的大厅，目测至少有几个足球场大。在进入大厅之前，我们先参观了大厅旁边的一间小厅，中间陈列着正在修复中的一辆铜车、四匹铜马。四匹铜马神采奕奕，仿佛正在努力拉着铜车奔驰。一个铜军官坐在车上，驾驭着这四匹马。看到这样精致绝伦的艺术国宝，我们每个人都不禁啧啧称叹：想不到宇宙间竟有这样神奇的珍品，我心中那一点骄傲的意味不由得更加浓烈起来了。

走进大厅，站在栏杆旁边向下面的大坑里望去，看到一排排的坑道。坑道中，前排的兵俑和马俑都成排成行地站在那里。将军俑、铠甲武士俑、骑马俑等等，好像都聚精会神地站在那里，静候命令，他们秩序井然，纪律严明，身体笔直，一动也不动。兵俑中间间杂着一些马俑，也都严肃整齐，伫立待命。我原以为，这些兵俑都是一个模子里塑制出来的，千篇一律，不会有什么变化。但是仔细一看才发现，他们的面部表情几乎都不相同：有的像是在微笑，有的像是在说话，有的光着下颔，有的留着胡子，个个栩栩如生，而又神态各异，没有发现一个愁眉苦脸的。他们好像都是衷心喜悦地为大皇帝站岗放哨。他们的"物质待遇"好像很不错，否则怎么能个个都心满意足呢？我简直难以想象，当年的艺术家是怎样塑制这些兵马俑的。数以万计的兵马俑竟都能这样精致生动，不叫它是宇宙间一大奇迹又叫它什么呢？

我的思潮又腾涌起来。眼前幻象浮动，心头波浪翻滚。蓦地一转眼，我仿佛看到坑里的兵俑和马俑一齐跳动起来。兵俑跑在前面，在将军俑的率领下，奋勇前进。马俑紧紧地跟在后面。有的兵俑骑上马俑，放松缰绳，任马驰骋。后排坑道里那些还没有被完全挖出来的兵俑和马俑，有的只露出了头，有的露出了半身，有的直着身子，有的歪着身子，也都在那里活动起来。这里的地面高高低低，坎坷不平。它在我眼中忽然变成了海浪，汹涌澎湃，气象万千。兵俑和马俑正从海浪中挣扎出来。有脑袋的奋勇向前。连那些没有脑袋的也顺手抓起一个脑袋，安在脖子上，骑上马俑，向前奔去，想追上前面那些成行成排的俑，一起飞出大厅。那四匹铜马拉着铜车驷马当先，所向无前。连乾陵的那两匹带翅膀的飞马也从远处赶了来，参加到飞腾的队伍中去。它们一飞出大厅，看到今天祖国已经换了人间，都大为惊诧与兴奋。它们大声说着话："我们一睡就是几千年，今天醒来，看到河山大地花团锦簇，人民群众意气风发。我们虽然都有了一把子年纪，但是身子骨还很硬朗。我们休息了这么多年，正有用不完的劲。我们也一定要尽上一份力量，绝不能落后于人。现在是大显身手的好时候，干呀！干呀！"边说边飞，浩浩荡荡，飞向天空，飞向骊山：

> 骊宫高处入青云，
> 仙乐风飘处处闻。

　　现在我耳边响起的不是缓歌慢奏的仙乐，而是兵马杂沓，金鼓齐鸣。这些声音汇成了三界大乐，直干青云，跟随着兵俑和马俑，把我的心也夹在了中间，飞驰掠过八百里秦川。

　　这八百里秦川可真是一块宝地啊！在若干千年中，我们的先民在这里胼手胝足，辛勤耕耘，才收拾出来了现在这样的锦绣河山。就拿西安这一个地方来说吧。在汉唐时期，以它那光辉灿烂的文化，吸引了成千上万的外国朋友。他们不远万里来到这里，或学习，或贸易，或当外交官。西安俨然成了当时世界的中心。城中盛况，依稀可以想象。这一点我在上面已经谈到。今天，又发现了数目这样多、塑制这样精美、能同世界奇迹长城媲美的兵马俑，锦上添花，又招引来了全国各地的人士和其他各国的朋友。大家云集此处，都瞪大了眼睛，惊叹不置。在我们来的路上，外国朋友乘坐的车子，络绎不绝。现在在秦俑馆内，外国朋友，男女老幼，穿着五光十色的衣服，说着稀奇古怪的语言，其数目远远超过国内人民。在这样的情况下，作为一个中国人，人们会想些什么呢？别人的心思我无法揣度，我说不出，但是我自己的心思我是清楚的。我在来的路上的那一点淡淡的骄矜之意、幸福之感，现在浓烈起来了。为生为一个中国人而感到骄矜与幸福，难道不是我们共同的感觉吗？

　　我就是怀着这样的骄矜之意与幸福之感，依依不舍一步三回首地离开秦俑馆的。此时天色已经渐渐地暗了下来,骊山山顶隐入一层薄薄的暮霭中。浩浩荡荡的兵俑和马俑的队伍大概已经飞越了骊山,只留下一片寂静,伴随着我驰过八百里秦川。

1982 年 10 月 29 日

兰州颂

来到兰州，只有短短的几天。然而我却感到，我已经经历了平生两大喜事。第一件就是来到兰州这件事本身。久仰兰州大名，知道甘肃是我国的文化宝库之一。敦煌的大名久已蜚声国际，用不着再细加叙述。至于另一个宝库拉卜楞寺，则国内国际知者甚少，还没有得到应有的重视。实际上那里收藏的大量藏文文献，不但是我们的国宝，而且是世界之宝。我希望，甘肃的同志们关心拉卜楞寺的建设与文物保护，使拉卜楞寺同敦煌一样放射出辉煌的光芒。

第二件就是中国敦煌吐鲁番学会的成立与全国第一次敦煌学术讨论会的胜利召开。敦煌吐鲁番再加上古代藏文文献的研究，已经成为当今世界上的显学。几十年来，我们在这方面的研究工作确有成绩，但是同我们国家的地位比较起来，还有相当大的差距。全国各地从事这方面工作的学者都有热切的愿望，要求组织起来，加强这方面的研究，团结协作，振兴中华。这个愿望现在在中宣部、教育部、文化部以及全国有关学者、有关单位，特别是甘肃省党政领导、兰州大学领导的大力支持下，终于实现了。来自全国的一百多位学者简直可以说是群情振奋,几乎人人都欢欣鼓舞,同声赞扬,认为完成了一件国内学术界的大事。我相信,这样的心情一定会化成极大的力量,我国的敦煌吐鲁番的研究一定会在不远的将来取得巨大的成功,为我们祖国争取更大的光荣。

最后,我还想谈一点我对兰州的印象。研究心理学的人都知道,一个人如果久处一地,对本地许多情况容易视而不见,听而不闻,初到一地的人,反而心明眼亮,会看到本地人看不到的东西。我作为一个初到兰州来的人,对兰州所见虽然还不够多,然而印象是新鲜的,又是深刻的。那天下午参观了甘肃省博物馆,馆内琳琅满目,美不胜收。许多艺术珍品望之简直令人目瞪口呆。参观者同声称赞,认为是中国第一,应该大大宣扬。晚上又看了甘肃省艺术学校的敦煌舞(女子)基本训练课汇报。我虽然在欧洲看了十年芭蕾舞,又多次在印度观看印度各派舞蹈,然而却依然是个"舞盲"。尽管如此,艺校的汇报表演却给了我极大的艺术享受,使我感到敦煌壁画的发展与应用有无限广阔的前途,心情十分兴奋。总之,我对兰州的第一个印象就是兰州是一个很美丽的城市,一个十分有文化的城市。我们从前有一句古话:"上有天堂,下有苏杭。"我们现在是不是可以改动一下:"上有乐园,下有皋兰。"我想同志们也会同意的吧。

1983 年 9 月 8 日

富春江边　瑶琳仙境

几年以前，我写过一篇散文《富春江上》，抒发我在富春江上乘船畅游时的一些感受。我在最后说：吴均的《与朱元思书》中讲到"自富阳至桐庐一百许里，奇山异水，天下独绝"，可是我们只到了富阳就转回杭州，把奇山异水都丢在后面了，这真是天大的憾事。"然而，这一件憾事也自有它绝妙之处，妙在含蓄。"明眼人一看就能知道，其中有自我欺骗的味道。我自己也知道，重游富春江的机会相当渺茫了。但是，我又确实爱上了这一条神奇的澄江，依恋之情，溢满心头，因此故作含蓄语，不过聊以自慰而已。

然而事竟有出人意料者，仅仅隔了三年，我现在又来到杭州，来到富春江边了。遗憾的是，也许庆幸的是，我这次不是乘船，而是乘车，不是仅仅到了富阳，而是直抵桐庐，真正到了吴均描绘的天下独绝的山水的终点，我多少年来梦寐以求的这个人间仙境终于亲身来到了。遗憾的是，也许庆幸的是，我这一次看到的不是吴均描绘的景色，而是它的背后，也许是连吴均都没有看到过的背后。

我就在这个背后乘车走了"一百许里"。

车子过了六和塔,钱塘江波平浪静,晴光满江,微风不起,浮天潋滟,像一面巨大的镜子,照亮了上下四方,背后衬托着几点黛螺似的越山,显得姣丽肃穆。这一片江水在车旁一晃而过,此后就一直再没有见到钱塘江和富春江。蜿蜒的群山把它们隔住了。车子经过的地方,山清水绿,平畴如画。朝阳在山上的松林顶上涂上了一条条的阴影:向阳处,金光闪耀;背阴处,浓绿深黑。阳光就跳跃在这明暗相间的阴影上。外国崇拜太阳的信徒们看到这样的阳光不知道作何感想。我这个喜爱但不崇拜太阳的俗人,看到这样的情景,脑筋蓦地一闪,天启真仿佛临到我的心头。我的灵魂沐浴在金色的阳光中,与阳光融而为一了。

这是我眼前看到的实实在在的情景。这一幅迷人的图景是我在陆路上的汽车中吸入眼底的。但是,不管这一幅图景是多么迷人,我的心并没有被它完全拴住,而是飞到更远的地方去了。我背诵着吴均的文章:

> 水皆缥碧,千丈见底。游鱼细石,直视无碍。急湍甚箭,猛浪若奔。夹岸高山,皆生寒树,负势竞上,互相轩邈,争高直指,千百成峰。泉水激石,泠泠作响;好鸟相鸣,嘤嘤成韵。蝉则千转不穷,猿则百叫无绝。

我的眼睛仿佛得到了天眼通的神力,穿透了巍峨的高山,看到富春江上,我的耳朵仿佛得到了天耳通的神力,听到富春江上。

缥碧的江水，流在我眼前；竞上的寒树，绿在我眼前；泠泠的泉水，响在我耳边；嘤嘤的好鸟，唱在我耳边。中间混合上猿猴的哀鸣，寒蝉的嘶声，汇成了钧天广乐；再衬上青山绿水，辉耀震荡着整个宇宙。我现在仿佛不是坐在车上，而是坐在船上；我仿佛化成另外一个自我了。昔者庄子化为蝴蝶，不知谁化为谁。我现在化出了第二个我，我也不知道，究竟坐在车上的是我呢，还是坐在船上的是我？在到达瑶琳仙境之前，我已经化入太虚幻境了。

但是，现实毕竟是现实，眼前的东西看起来毕竟真切。车子在飞驶，眼前的景象在飞快地变化。"山重水复疑无路，柳暗花明又一村。"陆放翁诗中描绘的大概也就是同这一带相似的地方的景色。区别只在于：他当时漫游，不外是步行、骑驴或者坐轿，速度都是很慢的。眼前风物的变化，节奏也慢。一片树林，一个山坡，一块草地，一方池塘，看上半天，也换不了镜头。今天我们乘的是汽车，风驰电掣，转瞬数里，眼前的景色瞬息万变。马路旁的稻田，稻田边上高视阔步的水牛，远处山麓下的白色小楼，田地里劳动的农民，小镇子里熙熙攘攘的男女老少，都像风车一般，还没等看清楚，已经飞也似的向后退去，什么东西都是转眼就变。小河中白云青山的倒影，紧紧地拼命似的跟着我们的汽车跑。一转弯，小河一消失，白云青山的倒影立刻也就杳无踪影，只有倒影的残痕还留在我们的脑海中。此景此情，陆放翁是无论如何也看不到的。今人幸福胜古人，这一点是无可怀疑的了。

眼前的幸福确实带给了我极大的愉快。但是我刚才自己制造的那一个太虚幻境无论如何也不想从我眼前离开。分成两半的那一个我始终也没有完全合拢起来。一半留在眼前的车上，一半钻透高山，飞到富春江畔。后一半似乎比前一半有更大的自由，更活跃。它完全不受眼前现实的束缚，甚至不受吴均的束缚，它海阔天空，任意驰骋，任意发挥，任意创造。它创造的富春江比现实的要美，比吴均的富春江也要美，而且要美妙到不知多少倍。这里是一个完全自由的王国，一个真正的太虚幻境……

"瑶琳仙境到了！"

"我们到了太虚幻境了！"

同车的人高声喧嚷起来，我仿佛从梦中被惊醒一般，那两个我终于合成了一个。我探头车外，许多小店铺标着瑶琳仙境的名字，旅游的汽车排成了长龙，中外游人成团成堆——瑶琳仙境果然到了。

我随着众多的游人挤进洞中。这个洞穴确实很大，按照天然长成的样子，分为六个"厅"，各厅自成格局，但又有路可通。洞中大小石室，无法统计；亿万年点滴形成的钟乳石，五颜六色，纷烂夺目。有的像玉石，有的像玛瑙，有的像金刚，有的像翡翠。样式更是千姿百态。珠帘玉幕，瑶台灵山，连云飞瀑，高峰崇岭。丛莽竹林，层楼叠阁。说不尽的奇迹，数不清的异相。低头忽然发现下有深沟。邈邃宽敞，正在戒惧惶恐，以为是下临无地；突然水光一闪，原来是洞中小溪，深不逾尺，不禁会心一笑。女解说员正在起劲地讲解。她口若悬河，眉飞色舞，绘声绘色，极尽幻想之能事。其实只要我们自己肯动脑筋，给自己的幻想插上翅膀，让它无拘无束地自由飞翔，对着眼前那一些奇形怪状的石头，我们能够起上成百上千个诡奇美妙的名字。你给它起上什么名字，它肯定就像什么。如果有人幻想力比你更强，给它换上一个名字，你仔细端详，必然是越看越像。最后让你眼花缭乱，幻想也疲于奔命，好像在这个洞中宇宙间万事万物，包括古人和神仙在内，无所不有；而一转瞬间又是什么都无所有，自己也陷入迷离的梦中了。这种经验我平生已经有过几次：一次是在黄山山上，一次是桂林洞中、漓江岸边。现在是第三次了。如果有人问我：你对瑶琳仙境总的印象如何？我会坦率地回答：有点失望，有点不满足。我本来期望，这里能给我一点新东西，高出桂林诸洞的东西。但是实际上没有，两者是差不多的。也许是我们伟大祖国这样神妙的地方太多了，把我们都惯坏了，把我们的眼眶子都惯得太高了，以致这也看不上，那也看不上。其实，宇宙奇迹达到瑶琳仙境这样的程度，算是已经到了顶，再想要更高的更神妙的东西，只有到阆苑天宫里去找了。

走出瑶琳仙境，我们立刻就走上了归途。此时太阳已经越过了中天，渐渐向西方倾斜。青山绿水另有一番景象。西斜的太阳把暗淡下来的光辉洒上碧林，洒上山麓，不像早晨那样金光闪闪，却仍然保留着充沛的活力，把村落、小溪、稻田、池塘清清楚楚地端在我们眼前。可惜现在节令早了一些，林中的树叶还没有变红。不然的话,如果现在是层林尽染的季节,"好是日斜风定后,半江红树卖鲈鱼"那样令人神往的景象我就可以亲身领略了。

同往常一样,在归途上,兴会难免有点阑珊。我现在确已有点倦意,懒得再像早晨那样兴会淋漓地仔细欣赏车窗外的自然景色了。

但是,我的眼睛一闪,一个人的影子蓦地又浮现了出来。早晨来的时候,这个影子已经浮现出来过。我们的车子刚刚驶过六和塔下,一看到明镜般的钱塘江,这影子就在波光水影中冉冉地浮现起来。从那时开始,它一直跟着我们的车子飞驰,时大时小,时近时远,时停时走,时隐时显;飘浮在青山顶上,逍遥在绿水岸边;恰似白云,宛若轻烟;瞻之在后,忽焉在前;充塞宇宙之内,弥漫天地之间。这是多么可爱的一个影子呀!车子驶在小溪的边上,绿树白云,倒映水中,这影子也在水中出现。到了小溪尽头,一切倒影杳然消逝。但是这个影子却仿佛从水中一跃而出,仍然跟着车子飞奔,而且一直陪着我进入瑶琳仙境,充塞了整个石洞。现在我们已经离开仙境,走上了归途,正当意兴阑珊时,青山绿水已经对我不再有多大的吸引力了,它却又突然浮现出来,时而微笑,时而点头,时而颦眉,时而闭目,在我心中激起了剧烈的波动,猛烈地撞击着我的心扉。我想呼喊,我想招手,我想把它牢牢地抓住。但是,定睛看时,却只见山清水秀。我明白了,只有这山清水秀的地方才能产生这样的面影。它是天地的精英,山川灵气之所钟,想赤手空拳把它抓住,那只是痴心妄想。我要把它保留在我灵魂深处,我相信,它也会乐意待在那里的。我想到这里，心旷神怡。抬眼再看，那面影又浮现在我的眼前，宛似一条神龙。它就这样陪着我，在暮色朦胧中，到了万家灯火的杭州。

1984 年 12 月 9 日写完

登蓬莱阁

去年,也是在现在这样的深秋时分,我曾来登过一次蓬莱阁。当时颇想写点什么,只是由于印象不深,自己也仿佛没有进入"角色",遂致因循拖延,终于什么也没有写。现在我又来登蓬莱阁了,印象当然比去年深刻得多,自己也好像进入了"角色",看来非写点什么不行了。

蓬莱阁是非常出名的地方,也可以说是"蓬莱大名垂宇宙"吧。我在来到这里以前,大概是受蓬莱三山传说的影响,总幻想这里应该是仙山缥缈,白云缭绕,仙人宫阙隐现云中,是洞天福地,蓬莱仙境,不食人间烟火。至少应该像《西游记》描绘镇元大仙的万寿山那样:

高山峻极,大势峥嵘。根接昆仑脉,顶摩霄汉中。白鹤每来栖桧柏,玄猿时复挂藤萝……麋鹿从花出,青鸾对日鸣。乃是仙山真福地,蓬莱阆苑只如然。

然而，眼前看到的却不是这种情况。只不过是一些人间的建筑，错综地排列在一个小山头上。我颇有一些失望之感了。

既然是在人间，当然只能看到人间的建筑。从这个标准来看，蓬莱阁的建筑还是挺不错的：碧瓦红墙，崇楼峻阁，掩映于绿树丛中。这情景也许同我们凡人更接近，比缥缈的仙境更令人赏心悦目。一进入嵌着"丹崖仙境"四个大字的山门，就算是进入了仙境。所谓"丹崖"，指的是此地多红石，现在还有四大块红石耸立在一个院子里面。这几块石头不是从别的地方搬来的，而是与大地紧紧地连在一起，原来是大地的一部分，其名贵也许就在这里吧。

进入天后宫的那一层院子，最引人注目的还不是天后的塑像和她那两间精致的绣房中的床铺，而是那一株古老的唐槐。这一棵树据说是铁拐李种下的，它在这仙境里已经生活了一千多年了，虽然还没有"霜皮溜雨四十围，黛色参天二千尺"，但是老态龙钟，却又枝叶葱茏，浑身仙风道骨，颇有一点非凡的气概了。我想，一看到这样一棵古树，谁也会有一些遐思：它目睹过多少朝代的更替，多少风流人物的兴亡，多少度沧海桑田，多少次人事变幻，到现在依然青春永葆，枝干挺秀。如果树也有感想的话，难道它不应该大大地感喟一番吗？我自己却真是感慨系之，大有流连徘徊不忍离去之意了。

回头登上台阶，就是天后宫正殿。正中塑着的天后的像，俨然端坐在上面。天后是海神。此地近海，渔民天天同海打交道。大海是神秘难测的，它有风平浪静的一面，但也有波涛汹涌的一面。自古以来，不知道有多少渔民葬身波涛之中。他们迫不得已，只好乞灵于神道，于是就出现了天后。我们南海一带都祭祀天后。在这个端庄美丽的女神后边，不知道有多少血泪悲剧啊！在我上面提到的左右两间绣房中，床上的被褥都非常光鲜美丽。据说，天后有一个习惯：她轮流在两间屋子里睡觉。为什么这样？其中定有道理。但这是神仙们的事，我辈凡夫俗子还是以少打听为妙，还是欣赏眼前的景色吧！

到了最后一层院子，才真正到了蓬莱阁。阁并不高，只有两层。过去有诗人咏道"登上蓬莱阁，伸手把天摸"，显然是有点夸张。但是，一登上二楼，举目北望，海天渺茫，自己也仿佛凌虚御空，相信伸手就能摸到天，觉得这两句诗绝非夸张了。谁到这里都会想到蓬莱三山的传说，也会想到刻在一个院子里两边房墙上的四句话：

> 直上蓬莱阁，
> 人间第一楼。
> 云山千里目，
> 海岛四时秋。

现在不正是这样子吗？我自己也真感觉到，三山就在眼前，自己身上竟飘飘有些仙气了。

多少年来就传说，八仙过海正是从这里出发的。阁上有八仙的画像，各自手中拿着法宝，各显神通，越过大海。八仙中最引人注目的当然是吕洞宾。提起此仙，大大有名。全国许多地方都有关于他的神话传说。据说，吕洞宾并不姓吕。有一天，他同妻子到山洞里去避难，这两口子住在洞中，相敬如宾，于是他就姓了吕，而名洞宾。这个故事很有趣，但也很离奇，颇难置信。可是，我觉得，这同天后的床铺一样，是神仙们的私事，我辈凡夫俗子还是以少谈为妙，且去欣赏眼前的景色吧！

眼前景色是美丽而有趣的。我们在楼上欣赏窗外的景色。楼中间围着桌子摆了许多把古色古香的椅子，正中一把太师椅，据说是吕洞宾坐过的，谁要坐上，谁就长生不老。我们中吕叔湘先生年高德劭，又适姓吕，于是就被大家推举坐上这一把太师椅，大家哄然大笑。我们虔心祷祝吕先生真能长生不老！

在这楼上，人人看八仙，人人说八仙，人人听八仙，人人不信八仙，八仙确实是太渺茫无稽了。但是，从这里能看到海市蜃楼却是真实的。我从前从许多书上，从许多人的嘴里读到、听到过海市的情景，心向往之久矣。只是海市极难看到。宋朝的大文学家苏轼，曾在登州做过五天的知府。他写过一首诗，叫作《登州海市》，还有一篇短短的序言，我现在抄一下：

予闻登州海市久矣。父老云："尝出于春夏，今岁晚，不复见矣。"予到官五日而去，以不见为恨，祷于海神广德王之庙，明日见焉，乃作此诗。

山河远阔，三更灯火

> 东方云海空复空，群仙出没空明中。
> 荡摇浮世生万象，岂有贝阙藏珠宫。
> 心知所见皆幻影，敢以耳目烦神工。
> 岁寒水冷天地闭，为我起蛰鞭鱼龙。
> 重楼翠阜出霜晓，异事惊倒百岁翁。
> 人间所得容力取，世外无物谁为雄。
> 率然有请不我拒，信我人厄非天穷。
> 潮阳太守南迁归，喜见石廪堆祝融。
> 自言正直动山鬼，岂知造物哀龙钟。
> 伸眉一笑岂易得，神之报汝亦已丰。
> 斜阳万里孤鸟没，但见碧海磨青铜。
> 新诗绮语亦安用，相与变灭随东风。

在这里，苏东坡自己说，祷祝成功，海市出现。但是，给我们导游的那个小姑娘说，苏轼大概没有看到海市，因为他待的时间很短，而且是岁暮天寒之际。究竟相信谁的话呢？我有点怀疑，苏轼是故弄玄虚，英雄欺人。他可能是受了韩愈祝祷衡山的影响："潜心默祷若有应，岂非正直能感通！须臾静扫众峰出，仰见突兀撑青空。"他的遭遇同韩文公差不多，他们俩都认为自己是"正直"的。韩文公能祝祷成功（实际上也未必），为什么自己就不行呢？于是就写了这样一首诗，写得有鼻子有眼，仿佛亲眼看到一般。但是，这只是我个人的怀疑。又焉知苏轼的祝祷不会适与天变偶合，海市在不应该出现的时候出现了呢？我实在说不清楚。古人的事情今人实在难以判断啊！反正登州人民并不关心这一切，尽管苏轼只在这里待了五天，他们还是在蓬莱阁上给他立庙塑像，把他的书法刻在石头上，以垂永久。苏轼在天有灵，当然会感到快慰吧。

　　我们游遍了蓬莱阁，抚今追昔，幻想迷离。八仙的传说，渺矣，茫矣。海市蜃楼又急切不能看到，我心里感到无名的空虚。在我内心的深处，我还是执着地希望，在蓬莱阁附近的某一个海中真有那么一个蓬莱三山。谁都知道，在大自然中确实没有三山的地位。但是，在我的想象中，我宁愿给蓬莱三山留下一个位置。"山在虚无缥缈间"，就让这三山同海市蜃楼一样，在虚无缥缈间永远存在下去吧，至少在我的心中。

1985 年 10 月 26 日写完

海上世界

眼前是一片弥漫天际的黑暗,只是在这里、那里有大小不同的灯火,一点点,一束束,一簇簇,在黑暗中闪着光。有的灯火还拖着一条长长的尾巴,在水面上摇曳、动荡。在眼睛能看到的最远的地方,黑暗更加浓缩起来。可是在浓缩的黑暗的边缘下面,却有一串长达几十里的灯光组成的珍珠项链,颗颗珍珠,熠熠发光,从左到右,伸展出去,仿佛无头无尾。

我是在什么地方呢?是天上?是人间?是海上?是陆地?我不知道,我说不出,我也没有去细想。

难道我是在印度的孟买吗?七八年以前,我曾在这个城市里待过几天。我曾有几次在夜间乘车出游,沿着孟买海湾弧形的岸边兜风。我看到了举世闻名的、孟买人引以自傲的"公主项链",那是一长串电灯,沿着海岸,形成弧形,远远望去,光芒四射,真仿佛是有什么神灵从九天之上把这样一串硕大无比的珍珠项链丢到这个大地上,丢到了孟买,形成了这样一个宇宙奇观。

孟买是世界名城,一方面有近代大都市的一些特点,颇有点像中国的上海；另一方面又保留了印度的一些古旧风习。在摩天高楼之间，在一棵什么古树的下面，往往站着一座神像，赤身露体，龇牙咧嘴，红色的鲜血似的东西洒满了他的全身，脖子上也不缺少鲜花制成的花环。我们异乡人看了只能瞠目结舌。在有名的印度门旁边，在车水马龙的大马路边上，成群的鸽子在喧闹、嬉戏、搏斗、争食，小孩子迈着还走不稳的步子把玉米粒递到小鸽子嘴里。我们异乡人顾而乐之……

我完全沉浸在对孟买的回忆中。猛一转念，我清醒过来了：我眼前不是在印度的孟买，而是在祖国的大地上，是在南天的深圳。我正凭栏站在一艘几万吨的巨轮的甲板上。下面在很深的地方，是黝黑的海水。偶尔流过来一线灯光，还可以隐约看到流动着的海水的波纹。这情景明白无误地告诉我，我确实是站在一艘船上。

提起此船，大大地有名。据说它原来是法国已故总统戴高乐的豪华游轮。不知道怎么一来，转到我们中国人民手中。它曾作为中日友好之船，漂洋过海，到过日本，为加强中日人民的友谊作出过贡献。又不知道怎么一来，它现在被固定在蛇口的岸边，成了一个豪华的旅馆，不再漂动，岿然立定。船上数不清有多少房间。我没有到过阿房宫；我相信，那一座宫殿也绝不会同这个"海上世界"相同。但是，当我第一次游览这个庞然大物的时候，我时时想到唐杜牧的《阿房宫赋》的"蜂房水涡，矗不知其几千万落"，"高低冥迷，不知西东。歌台暖响，春光融融"等句子，这些难道不能移来描绘这个千门万户的豪华巨轮吗？这里还有一些东西是阿房宫里绝不会有的,比如说船上游泳池养着的那两只巨大的海龟,就是非常有趣的东西,我每次看到它们在水里游动,辄涉遐想。

我现在就住在这样一座巨大的迷宫里。每天晚上,在深圳大学开完会吃过晚饭以后,就乘车返回这里,站在甲板上,一个人默默地欣赏着迷蒙的夜色,往往站上很长的时间。最让我流连不忍离去的就是上面提到的那一串灯光形成的珍珠项链,对它我简直是百看不厌。它能引起我的种种幻想:深山大泽,通衢闹市,天上地下,海阔天空。我的幻想仿佛插上了翅膀,到处飞翔,无所不往,无阻无碍,圆融自在。

我也努力在黑暗中辨认白天到过的地方。在右边的某一个山影的后面,大概就是深圳大学吧。我现在当然什么东西都看不见,但是我内心深处的那一双眼睛却仿佛看到了深大的校园。现在在北国正是凄清萧瑟的初冬季节,这里依然还是盛夏。在炎阳下,各种颜色的鲜花迎风怒放,开得五色缤纷,花团锦簇。这里也像小说中的仙山一样,有"四时不谢之花,八节长春之草"。年轻的大学生们也像是一朵朵的鲜花,在鲜花丛中走来走去,怡然自得,仿佛要同鲜花比美。女学生的高跟鞋击地作响,男学生的牛仔裤别具一格,不管是男是女,都是高视阔步,一副主宰宇宙的神气。他们心目中的宇宙大概就像眼前的鲜花一样绚丽多彩吧。他们是我们的未来,他们是我们的希望,他们是我们建设社会主义祖国的主将。我真是从心里面喜欢这一些男女大孩子。我的眼前一闪,这些男女大孩子身上仿佛都发出了光芒,同眼前的珍珠项链争光夺彩,不,他们简直就成了这一长串的珍珠项链了。

我立刻又联想到了在深圳大学的一个大厅里举行的比较文学讨论会。参加讨论会的有许多国外著名的学者,也有国内著名的学者;群贤毕至,少长咸集,看来中年青年人占绝大多数。红颜白发,相映成趣。会议开得活泼、热烈,大家皆大欢喜。比较文学在中国是一门新兴学科,这一批中年青年人英姿勃发,精神抖擞,可以说是极一时之选。我们在他们身上看到了这一门学科的光辉前景。我的眼前又一闪,这一批中青年身上仿佛也发出了光芒,闪灼辉耀,灿如列星。他们也在同我眼前的这一串珍珠项链争光夺彩了。

我就这样站在这艘巨轮的甲板上,在黑暗中浮想联翩,有时候简直是想入非非。我眼前的这一串珍珠项链突然亮了起来,海上世界这一艘豪华的庞然大物仿佛开动了机器,驶离了岸边,驶向那一串珍珠项链;在黑暗的海上,在迷蒙的夜空下,载着我们的希望,载着我们的未来,它真成为一个名副其实的海上世界了。

1985 年 12 月 17 日

游石钟山记

幼时读苏东坡《石钟山记》，爱其文章奇诡，绘声绘色，大为钦佩，爱不释手，往复诵读，至今犹能背诵，只字不遗。但是，我从来也没有敢梦想，自己能够亲履其地。今天竟能于无意中来到这里，真正像做梦一般，用金圣叹的笔调来表达，就是"岂不快哉"！

石钟山海拔只有五十多米，摆在巍峨的庐山旁边，实在是小巫见大巫。但是，山上建筑却很有特点，在非常有限的地面上，"五步一楼，十步一阁，廊腰缦回，檐牙高啄，各抱地势，钩心斗角"。今天又修饰得金碧辉煌，美轮美奂。从山下向上爬，显得十分复杂。从怀苏亭起，步步高升，层楼重阁，小院回廊，花圃清池，佛殿明堂，绿树奇花，翠竹修篁，通幽曲径，花木禅房，处处逸致可掬，令人难忘。

这里的碑刻特别多，几乎所有的石头上都镌刻着大小不同字体不同的字。苏轼、黄庭坚、郑板桥、彭玉麟等等，还有不知多少书法家或非名家在这里留下手迹。名人的题咏更是多得惊人，从南北朝至清代，名人咏石钟山之诗多达七百多首。从陶渊明、谢灵运起直至孟浩然、李白、钱起、白居易、王安石、苏轼、黄庭坚、文天祥、朱元璋、刘基、王守仁、王渔洋、袁子才、蒋士铨、彭玉麟等等都有题咏。到了此地，回忆起将近两千年来的文人学士，在此流连忘返，流风余韵，真想发思古之幽情。

此地据鄱阳湖与长江的汇流处，乃历代兵家必争之地，在中国历史上几次激烈鏖兵。一晃眼，仿佛就能看到舳舻蔽天、烟尘匝地的情景。然而如今战火久熄，只余下山色湖光辉耀祖国大地了。

我站在临水的绝壁上，下临不测，碧波茫茫。抬眼能够看到赣、皖、鄂三个省份，云山迷蒙，一片锦绣山河。低头能够看到江湖汇流，扬子江之黄与鄱阳湖之绿，泾渭分明，界线清晰，并肩齐流，一泻无余，各自保持着自己的颜色，决不相混，长达数十里。"楚江万顷庭阶下，庐阜诸峰几席间"，难道不能算是宇宙奇迹？我于此时此地极目楚天，心旷神怡，仿佛能与天地共长久，与宇宙共呼吸，不由得心潮澎湃，浮想不已。我想到自己的祖国，想到自己的民族。我们的祖先在这里勤奋劳动，繁殖生息，如今创造了这样的锦绣山河万里。不管我们目前还有多少困难与问题，终究会一一解决，这一点我深信不疑。我真有点手舞足蹈，不知老之将至了。这一段经历我将永远记忆。

我游石钟山时，根本没想写什么东西。有东坡传流千古的名篇在，我是何人，敢在江边卖水，圣人门前卖字！但是在游览过程中，心情激动，不能自已，必欲一吐为快，就顺手写了这一篇东西。如果说还有什么遗憾的话，那就是我没有能在这里住上一夜，像苏东坡那样，在月明之际，亲乘一叶扁舟，到万丈绝壁下，亲眼看一看"如猛兽奇鬼，森然欲搏人"的大石，亲耳听一听"噌吰如钟鼓不绝"的声音。我就是抱着这种遗憾的心情，一步三回首，离开了石钟山。我嘴里低低地念着不知道是什么时候在我心中吟成的两句诗："待到耄耋日，再来拜名山。"我看到石钟山的影子渐小渐淡，终于隐没在江湖混茫的雾气中。

  1986年8月6日七十五周岁生日，写于庐山九奇峰下

登庐山

苍松翠柏，层层叠叠，从山麓向上猛奔，气势磅礴，压山欲倒，整个宇宙仿佛沉浸在一片浓绿之中。原来这就是庐山啊！

汽车沿着盘山公路，在万绿丛中盘旋而上。我一边仿佛为这神奇的绿色所制服，一边嘴里哼着苏东坡那一首脍炙人口的诗：

> 横看成岭侧成峰，
> 远近高低各不同。
> 不识庐山真面目，
> 只缘身在此山中。

我很后悔，在年轻读中学小学的时候，学习马虎，对岭与峰的细微区别没有弄清楚。到了此时，悔之晚矣。无论横看，还是侧看，我都弄不明白苏东坡用意之所在。我只觉得，苏东坡没有搔着痒处，没有真正抓住庐山的神韵，没有抓住庐山的灵魂，空留下这一首传诵古今的名篇。

到了我们的住处以后，天色已经黄昏。窗外松涛澎湃，山风猎猎，鸟鸣在耳，蝉声响彻，九奇峰朦胧耸立，天上有一弯新月。我耳朵里听到的是松声，眼睛仿佛看到了绿色。我在庐山的第一夜，做了一个绿色的梦。

中国的名山胜境，我游得不多。五十年前，我在大学毕业后，改行当了高中的国文教员。虽然为人师表，却只有二十三岁。在学生眼中，我大概只能算是一个大孩子。有一个学生含笑对我说："我比你还大五岁哩！老师！"这有什么办法呢？我当时童心未泯，颇好游玩。曾同几个同事登泰山，没费吹灰之力就登上了南天门。在一个鸡毛小店里住了一夜，第二天凌晨攀登玉皇顶，想看日出。适逢浮云蔽天，等看到太阳时，它已经升得老高了。我们从后山黑龙潭下山，一路饱览山色，颇有一点"一览众山小"的情趣。泰山给我留下了非常深刻的印象。从审美的角度来评断，我想用两个字来概括泰山，这就是：雄伟。

六年以前，我游了黄山。从前山温泉向上攀，经过了许多名胜古迹，什么一线天、蓬莱三岛等，下午三时到了玉屏楼。回望天都峰鲫鱼背，如悬天半。在玉屏楼住了一夜，第二天再向北海前进，一路上又饱览了数不清的名胜古迹。在北海住了两夜，看到了著名的黄山云海和奇峰怪石。世之论者认为黄山以古松胜，以云海胜，以奇峰胜，以怪石胜。古人说："五岳归来不看山，黄山归来不看岳。"这是非常有见地的话。从审美的角度来评断，我也想用两个字来概括黄山，这就是：诡奇。

那一次陪我游黄山的是小泓，我们祖孙二人始终走在一起。他很善于记黄山那一些稀奇古怪的名胜的名字，我则老朽昏庸，转眼就忘，时时需要他的提醒和纠正。当时日子过得似乎平平常常，并没有觉得有什么奇妙之处，有什么值得怀念之处。但是，前几年我到安徽合肥去开会，又有游黄山的机会，我原本想再去黄山的。可是，我忽然怀念起小泓来，他已在千山万水浩渺大洋之外了。我顿时觉得，那一次游黄山，日子过得不细致，有点马马虎虎，颇有一点身在福中不知福的味道。如今回忆起来，情景历历如在眼前。哪怕是极小的生活细节，也无一不温馨可爱，到了今天，宛如一梦，那些情景永远永远不会再回来了。我觉得，再游黄山，谁也代替不了小泓。经过了反复的考虑，我决意不再到黄山去了。

今天我来到了庐山，陪我来的是二泓。在离开北京的时候，我曾下定决心，在庐山，日子一定要仔仔细细地过，认真在意地过，把每一个细枝末节，每一分钟，每一秒钟，都要仔细玩味，决不能马马虎虎，免得再像游黄山那样，日后追悔不及。我也确实这样做了。正像小泓一样，二泓也是跟我形影不离。几天以来，我们几乎游遍整个庐山：茂林修竹，大陵深涧，岩洞石穴，飞瀑名泉。他扶着我，有时候简直是扛着我，到处游观。我觉得，这一次确实是仔仔细细地过日子了，一点也没有敢疏忽大意。对一草一木，一山一石，变幻莫测的白云，流动不息的飞瀑，我都全心全意地把整个灵魂都放在上面。我只希望，到得庐山之游成为回忆时，我不再追悔。是否真正能做到这一步，我眼前还不敢夸下海口，只有等将来的事实来验证了。

庐山千姿百态,很难用一个字或几个字来概括。但是,总起来说,庐山给我的印象同泰山和黄山迥乎不同。在这里,不管是远山,还是近岭,无不长满了松柏。杉树更是郁郁葱葱,尖尖的树顶直刺云天。目光所到之处,总是绿、绿、绿,几乎看不到任何别的颜色,是一片浓绿的天地,一片浓绿的大洋。从审美的角度来看,我也想用两个字来概括庐山,这就是:秀润。

我觉得,绿是庐山的精神,绿是庐山的灵魂,没有绿就没有庐山。绿是有层次的。有时候蓦地白云从谷中升起,把苍松翠柏都笼罩起来,笼罩得迷蒙一片,此时浓绿就转成了青色,更给人以秀润之感,可惜东坡翁当年没能抓住庐山这个特点,因而没有能认识庐山的真面目,成为千古憾事。我曾在含鄱口远眺时信口写一七绝:

> 近浓远淡绿重重,
> 峰横岭斜青蒙蒙,
> 识得庐山真面目,
> 只缘身在此山中。

我自谓抓住了庐山的精神,抓住了庐山的灵魂。庐山有灵,不知以为然否?

1986 年 8 月 6 日

法门寺

法门寺，多么熟悉的名字啊！京剧有一出戏，就叫作"法门寺"。其中有两个角色，让人永远忘记不了：一个是太监刘瑾，一个是他的随从贾桂。刘瑾气焰万丈，炙手可热，是京剧中最著名的人物之一。他那种小人得志的情态，在戏剧中表现得惟妙惟肖，淋漓尽致。贾桂则是奴颜婢膝，一副小人阿谀奉承的奴才相。他的"知名度"甚至高过刘瑾，几乎是妇孺皆知。"贾桂思想"这个词儿至今流传。

我曾多次看《法门寺》这一出戏，我非常欣赏演员们的表演艺术。但是，我从来也没想研究究竟有没有法门寺这样一个地方。它坐落在何州何县？这样的问题好像跟我风马牛不相及，根本不存在似的。

然而，我何曾料到，自己今天竟然来到了法门寺，而且还同一件极其重要的考古发现联系在一起了。

这一座寺院距离陕西扶风县有四五公里路，处在一个比较偏僻的农村中。我们来的时候，正落着蒙蒙细雨。据说这雨已经下了几天。快要收割的麦子湿漉漉的，流露出一种垂头丧气的神情。但是在中国比较稀见的大棵大朵的月季花开得五颜六色，绚丽多姿，告诉我们春天还没有完全过去，夏天刚刚来临。寺院还在修葺，大殿已经修好，彩绘一新，鲜艳夺目。但是整个寺院还是一片断壁残垣，显得破破烂烂。地上全是泥泞，根本没法走路。工人们搬来了宝塔倒掉留下来的巨大的砖头，硬是在泥水中垫出一条路来。我们这一群从北京来的秀才们小心翼翼、战战兢兢地踏着砖头，左歪右斜地走到了一个原来有一座十三层的宝塔而今完全倒掉的地方。

这样一个地方有什么可看的呢？千里迢迢从北京赶来这里难道就是为了看这一座破庙吗？事情当然不会这样简单。这一座法门寺在唐代真是大大地有名，它是皇家烧香礼佛的地方。这一座宝塔建自唐代，中间屡经修葺。但是在一千多年的漫长的时间内，年深日久，自然的破坏力是无法抗御的，终于在几年前倒塌了。我们现在看到的就是倒塌后的样子。

倒塌本身按理说也用不着大惊小怪。但是，倒塌以后，下面就露出了地宫。打开地宫，一方面似乎是出人意料，另一方面又似乎是在意料之内，在这里发现了大量异常珍贵的古代遗物。遗物真可以说是丰富多彩，琳琅满目，其中有金银器皿、玻璃器皿、茶碾子、丝织品。据说，地宫初启时，一千多年以前的金器金光闪闪，光辉夺目，参加发掘的人为之吃惊，为之振奋。最引人瞩目的是秘色瓷，实物还从来没有看到过。另外，根据刻在石碑上的账簿，丝织品中有中国历史上唯一的女皇武则天的裙子。因为丝织品都粘在一起，还没有能打开看一看这条简直是充满了神话色彩的裙子究竟是什么样子。

但是，真正引起轰动的还是如来佛释迦牟尼的真身舍利。世界上已经发现的舍利为数极多，我国也有不少。但是，那些舍利都是如来佛遗体焚化后留下来的。这一个如来佛指骨舍利却出自他的肉身，在世界上从来没有过。我不是佛教信徒，不想去探索考证。但是，这个指骨舍利已经在十三层宝塔下面埋藏了一千多年，只是它这一把子年纪不就能让我们肃然起敬吗？何况它还同中国历史上和文学史上的一段公案紧密地联系在一起呢！唐朝大文学家韩愈有一篇著名的文章——《论佛骨表》。千百年来，读过这篇文章的人恐怕有千百万。我自己年幼时也曾读过，至今尚能背诵。但是，我从来也没有想到，唐宪宗"令群僧迎佛骨于凤翔"的佛骨竟然还存在于宇宙间，而且现在就在我们眼前，我原以为是神话的东西就保存在我们现在来看的地宫里，虚无缥缈的神话一下子变为现实。它将在全世界引起多么大的轰动，目前还无法逆料。这一阵"佛骨旋风"会以雷霆万钧之力扫过佛教世界，这一点是肯定无疑的了。

我曾多次来过西安，我也曾多次感觉到过，而且说出来过：西安是一块宝地。在这里，中国古代文化仿佛阳光空气一般，弥漫城中。唐代著名诗人的那些名篇名句，很多都与西安有牵连。谁看到灞桥、渭水等等的名字不会立即神往盛唐呢？谁走过丈八沟、乐游原这样的地方不会立即想到杜甫、李商隐的名篇呢？这里到处是诗，美妙的诗；这里到处是梦，神奇的梦；这里是一个诗和梦的世界。

如今又出现了如来真身舍利,它将给这个诗和梦的世界涂上一层神光,使它同西天净土、大千世界联系在一起。生为西安人,生为陕西人,生为中国人有福了。

从神话回到现实。我们这一群北京秀才们是应邀来鉴定新出土的奇宝的。对于我们这些凡夫俗子来说,如来真身舍利渺矣茫矣。对于每一个中国人来说,古代灿烂的文化遗物却是活生生的现实。即使对神话不感兴趣的普通老百姓,对现实却是感兴趣的。现在法门寺已经严密封锁,一般人不容易进来。但是,老百姓却有自己的想法,有自己的价值观。我曾在大街上和飞机场碰到过一些好奇的老百姓。在大街上,两位中年人满面堆笑,走了过来:

"你是从北京来的吗?"

"是的。"

"你是来鉴定如来佛的舍利吗?"

"是的。"

"听说你们挖出了一地窖金子?!"

对这样的"热心人",我能回答些什么呢?

在飞机场五六个年轻人一下子涌了上来:

"你们不是从北京来的吗?"

"是的。"

"听说,你们看到的那几段佛骨,价钱可以顶得上三个香港?!"

多么奇妙的联想,又是多么天真的想法。让我关在屋子里想一辈子也想不出来。无论如何,这表示,西安的老百姓已经普遍地注意到如来真身舍利的出现这一件事，街头巷尾，高谈阔论，沸沸扬扬，满城都说佛舍利了。

外国朋友怎样呢？他们的好奇心，他们的轰动，绝不亚于中国的老百姓。在新闻发布会上，一位日本什么报的记者抢过扩音器，发出了连珠炮似的提问："这个指骨舍利是如来佛哪一只手上的呢？是左手，还是右手？是哪一个指头上的呢？是拇指，还是小指？"我们这一些"答辩者"，谁也回答不出来。其他外国记者都争着想提问，但是这一位日本朋友却抓紧了扩音器，死不放手。我决不敢认为，他的问题提得幼稚、可笑。对一个信仰佛教又是记者的人来说，他提问题是非常认真严肃的，又是十分虔诚的。据我了解到的，现在世界上许多国家，特别是日本、印度，以及东南亚佛教国家，都纷纷议论西安的真身舍利。这个消息像燎原的大火一样，已经熊熊燃烧起来了，行将见"西安热"又将热遍全球了。

就这样，我在细雨霏霏中，一边参观法门寺，一边心潮起伏，浮想联翩。多年来没有背诵的《论佛骨表》硬是从遗忘中挤了出来，我不由得一字一句暗暗背诵。同时我还背诵着：

一封朝奏九重天，
夕贬潮州路八千。
欲为圣明除弊事，
肯将衰朽惜残年。
云横秦岭家何在？

山河远阔，三更灯火

    雪拥蓝关马不前。
    知汝远来应有意，
    好收吾骨瘴江边。

  韩愈因谏迎佛骨遭到贬逐，他的侄孙韩湘来看他，他写了这一首诗。我没有到过秦岭，更没有见过蓝关，我却仿佛看到了一个孤苦伶仃的老人，忠君遭贬，我不禁感到一阵凄凉。此时月季花在雨中别具风韵，法门寺的红墙另有异彩。我幻想，再过三五年，等到法门寺修复完毕，十三层宝塔重新矗立之时，此时冷落僻远的法门寺前，将是车水马龙，摩肩接踵，与秦俑馆媲美了。

            1987 年 8 月 26 日

虎门炮台

从小学起,学中国历史,就知道有一次鸦片战争,而鸦片战争必与林则徐相联系,而林则徐又必与虎门炮台相联系。

因此,虎门炮台就在我脑筋里生了根。

可是虎门炮台究竟是什么样子呢?我说不出。正如世界上其他事物一样,倘还没见到实物,往往以幻想填充。我的幻想并不特别有力,它填充给我的不过是一片荒凉的海滩,一个有雉堞的小城堡,上面孤零零地架着一尊旧式的生铁铸成的大炮,前面是大海,汪洋浩瀚,水天渺茫,微风乍起,浊浪拍岸,如此而已。

今天由于一个偶然的机会,我竟然来到了这里。我眼前看到的实际情况与我的幻想不同,这是意中事,我丝毫不感到奇怪。但是,这个不同竟然是这样大,却不能不使我大吃一惊了。炮台在海滩上,这用不着奇怪,也不可能有别的可能。但是,这海滩与荒凉丝毫也不沾边,是始料所不及。这里杂花生树,绿树成荫。几棵粗大的榕树挺立着,浓荫匝地,绿意扑人。从树干的粗细来看,它们已经很老很老了。当年海战时,它们必已经站立在这里,亲眼看了这一场激烈的搏斗。它们必然也随着搏斗的进行,时而欢欣鼓舞,时而怒发冲冠,最终一切寂静下来。当年活着的人早已不在了,只有它们年复一年地守候在这里,跟着季节的变化而变化,一直守候到现在。现在到处是一片生机,一片浓绿,雉堞犹存,大炮还在,可无论如何也令人无法把当前情况与一百五十多年以前的残酷的战争联系在一起。这个古战场我实在无法凭吊了。

可是我的回忆还是清楚的。当年外国的侵略者凭其坚船利炮,想从这一块弹丸之地的海滩上踏上我们神圣的国土。他们挥舞刀枪,惨杀我们的士兵。我们的士兵义愤填膺,奋起抵抗,让一批批的入侵者陈尸滩头,最后不得不夹着尾巴逃掉。我们的士兵也伤亡惨重,统率我军杀敌的关天培将军以身殉国。至今还有七十五位忠勇将士的尸体合葬在山坡上,让后人永远凭吊。当时林则徐以钦差大臣的身份在后面不远的山头上督战。这一场搏斗申正义于海隅,振大汉之天声,是我们中华民族永不磨灭的伟业,是我们全民族的骄傲。今天虽然已经时过境迁,当年的事情早已成为历史陈迹,然而我们今天来到这里,又有哪一个人不觉得我们阵亡的将士仍虎虎有生气,而缅怀往事,又有哪一个人感到无限振奋呢?

当我们走出炮台去参观林则徐销毁鸦片的烟池的时候,我们又为另一种情景而无限振奋。林则徐把从殖民主义强盗手中没收来的两百多万斤的鸦片烟,倒入一个大水池中,先用海水把鸦片泡成糊状,然后再倾入石灰,借石灰的力量把鸦片烟销毁,最后放出海水把残渣冲入海中。据说,他当时邀请了不少的外国人来参观。外国老爷大概怀疑这销烟的行动,也乐意来亲眼看一看。当他们看到林则徐是真销毁,而销毁的数量又是如此巨大时,都大为吃惊。他们哪会想到,在清代末叶贪官污吏横行霸道之时,竟然还有林则徐这样的硬骨头,他们对中华民族不得不油然起尊敬之心。那么,林则徐以一介书生,凛然代表了民族正气,功业彪炳青史,直至百多年之后的今天,还让我们感佩敬仰,不是完全可以理解的吗?

时间是一种非常古怪的东西。有忧伤之事,它能让你慢慢地渐渐地忘掉,否则你会活不下去的。有欢乐之事,它也能让你慢慢地渐渐地忘掉,否则永远处在快乐兴奋之中,血压也难免升高,你也会活不下去的。这一慢一渐,既可感,又可怕,人们必须警惕。独有英雄业绩、民族正气,却能让你永志不忘,而且历久弥新。这才真正是民族历史的脊梁,一个民族能生存下去,靠的就是这个脊梁。我们在山顶上看到林则徐的塑像下镌刻着的他的两句诗:

> 苟利国家生死以,
> 岂因祸福避趋之。

真可以说是掷地作金石声。这一位世间巨人的形象在我眼前立刻更高大了起来,他不是值得我们全体炎黄子孙恭恭敬敬地、诚诚恳恳地学习一辈子的吗?

1988 年 5 月 30 日下午于广州

延边行

小 引

　　今年夏天,应延边大学副校长郑判龙教授之邀,冒酷暑,不远数千里,飞赴延吉,参观访问。如果学一点时髦的话,也可以说是"讲学"吧。我极不喜欢用这个词儿。因为我知道有不少"学者",外国话不会说半句,本来是出国旅游的,却偏偏说是应邀"讲学"。我真难理解这个"学"是怎样"讲"的。难道外国人都一下子获得了佛家所说的"天耳通",竟能无师自通地听懂中国话吗?出国旅游,并非坏事;讲出实话,实不丢人。又何必一定要在自己脸上贴金呢?我这个人生性急,喜爱逆反。即使是真讲学,我也偏偏不用。这一次想来一个例外,我毕竟真是在延边大学讲了一次,所以一反常规,也给自己脸上贴一点金。

　　我在延边只待了六天,应该说时间是非常短的。但是,我却闻所未闻,见所未见,吃所未吃,感所未感,大开眼界,大开口界。我国的朝鲜族是异常好客的,简直可以说是好客成性。住在这里的汉族,本来也是好客的,又受到了朝鲜族的熏陶,更增加了好客的程度。我们时时刻刻沉浸在友谊的海洋之中,友谊之浪,情好之波,铺天盖地,弥漫一切。我们仿佛生活在人类世界之上的另一个世界里,我们的感觉绝不能用"感激"二字来表达,这是远远不够的,我年届耄耋,有生之年,永远不会忘记了。

我舞笔弄墨,成癖成性,在思绪感情奔腾澎湃之余,不禁又拿起笔来。但限于时间,只能表达所闻所见于万一,聊志个人的雪泥鸿爪而已。

1992年7月29日于延边大学专家招待所

延吉风情

延吉是一个好地方,好到难以想象,但又是一个怪地方,怪到不易理解。

天好,地好,人好,一切都好,难道还不是一个好地方吗?这个一说,大家就懂。

但是为什么又怪呢?这必须多啰唆几句,否则别人会觉得,不是地方怪,而是我这人有点怪了。

延吉是一个非常小的城市,人口只有三十万,远远赶不上我所住的北京的海淀区。这里的出租车却有一千二百辆,在所有的马路上,风驰电掣,一辆接一辆,多似过江之鲫,人均占有量全国第一。这难道还不算怪吗?但是怪劲还没有完。你站在马路旁一秒钟,最多一分钟,不用思索,随意一招手,必然会有一辆出租车停在你眼前。二话甭说，开门上车，不管路远路近，只要不出市区，一律五元。路近，司机（其中有不少是妙龄女郎）当然不会厌烦；路远，司机也处之泰然，不说半句怨言，连眼都不会眨一眨。司机从来不问是到什么地方去。一上车，乘客指挥，司机遵命，一言不发。一下车，五元钞票一递，各走各的路，仍然是一言不发，皆大欢喜，天下太平。

说到乘出租车，我也可以说是一个老行家了。在许多城市，我都乘坐过出租车。香港是规规矩矩的，无可指摘。在深圳，在广州，在北京，你有急事，站在马路旁边，"望尽千车皆不是，市声喧腾单车流"。偶尔有空车驶过，如果司机先生想回家吃饭，或者有别的公干，或者兴致不高，你再怎么拼命招手，他仍置若罔见，掉首不顾，一溜烟驶了过去。忽然有车停下，你正心花怒放，在深圳和广州，有的司机可能问你是付人民币还是付港币。如果是前者，他仍然是一溜烟驶走。有的司机先问到哪里去，太近不行，太远也不行。不远不近，得乎中庸，勉强成交，心中狂喜。如果你真有急事，急得像热锅上的蚂蚁，又适逢非中庸之道，或者时间不合适，则你无论怎样向司机恳求，也是无济于事。"禅心已作沾泥絮，不逐车风历乱飞"，司机都成了参禅的大师。勉强上了车，有计程器，偏又不用，到了目的地，狠狠地敲你一下竹杠。老百姓的口头语说："听诊器，方向盘，人事干部，售货员，都是惹不起的人物。"这难道其中就没有一点道理吗？

反观延吉的出租车，你能说他们的道德水平不高吗？可是，在

"滔滔者天下皆是也"的氛围中，你能说他们不"怪"吗？

但是，我凭空替他们担起心来。人口这样少，而汽车又这样多，他们会不会赔钱呢？我怀着疑虑的心情，悄悄地问过一个出租车司机，每个月能挣多少钱。他回答说："三四千元。"我相信他说的是真话，说不定还打了点埋伏。

接着又来了问题：一千二百个出租车司机，每人每月挣三四千元，加起来是一个相当庞大的数目。延吉人能出得起这么多钱吗？延吉朋友告诉我过，这里工业并不发达，农业也非上乘，按理说延吉人不应该太富。可是，你别慌，这个朋友一转口又告诉我，延吉人几乎口袋里都有钞票。这就够了。若问此钱何处来，据说都是正当途径。详情就用不着我们多管了。反正延吉人口袋里有钱，这是事实。

他们有钱，还表现在另一个方面。三十万人口的一个小城，竟有卡拉OK一百二十家，还有二十家在筹建中。另有人告诉我，城中类似卡拉OK的茶馆、咖啡馆之类，有四百家。不管怎么说，延吉在这方面又占全国第一了。朝鲜族十分重视文化教育，文化水平可能列全国榜首。他们能歌善舞，名闻华夏神州。据说他们又善于花钱。不是有人提倡过能挣会花吗？我认为，延吉人算是做到了。由于以上种种原因，延吉卡拉OK人均数在全国拿了金牌，不是很自然的吗？

与上面说到的两件事有联系的，延吉人还有一个全国第一，这就是喝啤酒。喝啤酒原是欧风东渐的结果。啤酒这玩意儿大概真是有不可思议的魔力。一传到中国——世界其他地方也一样——立即以排山倒海之势独占酒类鳌头，人们饮之如琼浆玉液。全国皆然，非独延吉。然而别的地方喝，论杯，论"扎"，至多论瓶。在这里则是非杯、非"扎"、非瓶，而是论箱，每箱二十四瓶。看了这情况，即使是酒鬼的外乡人，也必然退避三舍，甘拜下风，而非酒鬼如我者竟至舌翘不下，眼睁不闭，吓得魂儿快要出窍了。我在世界啤酒之乡德国待过十年。那里的啤酒不比水贵多少，人们喝起来皆比喝水多得多。我自以为天下之最盖在此矣。这次到了延吉，才知道自己竟是一只井蛙。

我们在天山宾馆吃晚饭时，邻近有一桌客人，男的六七个，女的三四个，说中国话，并非老外。我们进去的时候，他们已吃喝起来。我们吃完走时，他们还在吃喝。喝啤酒时真是"饮如长鲸吸百川"，气势磅礴。桌上酒瓶林立，桌旁空箱两只。喝到什么时候，地上空箱摞起多高，只有天知道了。我做了一夜啤酒梦。

我在上面讲了延吉的三个全国第一。你能说这不怪吗？

但是，"怪"字是一个中性词，绝不等于"坏"字。在延吉，我毋宁说，这里怪得可爱，怪得可钦可敬。有的地方怪得简直像是小说中的君子国。我觉得，这三怪的背后隐藏着一种非常深刻的意义，它们是与我开头说的"好"字紧密相联的。这里的人热情豪爽，肝胆相照。我走过全国不少的少数民族地区。在那里，汉族成了少数民族。尽管一般说起来，汉族同当地人相处得还不错，有的好一点，有的差一点，可是达到水乳交融水平的，毕竟极为稀见。一到延边，我就向几个朝鲜族朋友问起这个问题,他们说毫无问题,汉朝两族毫无芥蒂。我又向几个汉族朋友问起这个问题,他们也说毫无问题,朝汉两族亲如兄弟。尽管语言不同,绝大多数的人都使用两种语言。彼此共事,民族界限早已泯灭,他们只感到同是中华民族,而不感到是朝鲜族或汉族。

我们此行虽然短促,但确实交了许多朋友。在我的潜意识里,只有朋友,而没有什么汉族朋友,什么朝鲜族朋友之分。延吉这个地方,我永远不会忘记。延吉的朋友们,我永远不会忘记。我遥望东天,为他们虔诚祝福!

我开头说,延吉是个好地方。谁还会怀疑我这句话的真实性呢?

1992年8月5日

我在延吉吃的第一顿饭

今天是我的生日。我来到这个世界上已经整整八十一年了。按天数算,共是二万九千五百六十五天。平均每天吃三顿饭,共吃了八万八千六百九十五顿饭。顿数多得不可谓不惊人了。而且我还吃遍了世界上三十多个国家的饭。多么好吃的,多么难吃的,多么奇怪的,多么正常的,我都吃过,而且都吃得下去。我自谓饭学已极精通,可以达到国际特级大师的标准了。对吃饭之事圆融自在,已臻化境。只要有饭可吃,我便吃之。吃饭真成了俗话说的"家常便饭"了。

到了延吉，刚一下飞机，到机场迎接我们的延边大学郑判龙副校长、卢东文人事处长、王文宏女士和金宽雄博士，随随便便一说："我们到朝鲜冷面馆去吃个便饭吧！"客随主便，我就随随便便地答应了。数千里劳顿之余，随便吃一点便饭，难道还不是世间最惬意的事吗？

我们好像是随便走进一家饭馆，坐在桌旁，我万没有想到，不远千里来避暑的延吉，热得竟超过了北京。在挥汗如雨之余，菜逐渐上桌了。除了有点朝鲜风味以外，菜都是平平常常的，一点也没有引起我的特别注意。只是肚子确实有点空了，于是就大吃起来。好在主人几乎都是老朋友，他们不特别讲求礼仪，强客人之所难；我们也就脱落形迹，不故作虚伪，任性之所好，随随便便地大吃起来。此时好像酷暑骤退，满座生春，我真有点怡然自得，"不知何处是家乡"了。

然而，正在此时，厨师却端上了一条活蹦乱跳的大鳞鱼来，鱼摇着尾巴，口一张一合，双鳍摆动，每一个鳞片都闪出了耀眼的珍珠似的白光。我立即大吃一惊，把眼睛瞪得圆而且大，眼里面的白内障还有什么结膜炎，仿佛一扫而空，又能洞见纤微，视芥子如须弥山了。我真不知道，我们这一群可敬可爱的延吉的老朋友主人，葫芦里想卖什么药。我的心忐忑直跳，不知如何是好。我以为还会有火锅之类的东西端上桌来。说不定厨师还会亲临前线，表演一下杀煮活鱼的神奇手段，好像古代匠人的运斤成风，或者从制钱的小眼里把香油灌入瓶中。我屏住了呼吸,虔心以待。

可是主人却拿起了筷子,连声说:"请!请!"他是要我们下筷子吃鱼了。他似乎看出了我们的困惑,首先用筷子尖一扒拉,仿佛是一个魔术师似的,一整块连着鱼肉的鱼鳞被掀了起来,露出了鱼肉,粉红色的肉上横贯着一条深红的线。再一细看,鱼肉并非一个整体,而是已经被切成了鱼片。只需用筷子一拨,再一夹,一片生嫩——用广东话来说,应该是生猛吧——的鱼片就能纳入口中了。

我怎么办呢?我的心直跳,眼直瞪,手直颤,唇直抖。我行年八十,生平面临的考验,多如牛毛,而且五花八门,种类繁多,但是,今天这样的考验,我却还没有面临过,而且连想也没有想过。我鼓足了勇气,拿起了筷子,手哆哩哆嗦地把筷子伸向鱼身,拨出了一片鱼肉,正想往嘴里放时,鱼忽然把尾巴摇了摇,双鳍摆了摆,瞪大了眼睛,张开了嘴巴。这一切好像都是对着我来的。我的心跳动得更厉害了。我不能也不敢再把鱼片放回原处。眼睛一闭,狠心一下,硬是把鱼片塞进嘴内。鱼片究竟是什么滋味,大家可以自己想象了。

可是,好客的主人却偏偏要遵照当地人民的习惯,一定要把盛鱼的瓷盘改动位置,一定要让鱼头对准座上的主宾,就今天来说,当然就是我了。这真是火上加油,"屋漏偏逢连夜雨,船迟又遇打头风"。我心情迷离,神志恍惚,怵然、悚然、怆然、怂然、悸然、惘然无所措手足,一下子沉入梦幻之中……

我听到这一条仅仅剩下头和尾巴的鱼最初是慢声细气地开口对

我说话了:"你可知道,你们人是从鱼变来的吗?我们鱼类,本领也是异常惊人的。我们一条鱼一下子就能够下子成千上万;如果没有什么东西遏制我们,用不了多少时间,我们鱼就能够把世界上的江、河、湖、海统统填满。你们人有什么本领呢?不知道是你们走了什么后门,让造化小鬼把你们变成了人;我们则是千万年以来,毫不进化,仍然留在水里,当我们的鱼类。我们并没有闹情绪,找领导。我们是正派的,正直的,乐天知命的。我们自我感觉良好,我们本来是鱼嘛!"

我毛骨悚然,屁股下面发热,有点坐不住了。我以为鱼已经把话说完了呢,然而不然。鱼摇了两下尾巴,张了张嘴,又说了起来:"可你们人真也太损了,你们的花样真也太多了。德国人心眼稍微好一点,他们的法律不允许把活着的鱼带回家;日本人吃生鱼片,已经可以说花样翻新了。可是你们中国人呢,这样一个聪明伟大的民族,早年奋发图强,对世界文化做出过卓越的贡献。后来就渐渐地劲头不够了,全国分成了京、鲁、川、粤、湘、苏等等不知道多少菜系,这也罢了。可你们不知道从哪里来的一股劲,专跟我们鱼类干上了。哪一个菜系也不放过我们,而且还是煎、炸、煮、炒、涮、烹、腌、烤,弄得我们狼狈不堪,魂不守舍。最可怕的是四川的干烧,浑身是辣椒,辣得我们的魂儿都喘不过气来。这一些你们都知道吗?"

我喘了一口气,以为鱼的训话已经结束。正当我伸出筷子想夹住最后一片鱼片的时候,鱼的嘴张得更大了,声音也更提高了,又说了下去:"在延吉这里,你们这些人不知道从哪里来了这样一股邪劲,非要让我们完全活着,神志完全清醒,把我们的鳞皮揭开,把我们身上正面反面的肉都切成了一片一片的,再把鳞皮盖上,宛然是一条活而整的鱼,端到饭桌上来,先让你们这些外地来的乡巴佬,瞪大了眼睛,大大地吃上一惊,然后再怀着胆怯、兴奋、好奇而又愉快的心情,在主人的'请!请!请!'的催促下,一齐伸出了筷子。我瞪着眼,摇着尾巴,摆动双鳍,以示抗议,可我发不出声音。难道只有看到我眼瞪、尾摇、嘴巴张,你们咀嚼着我的肉才觉得香吗?你们这是一种什么心理呀!你们要告诉我!否则,即使你把我的残骸做成了酸辣汤,我也是不能瞑目的!"

听着、听着,我完全吓呆了,我一句话也说不出来,而别人正吃风甚健,然而这一条鱼却不给我留一点情面,它穷追不舍,它喝道:"你可是说话呀!

"你可是说话呀!

"你可是说话呀!"

我浑身觳觫,脸上流汗,双腿发抖,心里打鼓,茫然,悃然,不知所措。我只有低头沉思,潜心默祷,又陷入了梦幻中:"鱼呀!你今生舍身饲人,广积阴德。涅槃之后,走入六道轮回,来生决不会再托生成鱼,而定是转生成人。'二十年后又是一条好汉。'等我庆祝百岁诞辰时,一定再来延吉。那时,我请你吃饭,无论如何也不会再把你前生的同类活蹦乱跳地端到饭桌上来了。呜呼!今生休矣,来生可卜。阿门!拜拜!你安息吧!"

沉思完毕，心情怡悦，一下子走出了梦幻，跟着延吉的主人，走出饭店，汇入花花世界的人间，兴致盎然，欣赏我毕生八十一年从未见过的延吉的风情。

1992年8月6日于燕园

美人松

我看过黄山松，我看过泰山松，我也看过华山松。自以为天下之松尽收眼中矣。现在到了延边，却忽然从地里冒出来了一个美人松。

我年虽老迈，而见识实短。根据我学习过的美学概念，松树雄奇伟岸，刚劲粗犷，铁根盘地，虬枝撑天，应该归入阳刚之美；而美人则娇柔妩媚，婀娜多姿，应该归入阴柔之美。顾名思义，美人松是把这两种美结合起来的。两种截然相反的东西，竟能结合在一起，这将是一种什么样子呢？

我就这样怀着满腹疑团，登上了驶往长白山去的汽车。一路之上，我急不可待，频频向本地的朋友发问："什么是美人松呀？美人松是什么样子呀？路旁的哪一棵树是美人松呀？"我好像已经返老还童，倒转回去七十年，成了一个充满了好奇心的顽童。

汽车驶出了延吉已经一百七十多公里。我们停下休息，在此午餐。这个地方叫二道白河，是一个不大的小镇。完全出我意料，在我们的餐馆对面，只隔着一条马路，有一小片树林，四周用铁栏杆围住，足见身份特异。我一打听，司机师傅漫应之曰："这就是美人松林,是全国,当然也就是全世界唯一的一片美人松聚族而居的地方,是全国的重点保护区。"他是"司空见惯浑闲事",而我则瞪大了眼睛,惊诧不已:原来这就是美人松呀!

我的疲意和饿意,顿时一扫而空。我走近了铁栏杆,把全身的神经都集中到了双眼上,原来已经昏花的老眼蓦地明亮起来,真仿佛能洞见秋毫。我看到眼前一片不大的美人松林。棵棵树的树干都是又细又长,一点也没有平常松树树干上那种鳞甲般的粗皮,有的只是柔腻细嫩的没有一点疙瘩的皮,而且颜色还是粉红色的,真有点像二八妙龄女郎的腰肢,纤细苗条,婀娜多姿。每一棵树的树干都很高,仿佛都拼着命往上猛长,直刺白云青天。可是高高耸立在半空里的树顶,叶子都是不折不扣的松树的针叶,也都像钢丝一般,坚硬挺拔。这样一来,树干与树顶的对比显然极不协调。棵棵都仿佛成了戴着钢盔,手执长矛,亭亭玉立的美女:既刚劲,又柔弱;既挺拔,又婀娜。简直是个人间奇迹,是个天上神话,是童话中的侠女,是净土乐园中的将军……我瞪大了眼睛,失神落魄,不知瞅了多久,我瞠目结舌,似乎要喘不过气来了。

因为我看到这些树实在都非常年轻,问了一下本地的主人。主人说:这些树有的是一二百年,有的三四百年,有的年龄更老,老到说不出年代。反正几十年来,他们看到这里的美人松总是一个样子,似乎他们真是长生多术,还童有方。他们天天坐对美人松,虽然也觉得奇怪,但毕竟习以为常。但是,对我这样初来乍到的人来说,却只有惊诧了。

美人松既然这样神奇，极富于幻想力的当地老百姓中，就流传起来了一段民间传说：当年，在抗日战争最艰苦的时期，杨靖宇将军率领着抗日联军，与顽敌周旋在长白山深山密林中。在一次战略转移中，一位女护士背着一个伤病员，来到了一片苍秀挺拔的松树林中，不幸与敌人遭遇。敌我人数悬殊，护士急中生智，把伤病员藏在一个杂树荫蔽的石洞中，自己则向相反的方向跑去。敌人把她包围起来。她躲在一棵松树后面，向敌人射击。敌人一个个在她的神枪之下倒地身亡。最后子弹打光了，她自己也受伤流血。她倚在一棵高耸笔直的松树后面，流尽了自己最后一滴血。从此以后，血染的松树树干就变成了粉红色……

这个传说难道不是十分壮烈又异常优美吗？难道还不能剧烈地拨动每一个人的心弦吗？

然而对一个稍微细心的人来说，其中的矛盾却是太显而易见了。美人松的粉红色的树皮，百年，千年，万年以前，早已成为定局。哪里可能是在五六十年前才变成了粉红色的呢？编这一段故事的老百姓的心情，是完全可以理解的。我也宁愿相信这一个民间传说。但是，我在上面提到的那一不大不小的矛盾，实在是太明显了，即使相信了，心也难安，而理也难得。

我苦思苦想，排解不开，在恍惚迷离中，时间忽然倒转回去了数千年，数万年，说不清多少年。我进入了一场幻觉，看到了长白山下百里松海的大大小小的、老老少少的松树们聚集在一起开会。一棵万年古松当了主席，议题只有一个，就是向长白山土地抗议：

为什么他们这一批顶撑青天碧染宇宙的松树，只能在长白山脚下生长，连半山都不允许去呢？这未免太不公平，太不合理了。于是悻悻然，愤愤然，群情激昂，决议立即上山。数百万棵松树，形成大军，以排山倒海之势，棵棵奋勇登山，一时喧声直达三十三天。此时山神土地勃然大怒，咒起了狂风暴雨，打向松树大军。大军不敌，顷刻溃败，弃甲曳兵，逃回山下。从此乐天知命，安居乐业，莽莽苍苍，百里松海，一直绿到今天。

众松中的美人松，除了登山泄愤的目的以外，还有一点个人的打算。她们同天池龙宫的三太子据说是有宿缘的。她们乘此机会，奋勇登山，想一结秦晋之好，实现万年宿缘。然而，众松溃退，她们哪里有力量只身挺住呢？于是紧随众松，退到山下，有几棵跑得慢的，就留在了长白山下百里松海之中，错杂地住在那里。树数不多但却占全部美人松大部分的，一气跑了下去，跑到了离开长白山已经一百多公里的二道白河，刹住了脚，住在这里了。她们又急、又气、又惭、又怒，身子一下子就变成了粉红色……

我正处在幻觉中，猛然有一阵清风拂过美人松林，簌簌作响，我立即惊醒过来。睁眼望着这一些真正把阴柔之美与阳刚之美融合得天衣无缝的秀丽苗条的美人松，不知道应该作何感想。美人松在风中点着头，仿佛对我微笑。

1992 年 7 月 30 日草稿写于延吉
1992 年 8 月 9 日定稿于北京燕园

观天池

　　长白山天池真可谓"大名垂宇宙"矣。我们此次冒酷暑，不远数千里，飞来延吉，如果说有一个确定不移的目的的话，那就是天池。

　　我们早晨从延吉出发，长驱二百三十公里，马不停蹄，下午到了长白山下的天池宾馆。我们下车，想先订好房间，然后上山。但是，宾馆的主人却催我们赶快上山，因为此时天气颇为理想，稍纵即逝，缓慢不得，房间他会给我们保留下来的。

　　宾馆老板的话是非常有道理的。长白山中国境内主峰海拔二千六百九十一米，较五岳之尊雄踞齐鲁大地的泰山还要高一千多米。而天池又正在山巅，气候变化无常。延边大学的校长昨天告诉我，山顶气候一天二十四变。换句话说，也就是一个小时变一次。而实际情况还要比这个快，往往十几分钟就能变一次。原来是丽日悬天，转眼就会白云缭绕，阴霾蔽空。此时晶蓝浩瀚的天池就会隐入云雾之中，多么锐利的眼睛也不会看见了。据说一个什么人，不远万里，来到天池，适逢云雾，在山巅等了三个小时，最终也没能见天池一面，悻悻然而去之，成为终生憾事。

　　我们听了宾馆主人的话，立即鼓足余勇，驱车登山。开始时在山下看到的是一大片原始森林。据说清代的康熙皇帝认为长白山是满洲龙兴之地，下诏封山，几百年没有开放，因此这一片原始森林得到了最妥善的保护。不但不许砍伐树木，连树木自己倒下，烂掉，也不许人动它一动。到了今天，虽然开放了，树木仍然长得下踞大地，上撑青天，而且是拥拥挤挤，树挨着树，仿佛要长到一起，长成一个树身，说是连兔子都钻不进去，绝非夸大之词。里面阔叶、针叶树都有，而以松树为主，挺拔耸峭，葱茏蓊郁，百里林海，无边无际，碧绿之色仿佛染绿了宇宙。

汽车开足了马力，沿着新近修成的盘山公路，勇往直上。在江西庐山是"跃上葱茏四百旋"，但是庐山比起长白山来真如小丘。在这里汽车究竟转了多少弯，至今好像还没有人统计过。我们当然更没有闲心再去数多少弯。但见在相当长的行驶时间内是针阔混交的树林。到了一千一百米以上，变成了针叶林带。到了一千八百米至二千米的地方，属于针叶的长白松突然消逝，路旁一棵挺起身子的高树都见不到了。一片岳桦林躬着腰背，歪曲扭折，仿佛要匍匐在地上，不敢抬头。尖劲的山风，千万年来，把它们已经制得服服帖帖，趴在地上，勉强苟延残喘，口中好像是自称"奴才"，拜倒在山风脚下连呼"万岁"了。

此时，我们已经升到海拔两千米以上，比泰山的玉皇顶还要高出五六百米。以"爬山虎"著称的北京吉普车，也已累得喘起了粗气。再一看路旁，连跪在地上的岳桦林也一律不见。看到的只有死死抓住石头的青草，还是一片翠绿。但是它们也没有一棵敢向高处长的，都是又矮又粗，低头奋力伏在石头上。看来长白山狂猛的山风连小草也不放过。小草为了活命，也只有听从山风的命令了。看样子，即使小草这样俯首帖耳，忍辱负重，也还是不行的。再往上不久，石头上光秃秃的，连一根小草的影子再也不见。大概山风给小草规定下的生命地界已经到了极限。过此往上，一切青色的东西全皆不见。此处是山风独霸的天下，在宇宙间只许自己在这里狂暴肆虐，耀武扬威了。

既然山上已一无可看，我们就往山下看看吧。近处是壁立万仞，下临无地，看了令人不由得目眩股栗，赶快把眼光投向远方。大概我们宾主五人都积了善有了余庆，我们都交了好运，天气是无比的晴朗。千里松海，尽收眼底，令人逸兴遄飞，心旷神怡。回望背后群山，山背阴处，盛夏犹有积雪。长白山真不愧"长白"之名。

可是，真出乎我们意想之外，汽车出了毛病，发动机忽然停止工作了，火再也打不着。司机连忙下车，搬来大石块，把车后轮垫牢。否则车一滑坡，必然坠入万丈深谷，我们和车岂不就成齑粉了吗？我确实有点慌了起来，但司机却说是汽车患了"高山反应症"，神态自若。我真有点摸不清，他说的究竟是真话，还是笑话？但见他从容不迫，把车上的机器胡鼓捣了一阵，忽然"砰"的一声，汽车又发动起来了。我的心才又回到腔子里。汽车盘旋上山，皆大欢喜。

真正到了山顶了，我急不可待，立即开门想下车。别人想拦住我，但没有拦得住，连忙给我把制服上衣穿上，车门刚开了一个小缝，一股刺骨的寒风立即狂袭过来。原来山下气温是摄氏三十二三度，而在这里，由于没有寒暑表，不敢乱说，根据我的感觉，恐怕是在十度以下。我原以为是个累赘，一点用处也没有的毛衣，这时却成了至宝。我忙忙乱乱地把它穿在制服外面，别人又在我身上蒙了一件风雨衣。这样一来，上半身勉强对付，但是我头顶上的真正的纱帽却不行了。下面的裤子也陡然薄得如纸。现在能有一件皮袄该多好呀！我浑身哆哆嗦嗦，被三个年轻人架住双臂，推着背后，踉踉跄跄，向前迈步。山风迅猛，刺入骨髓。别提我有多么狼狈了。有人拍了一张照片，我自己还没有看到。我想，那将是我一生最为可笑的一张照片了。

但是，我的苦难历程还没有完结。我虽然已经站在我渴望已久的天池边上，却还看不到天池，一座不高不低的沙堆挡住了我们的去路。我此时实在已经是筋疲力尽，想躺倒在地，不再动弹。但是，渴望了几十年，又冒酷暑不远数千里而来，难道竟能打退堂鼓功亏一篑吗？当然不行！我收集了我的剩勇，在三个年轻人的连推带拉之下，喘着粗气，终于爬上了沙丘。此时，天空虽然黑云未退，蓝色的天池却朗然呈现在我的眼前。

啊，天池！毕生梦寐以求，今天终于见到你了。

天池实际水面高程为二千一百余米，最大水深三百七十三米，是我国最高最深的淡水湖。有诗写道："周回八十里，峭壁立池边。水满疑无地，云低别有天。"池周围屹立着十六座高峰，峰巅直刺青天，恐怕离天连三尺三都不到。时虽盛夏，险峰积雪仍然倒映池面。白雪碧波，相映成趣。山风猎猎，池面为群山所包围，水波不兴，碧平如镜。真是千真万确的大好风光，我真是不虚此行了。

但是，我一下子就想到了盛名播传四海的天池水怪。在平静的碧波下面，他们此时在干些什么呢？是在操持家务呢，还是在开会？是在制造伪劣商品呢，还是在倒买倒卖？是在打高尔夫球呢，还是在收听奥运会的广播？是在品尝粤菜的生猛海鲜呢，还是在吃我们昨天在延吉吃的生鱼片？……问题一个个像连成串的珍珠，剪不断，理还乱。有人拍了一下我的肩膀，我蓦然醒了过来，觉得自己真仿佛是走了神，入了魔，想入非非，已经非非到可笑的程度了。我擦了擦昏花的老眼：眼前天池如镜，群峰似剑。山风更加猛烈，是应该下山的时候了。

我们辞别了天池，上了车，好像驾云一般，没有多少时间，就回到了山下。顺路参观了著名的长白瀑布，品尝了在温泉水中煮熟的鸡蛋，在暮霭四合中，回到了天池宾馆。

吃过晚饭，躺在床上，辗转反侧，无论如何也难以入睡。在朦朦胧胧中，我仿佛走出了宾馆。不知道怎么一来，就到了长白山巅，天池旁边。此时群山如影，万籁俱寂。天池水怪纷纷走出了水面，成堆成堆地游乐嬉戏，或舞蹈，或唱歌，或戏水，或跳跃，一时闹声喧腾，意气飞扬。我听到他们大声讲话：

"你看这人类多么可笑！在普天之下，五湖四海，争名夺利，钩心斗角，胜利了或者失败了，想出来散散心。不远千里，不远万里，冒着生命危险，来到我们这里，瞪大了贪婪罪恶的眼睛，看着天池，其实是想看一眼被他们称为'天池怪兽'的我们。我们偏偏不露面，白天伏在深水里，一动也不动。看到他们那失望的目光，我们真开心极了！"

"我们真开心极了！"

"我们真开心极了!"

"万岁!"

"乌拉!"

此时闹声更喧腾了,气氛更热烈了——

"还有人居然想给我们拍照哩!"

"听说已经有人把照片登在报纸上了!"

"这两天又风风火火地谣传:一家电视台悬赏万金,要拍我们的照片哩!"

"真是活见鬼!"

"真是活见鬼!"

"谁要是让他拍了照,我们决定开除他的怪籍,谁说情也不行!"

"万岁!万岁!"

"乌拉!乌拉!"

此时喧声震天,波涛汹涌。我吓得浑身发抖,不知所措。赶快撒腿就跑,一下子跑到了宾馆的床上。定一定神,才知道自己刚才做了一个梦。

第二天一大早,我们就在晨光熹微中离开了天池宾馆。临行前,我曾同李铮到原始森林的边缘上去散了散步,稍稍领略了一下原始森林的情趣。抬头望着长白山顶,向天池告别。我相信,我还会回来的。但是,我向天池中的怪兽们宣誓:我决不会给他们拍照。

1992 年 8 月 8 日写于北大燕园

逛鬼城

豪华旅游轮"峨眉号"靠了岸。细雨霏霏,轻雾漫江,令人顿有荒寒之感。但一听到要逛鬼城丰都,船上的人,不管是中国人,还是日本人和韩国人;不管是老还是少,不管是男还是女,无不兴奋愉快,个个怀着惊喜又有点紧张的心情,鱼贯上了岸。

为什么对鬼城这样感兴趣呢?道理是不难明白的。一个活生生的人,在光天化日之下,要进鬼城游览,难道还有比这更富有刺激性的事情吗?

至于我自己,我在小学时就读过一本名叫《玉历至宝钞》的讲阴司地狱的书,粉纸石印,质量极差,大概是所谓"善书"之类,但对于我却有极大的吸引力。你想一想,书中图文并茂,什么十殿阎罗王,什么牛头、马面,什么生无常、死有份,什么刀山、油锅,等等。鲁迅所描绘的手持芭蕉扇、头戴高帽子的鬼卒,也俨然在内。这样一本有趣的书,对一个小孩子来说,比起那些言语乏味的教科书来,其吸收力之强真有若天壤之别了。

这样一本书,我在昏黄的油灯下,不知道翻看过多少遍。我对地狱里的情况真可以说是了若指掌。对那里的法规条文、工作程序也背得滚瓜烂熟。如果我到了那里，不用请律师，就能在阎王爷跟前为自己辩护，阎王爷对我一定毫无办法。至于在阴司里走后门，托人情，我也悟出了一点门道。因此，即使真进阴司，我也坦然，怡然，总有办法证明自己是一个好人，无所畏惧。

后来，我读西洋文学，读过但丁的《神曲》。再后一点，我又研究佛教，读了不少佛经，里面描绘阴司地狱的地方，颇为不少。我知道了，中国的阴司原来是印度的翻版，在印度原有的基础上，又加以去粗取精，深化改革，加以中国化，《玉历至宝钞》中的地狱描绘就是这样来的。尽管我对于自己的学识，从来不敢翘尾巴，但是对自己的地狱学却颇感自傲。而且对西方的地狱，正像但丁描绘的那样，极为鄙视，觉得那太简单了，同东方地狱之博大精深相比，真如小巫见大巫。由此我曾萌发一个念头，想创立一门崭新的学科：比较地狱学。我深信，如果此学建成，我一定能蜚声国际士林，说不定就能成为诺贝尔奖金的候选人哩。

就这样，在即将进入鬼城的时候，我心里胡思乱想，几十年来对地狱的一些想法，一时逗上心头。在江雨霏霏中，神驰于三峡之外，仿佛已经走进地狱了。

多少年来，久闻丰都城的大名。我原以为丰都城会是在地下一个什么大洞中，哪能把阴司地狱摆在人世间繁华的闹市中呢？事实上，四川丰都的鬼城却确实是在繁华的闹市中。要到那里去，不是越走越深，而是拾级而上，越爬越高，地狱原来是在山顶上。山门牌坊上写着"鬼城"和"天下名山"六个大字。一进山门，就一路拾级而上，到达山顶，据说共有六百一十六级，从台阶数目上来看，恐怕要超过泰山南天门了。

山门内山明水秀，树木葱茏。时届深秋，浓绿中尚有红色和黄色的小花闪出异样的光彩，耀人眼睛。石阶砌得整整齐齐，花坛修得端端正正，毫无阴森凛冽之气。不信阴司地狱的外国旅游者当然不会有什么恐怖之感，连有些信阴司地狱的中国人也不会有这样的感觉。跟着我们走的导游小姐，是一个十七八岁的苗条秀丽的中学毕业生。她讲解得生动有趣，连印度神话中的阎摩（yama）和阎弥（yami）她都讲得头头是道。我搭讪着跟她聊天——

"你天天在阴司地狱里走，不害怕吗？"

"不害怕，只觉得很好玩。"

"你信不信阴司地狱？"

"不信。我的婆婆（奶奶）有点信的。"

"你为什么干这个工作？"

"我中学毕业后，上过训练班。有一门课，专门讲有关地狱的知识。"

"这鬼城里的老百姓不觉得阴森可怕吗？"

"一点也不，惯了。他们根本不想这里是鬼城！"

"你看过《玉历至宝钞》吗？"

"没有。"

我于是把书名告诉她，希望她能扩大关于地狱的知识面，把导游工作做得更丰富,更生动,更有趣。

同小女孩谈话以后,我原来那一点紧张别扭的心情一扫而光。还是专心致志地逛鬼城吧!我心里想。

山越爬越高,楼阁台榭等等建筑越来越多。真个是"五步一楼,十步一阁;廊腰缦回,檐牙高啄;各抱地势,钩心斗角"。我没有见过阿房宫,我不知道,阿房宫是不是就是这个样子。反正这里的楼台殿阁真够繁复,真够宏伟。大概《玉历至宝钞》中所提到的楼阁,这里都有,而且还多出来了许多那里不见的宫殿。粗粗地数一下,就我记忆所及,就有下面的这些殿——报恩殿、寥阳殿、星辰殿、玉皇殿、曜灵殿,等等。报恩殿里塑着如来佛大弟子大目连的像,来自印度的"目连救母"的故事,在中国民间广泛流传。玉皇殿里供的当然就是天老爷。让我惊奇的是两边的众神像中,竟赫然有孙膑站在那里。孙膑同天老爷有什么瓜葛呢?这道理我还没有弄明白。

至于有名的鬼门关、奈河桥等等,这里当然不会缺少。有趣的是奈河桥,确实是一座石桥,也并不威武雄壮。可是导游小姐却突然提高了声音说,谁要是能三步跨过这一座桥,就会有什么什么好处。大家一听,兴致猛涨,都想登桥尝试一下。我努了努力,用四步跨了过去。有的个儿矮的人,用五六步才能跨过。而身高一米九二、鹤立鸡群的冯骥才,只用了一步半,就跨过了奈河桥。大家一起起哄,说冯得到的好处最多。我自己虽然是落了第,恐怕得不到多少好处了,但我也不后悔。一个人如果真正到了奈河桥上,人世间的好处对他还有什么意义呢？即使是诺贝尔、奥斯卡，不也等于镜花水月了吗？

在另一个地方，好像是一座大殿的前面或者后面，在一个牌楼前，有一个石砌的四方形的栏杆，中间有一个球形的东西嵌在地面上，是铜？是铁？看不清楚，反正是非常光滑，闪着白光。导游小姐说，谁要是用一只脚，男左女右，在球上站上两秒钟，眼睛看着前面什么地方的四个字，他又会得到什么什么好处。干这种玩意儿，我决不后人。我走上去，站在球上，大概连半秒钟都没有，脚就滑了下来。我当然又不能得到那些好处了。我毫不在意。我那阿Q思想又抬了头：阴间的玩意儿实在非凡地平庸，即使能站上两秒钟，又待如何呢？

又到了一个什么殿，看到了地狱里的人事部长，手持生死簿，威风凛凛地站在那里。导游小姐高声问："有姓孙的没有？有属猴的没有？"我们团里的孙车民碰巧没有在，也没有什么人自报属猴。导游小姐说："当年孙悟空大闹天宫，跑到阴司地狱里来，一手抢过生死簿，把自己的名字一笔勾掉，从此姓孙的和属猴的就都簿中无名，阎王爷没有办法召唤他们了。"我突然想到，阴司地狱里的管理工作真也应该加以改革，必须现代化了。如果把生死簿中的名字输入电脑，孙猴子本领再大，也无法把自己的名字勾掉了。岂不猗欤休哉！

在北京的时候，我曾多次说过，到八宝山去，要按年龄顺序排一个队，大家鱼贯而进，威仪俨然，谁也不要躐级抢先，反正我自己决不会像买稀罕的物品一样，匆匆挤上前去加塞。我们走，要走得从容不迫，表现出高度的修养。现在到了鬼城，方知道自己既不姓孙，也不属猴，是生死簿上有名的，是阎王老爷耀武扬威欺凌的对象。心里颇有点愤愤不平。我胆子最小，平生奉公守法，不敢越雷池一步。但是此时我却忽然一反常态，决心对阎王爷加以抵抗。不管催命鬼的帽子戴得多高，也不管"你也来了"四个字写得多大，我硬是不走，我想成为一个我生平最讨厌的钉子户。对阴司的律条我是精通的，同阎王爷辩论，我决不会输给他。

也许有人会问："你这样干，不怕阎王老子那些刀山、油锅吗？"是的，刀山、油锅当然令人害怕。但是，当我们走到填满了阴司地狱里酷刑雕塑的房间时，天已经暗了下来。我们只是隔着玻璃窗子，影影绰绰地匆匆忙忙地看到了一点刀山、油锅的影子，并没有怎样感到恐怖。有人说，有心脏病的人千万不要来逛鬼城，怕受不住刀山、油锅的惊吓。我看，这些话确实夸大了。我也是戴着冠心病帽子的老人，但是我看完了刀山、油锅，依然故我，兴致盎然，健步如飞，走下山来。

我性子急，上山走在最前面，下山也走在最前面。别人还没有下来，我就坐在一棵大树下的石头栏杆上休息了。陆续有人下来了，见了我都说："季老！你做得对！山你是上不去的，坐在这里休息该多好呀！"当他们知道我已经上过山时，都多少有点吃惊。此时有人问那个活泼可爱的导游小姐，让她猜一猜我的年龄。她像在拍卖行里一样，由六十岁起价。别人说"太低"，她就逐渐提高。由六十岁经过几个步骤猜到七十岁。她迟迟疑疑，不愿意再提高，想一锤定音。经许多旁边的人多方启发、帮助，她又往上提高，几乎是一岁一步，到了八十，她无论如何也不想再提了。尽管大家嚷着说："不行，还要高！"小女孩瞪大了眼睛，不再说话了，在惊愕之余，巧笑倩兮。

这一小小的插曲颇为有趣，它结束了我的鬼城之游。

我们辞别了鬼城，辞别了导游小姐，回到船上，立即整装，参加总结酒会。接着是大宴会，觥筹交错，笑语连声，灯光闪耀，有如白日。仅在半点钟前的鬼城之游，早已成为回忆中的一点影子。如果此时站在鬼城上下望我们的游轮，这一艘正在漫漫的长江中徐徐开动的游轮，一定像一团闪耀的光辉。

             1992 年 10 月 17 日

大觉寺

我为什么对大觉寺情有独钟呢？这问题提得很自然，但又显得颇为突兀。我似乎能答复，又似乎还不能。

将近七十年前，当我在清华园读书的时候，北京的古寺名刹，我都是知道的，什么潭柘寺、戒台寺、碧云寺、卧佛寺等等，我都清楚，当时既无公共汽车，连自行车都极少见。我曾同一些伙伴"细雨骑驴登香山"。雨中山清水秀，除了密林深处间或有小鸟的啁啾声外，几乎是万籁俱寂。我绝非像陆放翁那样的诗人，但是，此时此地心中却溢满了诗意。"此中有真意，欲辨已忘言"，实不足为外人道也。

可是，大觉寺这个古刹，我却是没有听说过的。它对我完全是陌生的。原因大概是，这一座千年古刹在当时已经凋零颓败，再没有参观旅游的价值，被人们弃若敝屣了。

时间一下子跳过了五十年，我已届古稀之年，可以说是一个地地道道的老人了，可是我偏一点儿老的感觉都没有，有时候还会忽发少狂。此时，大觉寺已经名闻遐迩，那一棵有三百年树龄的"玉兰之王"就生长在大觉寺中，每年春天花发时总会吸引众多的游人前去观赏。八十年代初的一个春天，听说"玉兰之王"正在繁花怒放，我于是同大泓和二泓骑自行车，长驱三四十公里，到大觉寺去随喜。走在半路上，想停车休息一会儿，我的双腿已经麻木，几乎下不了车。幸亏有两个孩子的扶掖，才勉强再登上了车，鼓起余勇，一鼓作气，终于到达了大觉寺。

人们，其中包括一些学者们常说：第一个印象最准确、最清晰，因而也就是最符合实际情况、最可靠的印象。我对大觉寺的第一个印象怎样呢？山门虽不新，但也没有给人以寥落颓败之感，想必是在过去五十年中修缮过一次，所以才有现在这个情况。这一天来的人多如过江之鲫，到处人声喧阗，古寺的沉寂完全被打破。好不容易挤进了寺门，只见殿阁庄严，花木葳蕤。丁香、藤萝已经开过，只剩下肥大的绿叶。最引人注目的是那几棵千年古松柏，树身如苍龙盘曲，尖顶直刺入蔚蓝的晴空，使人看了，精神立刻为之一振。我们先看了北玉兰院的几棵玉兰，花开得正茂密。最后转到南玉兰院，看那一棵"玉兰之王"。躯干极粗，但是主干已锯掉，只剩下旁枝，至少已有上百年的历史。此时玉兰花正在怒放，花开得茂密压枝。与之相对的是一棵树龄比较小一点儿的紫玉兰。两棵树一白一紫，相映成趣。大地的无限活力仿佛都随着花朵喷涌出来。无论谁看了，都会感到生命力的无穷无尽；都会感到人间的可爱，人间净土就在眼前；都会油然而生凌云的壮志。我们也都兴致盎然，又走上后山，看了水泉。然后出寺野餐，又骑上自行车，回到了燕园，留下了终生难忘的记忆。

时间又一下子跳了将近二十年。我已经到了望九之年，垂垂老矣。两年前，我忽然接到一份请柬，要我到大觉寺去为明慧茶院开院典礼剪彩。这使我有点惊愕：大觉寺怎么会同什么明慧茶院联系到一起呢？我准时去了，这是我第三次进大觉寺。此时此地，如果在江南正是"杂花生树，群莺乱飞"的季节，现在这里却只有杂花，而无群莺。寺内外已加修缮，特别是从南玉兰院一直到后面上面水泉楼一路几层院落，修饰得美轮美奂，金碧辉煌，雕梁画栋，熠熠闪光。简直是换了人间，今非昔比了。可惜丁香、玉兰已经开过花，只有那一架古藤萝仍然是繁花满枝，引得蜜蜂团团飞舞。

　　明慧茶院是怎么一回事呢？原来是北大中文系毕业生欧阳旭先生弃学从商，用现在的话来说就是"下了海"。欧阳旭先生经营有方，过了没有多久，经营就有可观的规模。但他毕竟是文化人，发财不忘文化。在众多经营之余，在海淀创办了国林风书店，其规模之大，可与风入松书店并驾齐驱。其藏书之精，又与万圣、风入松鼎足而三，为首都文化中心海淀增一异彩。据欧阳旭亲口告诉我，几年前，他同几个伙伴秋游，到了傍晚，在西山乱山丛中迷了路。"黄昏到寺蝙蝠飞"，他们碰巧走进了一座古寺，回不了城，就借住在那里。这就是大觉寺。夜里，他同管理寺庙的人剪烛夜话，偶然心血来潮，想在这座幽静僻远的古刹中创办点儿什么。三谈两谈，竟然谈妥，于是就出现了明慧茶院。难道这不就是佛家所说的因缘，俗语所说的机遇，哲学家所说的偶然性吗？

　　可是我心中有一个谜，至今仍处在解决与未解决之间。在宝刹大觉寺中可以兴办的事业是很多很多的，为什么欧阳旭独独钟情于茶呢？中国是茶的原产地，茶文化是中华文化不可分割的一个组成部分，中国饮茶的历史已有一两千年，而且茶文化传遍了世界，在日本繁荣兴盛，形成了闻名世界的日本茶道，也是日本文化不可分割的一部分。在欧洲，最著名的饮茶国家，喝的是红茶；在北非和中东，阿拉伯国家也喜欢饮茶，喝的是龙井，是绿茶。根据最近的世界饮料新动向，茶叶大有取代咖啡和可可之势，行将见中国的茶文化传遍世界，为人类造福。为中华添彩，发扬光大之日，就在眼前了。

谈到饮茶，必须有两个绝不可缺少的条件：一个是茶，一个是水。北方不产茶，至少是北京不产茶，这是天意，谁也无力回天。至于水，北京是有的。但是山中有水，在北方实如凤毛麟角。有水斯有寺，有寺斯有名，这是北京的独特规律。山泉与普通河水迥乎不同，它来自高山深处，毫无污染，而且还含有许多对人体有益的微量元素，入口甘甜，如饮醍醐。再加上名茶一泡，天造地设，相得益彰。大觉寺就以泉水著称，一千余年前的辽代之所以在这里建寺，主要就是因为这里有甘泉。不管天多么旱，泉水总是从寺后最高处潺潺流出，永不衰竭。这是一个极为难得的条件。甘泉再佐以佳茗，则二美俱矣。这个好像摆在眼前现成的想法，为什么别人就从未想到过，只有等到二十世纪末来了一个年轻小伙子欧阳旭才想到了，而且立即付诸实施建立了明慧茶院呢？这里面难道还有什么十分深奥难测的奥义吗？

不管怎样，明慧茶院建立起来了。开幕的那一天，虽然没有能看到玉兰开花，但是，到的名人颇为不少，学术界和艺术界的一些著名人物，如欧阳中石、范曾等等，都光临了。大家在憩云轩观赏禅茶表演。几个被派到南方专门学习禅茶表演的年轻的女孩子，在挂在门上的绣有一个大大的"禅"字的帷幕前，在一张精心布置的桌子上，认真表演茶艺，伴奏的是佛乐，庄严肃穆，乐声低沉而清越。唐明皇当年听到了仙乐，"骊宫高处入青云，仙乐风飘处处闻"。此时我们听到的是佛乐，乐声回荡在憩云轩前苍松翠柏之间，回荡到下面"玉兰之王"所住的明德轩小院中，回荡到上面山泉流出处的楼阁间，佛乐弥漫了整个大觉寺，仿佛这里就是人间净土，地上桃源。我因为坐在第一张桌子旁，得天独厚，得以喝到第一杯禅茶，味道确同平常的不同，其余的嘉宾也都听了佛乐，喝了名茶，大家颇有点儿流连忘返之意。

从此北京西山增添了一个景点。

而我心中则增添了一个亮点。

我有时候无缘无故地就想到大觉寺，神驰那里的苍松翠柏、玉兰、藤萝。第二年，正当玉兰花开花的时候，我急不可待地第四次到了大觉寺。那时许多棵玉兰都在奋勇怒放。那一棵"玉兰之王"开得更是邪乎，满树繁花，累累垂垂，把树干树枝完全盖满，只见白花，不见青枝，全树几千朵花仿佛开成了一朵硕大无朋的白色大花，照亮了明德轩小院，照亮了整个大觉寺，照亮了宇宙，逼得旁边那一棵有名的鼠李寄柏干瘪无光，连同与"玉兰之王"对生的那一棵紫玉兰也失去了光彩。我失去了描绘的能力，思想和语言都一样，嘴里只能连声赞叹：奈何！奈何！

过了不过个把月，我又一次来到了大觉寺，这次同来的有侯仁之、汤一介、乐黛云、李玉洁等人,我们第一次在这里过夜。侯仁之和我两个老头儿,被欧阳旭安排在明德轩所谓"总统套房"中。既曰"总统",必然华贵。我是个上不得台盘的人,平生不想追求华贵。我曾在印度总统府里住过。在一间像篮球场那样大的房间里,一个卧榻端端正正摆在正中央。我躺在上面,四顾茫然,宛如孤舟大洋,海天渺茫,我一夜没有睡着。今天又要住总统套房,心里真有点儿嘀咕。此时玉兰已经绿叶满枝,不见花影,而对面的一棵太平花则正在疯狂怒放,照得满院生辉。晚饭后,我们几个人围坐在太平花下,上天下地,闲聊一番。寂静的古寺更加寂静,仿佛宇宙间只有我们几个人遗世而独立,身心愉快,毕生所无。走进总统套房,居然一夜酣睡,真如羲皇上人矣。

第二天,我照例四点起床,走出明德轩。此时晨曦未露,夜气犹存,微风不起,松涛无声。太平花似乎还没有睡醒,"玉兰之王"的绿叶也在凝定不动。古寺中一片寂静。只有屋脊上狂窜乱跳的小松鼠,跑来跑去,络绎不绝,令人感到宇宙还在活着,并未寂灭。我一个人独立中庭,享受了生平第一个恬谧甜蜜的早晨,让我永世难忘。

从此以后,我心中的那个亮点更加明亮了。我常常想到大觉寺,只要有机会,我就到大觉寺来。能够谈得来的一些朋友,我也想方设法请他们到大觉寺来品茗,最好是能住上一夜,领略一下这一座古寺的静夜幽趣。连从台湾不远千里而来的台湾大学图书馆馆长林光美女士,戎马倥偬,南北奔波,我也请她到大觉寺来住了一夜。她是品茗专家,是内行,她对大觉寺泉水和名茶的赞扬,其意义应该说是与众不同的，现在她已经回到了台北，我相信，她带回去的一定是对大觉寺美好的回忆。

至于我自己为什么这样向往大觉寺呢？这要同我目前的生活情况谈起。近几年来，不知道是从哪里来的一片虚名，套在了我的头上，成了一圈光环，给我招惹来了剪不断理还乱的麻烦。这个会长，那个主编，这个顾问，那个理事，纷至沓来，究竟有多少这样的纸冠，我自己实在无法弄清，恐怕只有上帝知道了。我成了采访的对象，这个电台，那个电视台，这家报纸，那家杂志，又是采访录像，又是电话采访。一遇到什么庆典或什么纪念，我就成了药方中的甘草，万不能缺。还有无穷无尽的会议，个个都自称意义重大，非参加不行。每天下午，我就成了专家门诊的专家，客厅里招待一拨客人，另外一拨或多拨候诊者只好在别的屋里等候。采访者照相成了应有之义。做道具照相，我已习惯；但是，照相者几乎每次必高呼："笑一笑！"试问我一肚乱絮般的思绪，我能笑得起来吗？即使勉强一笑，脸上成什么模样，我自己是连想都不敢想的。校系两级领导，关心我的健康，在我门上贴上了谢绝会客的通知。然而知书识字的来访者却熟视无睹，依然想方设法闯进门来。听说北京某大学某一位名人，大概遇到了同我一样的遭遇，自己在门上大书：某某死了！但是，死了也不行，他们仍然闯进门来，要向遗体告别。

"十年浩劫"期间，我忽发牛劲儿，以卵击石，要同北大那位"老佛爷"决斗，结果全军覆没，被抄家，被批斗，被关进牛棚，好不容易捡回来了一条小命，却成了"不可接触者"。几年之内，我没接到一封来信，没有一个客人。走在校内，没有哪个人敢同我说上一句话。我自己知趣，凡上路，必茫然向前看，决不左顾右盼，也决不敢踩别人的影子，以免把灾殃传给别人。你说，这样心里能痛快吗？当然不能。有时候我一个人困居斗室，感前途之无望，悲未来之渺茫，只觉得凄凉、孤独、寂寞、无助，此中滋味，非同病者实难相怜也。

然而，物换斗移，时异世迁，我从一个"不可接触者"一变而为"极可接触者"，宛如从十八层地狱一下子跃上三十三天。最初有一阵喜悦，自是人之常情。然而，时隔不久，这喜悦就逐渐淡漠下来，代之而起的是无名的苦恼。"千秋万岁名，寂寞身后事"，我不想争名。我的收入足以维持我那水平不高的生活，我不想夺秋。我现在要求最迫切的是还我清静，"不可接触者"是最容易得到清静的。然而如今谁有这个本领能发动亿万群众，共同上演一出空前残暴的悲剧呢？他年于无意中得之的"不可接触者"的地位，如今却是可望而不可即了。

我现在希望得到的是一片人间净土，一个世外桃源。万没想到，我又于无意中得到了净土和桃源，这就是欧阳旭在大觉寺创办的明慧茶院。我每次从燕园驱车往大觉寺来，胸中的烦躁都与车行的距离适成反比，距离愈拉长，我的烦躁愈减少，等到一进大觉寺的山门，我的烦躁情绪一扫而光，四大皆空了。在这里，我看到了我的苍松、翠柏、丁香、藤萝、梨花、紫荆，特别是我的玉兰和太平花，它们都好像是对我合十致敬。还有屋脊上蹿跳的小松鼠，也好像对我微笑。我想到我前不久写的那一副对联：

屋脊狂窜小松鼠
满院开满太平花

不禁心旷神怡，虽古代桃花源中人，也不得不羡慕我了。

大概从人类有了较大的城市之日起，城市就与大自然形成了对立面，形成了鲜明的对照。连一千多年前的陶渊明都曾高唱"久在樊笼里，复得返自然"，欢悦之情，跃然纸上。清代末年，德国汉学家福兰阁任德国驻清朝的外交官，经常"上山"。我从他儿子傅吾康嘴里经常听到"上山"这个词儿。上哪个山呢？我从来没有问过，反正他每次来北京，总有一半时间"上山"。最近我才知道，他们父子俩上的山就是大觉寺的山，德国人毕竟是热爱自然的民族。到了今天，城市越来越大，越来越热闹，红尘万丈，喧嚣无度，虽然不能每个人都有像我那样的烦躁，但烦躁总会有的，只不过程度高低不同而已。大家都会渴望拥抱大自然，都在不同程度上想找一个人间净土，世外桃源。可每一个并不能都找得到，这不能不说是一件憾事。

我是有福的，我找到了大觉寺明慧茶院，而且帮助我的朋友们认识这一块人间净土，世外桃源，我的朋友们也都有福了。

我心中的那一个亮点将会愈来愈亮，愈亮。

1999 年 5 月 22 日写毕

佛山心影

我坐在飞机中,飞机正以每小时五六百公里的高速向北疾飞。我们早已穿透云层。在地面上仰望云层,高不可攀,可是我现在却在从云层上向上仰望高不可攀的高度上。头上白日朗朗,脚下云雾缭绕,好像要遗世而登仙了。

就在个把钟头,不,不到个把钟头以前,我们还在广东的佛山,在广州的白云机场。来为我们送行的汉云、玲玲、梁馆,殷勤诚恳,热情洋溢。我们短短的三天相聚,已经结成了深厚的友谊,这友谊像仙露醍醐一样,滴到了我这老迈的心头,使它又溢满了青春活力。垂暮之年,获此殊幸,岂不快哉!岂不快哉!我感觉到,我仿佛变成了一只风筝,越飞越高,越飞越远,穿过白云,直触青天,直上重霄九,似乎要同嫦娥和吴刚会面了。可是我并没有,也不可能离开地球,因为我屁股上拴着一条长线,这线极长极长,越伸越长;可它总有拴在地球上的一端,这一端远在天边,近在眼前,它就捏在汉云、玲玲、梁馆,以及佛山和广州的许多友人手里。因此,坐在飞机上的只是我的身躯,我的心却留在了佛山,留给了那一些非常可爱的，永世难忘的友人们。我屁股下面的那一条风筝线正捏在他们手里，而且，我相信，他们会永远捏下去。即使我落到地上，不再像是风筝，情况也不会改变。

我要飞去的目的地是北京。北京此时已是初冬，虽然天气还不太冷，但树叶已经落尽，荷塘中只剩下了残荷，"留得枯荷听雨声"。而我出发的地方佛山，却仍像是三春天气，杂花生树，群莺乱飞，绿满寰中，春意盎然。古人诗："马后桃花马前雪，出关争得不回头？"我现在的处境就是这样，我哪里能不回头呢？可惜的是，"回头下望人寰处，不见长安见尘雾"。我的眼睛看不到，我的心却是能看到的。短短不到三天的时间内，我遇到了那么多的人，看到了那么多的奇花异草，访问了那么多的名山胜境，参观了那么多的古刹新寺，现在一回想起来，眼前扑朔迷离。我手边没有一本介绍资料，我仅有的一件工具就是我的心，它虽已老迈，却还能够活动。我现在就拿我的心作为摄像机，开动起来，看看还能留下多少印象。

一、石景宜博士

山有根，水有源。我这一次广东之行的根源就是石景宜博士。因此，我先谈景宜先生。

景宜先生是广东佛山人，仅仅小我三岁，也已到了耄耋之年。据说，他年幼时，家庭并不富裕，完全靠自学成才。他很早就到香港去谋生，从事出版事业和书籍发行工作以及其他一些企业活动。

由于勤苦努力,又经营有方,终于打下了坚实的经济基础,事业日益兴旺发达,如日中天,晃耀辉煌,照亮了香港的一隅。

像石老这样的成功的企业家,在香港为数颇多,资产大于他的也不在少数。然而石景宜毕竟是石景宜,他热爱祖国,热爱人民,也同许多香港企业家是一样的。可是他表达这种热爱的方式,却是与众不同的,完全不同的。他筚路蓝缕,独辟蹊径,他用他自己所掌握所拥有的文化载体的书籍来表达自己的拳拳爱国的赤子之心。他为自己的儿子们每个人安排了一个事业基础,但是,告诉他们,他不管有多少遗产,决不再留给他们。他自己一生艰苦创业,终于有成。他的儿子们也只能以他为榜样,靠个人努力奋斗,达到养家报国的目的,他决不把他们培养成饭来张口衣来伸手的懒汉。他热爱祖国和人民,决不停留在空洞的口号或愿望上,而是有实际行动的,他的行动就表现在努力支持祖国的文化教育事业上。支持祖国的文化教育事业,其道也绝非只有一端。香港的爱国企业家,有的为祖国大学盖房子,修图书馆;有的设立奖金,奖励学生和教员。殊途同归,都受到了热烈的赞扬。而石老走的则完全是另外一条路:购买书籍,赠送给大陆和台湾各大学图书馆。根据约略的统计,十几年来,石老把五十余万册的大陆出版的书籍,运送到台湾,分送那里的大学图书馆,又把台湾出版的三百余万册书籍,运来大陆,分赠给许多大学的图书馆。这么多的书籍是怎样选购的,又是怎样分送的,其间过程我完全不清楚。但是,这样繁重艰巨的工作,必然耗费石老大量大量的精力,则是不言而喻的。

说到我国台湾版的书籍，大陆读者难免有些疑惑难解。我现在根据自己的亲身经验来解释几句。对于这一件事情，我以前也是毫无所知的。1994年至1995年将近两年的时间，我每天跑一趟北京大学图书馆，为的是搜集《糖史》的资料。炎夏严冬，风雨无阻。我经常到的地方是善本部阅览室和教员阅览室。在善本部里，我除了借几本善本书外，大多数时间是翻检《四库全书》。在教员阅览室里则是钻进楼上楼下两间书库，书库面积极大，书架林立，一般的书籍几乎应有尽有，大约有十几万种。我逐架逐层审视每一种书的书名，估计有我想搜集的资料，则取下逐页翻检，抄录下来。在炎夏之时，屋内温度至少也有三十七八度。此时炎阳与电灯共明，书香与汗臭齐发。我已汗流浃背，而毫无知觉，几已进入忘我之境，对别人或已苦不堪言，我则其乐融融也。在翻检群书的过程中，我逐渐发现台版的书对我用处极大，用起来极为省力。原来中国古代诗人学者的全集，全为木板印刷，卷帙繁多，编排虽有秩序，翻检实极困难，而我国台湾学者和出版家则将这些文集分拆开来，编成大套的丛书，分门别类，一目了然。如《中华文史丛书》之类的丛书，种类颇多，大大地有利于读者，而刊印并不十分困难。石老运到大陆来的书，不完全属于丛书，我提出丛书，不过略举一例而已。我的意思是想说明，石老运来的书，对大陆学者是十分有用的。

在北京大学授予石老名誉博士学位之前，我对石老和上述情况，所知甚少。去年10月14日，北大图书馆馆长林被甸教授陪石老和他的儿子汉基先生来到我家，拿出一帙他在台湾收购到的贝叶经,让我鉴定是什么佛典。我拿过来一看,原来是用泰文字母刻写的巴利文大藏经。巴利文是古代印度的一种文字,没有自己固定的字母,在印度,则用南印度字母抄写,间或也用天城体字母;在泰国,则用泰文字母;在缅甸,则用缅文字母;到了近代,英国的巴利经典刊行会(Pali Text Society)使用拉丁字母。现在世界上各国的巴利文学者以及佛教学者,都习惯于使用拉丁字母。据德国梵学大师吕德斯(H.Luders)的看法,泰文字母的巴利藏有许多优异之处,因此,石老在台湾购得的巴利贝叶经很有学术价值,又有极高的收藏价值,是十分珍贵的。我的鉴定显然使石老异常高兴,他立即将手头的一帙泰文字母巴利贝叶经赠送给我,我当然也十分高兴。

由于石老对祖国文化教育事业的巨大贡献,国务院学位委员会经过委员们的投票选举,让北京大学授予石老中国学术界最高荣誉——名誉博士学位。授予仪式是在1998年10月29日,地点是在北京大学新建图书馆大楼内。当时参加的显贵要人颇多。广东省几届领导人都不远千里来京参加了。可见石老在广东地位之崇高、声望之隆尊。到了12月1日,石老夫妇又偕汉云和她的女儿来访,带来了一帙缅文字母写的巴利藏。不知用的是什么工具,把缅文字母刻写在贝叶上,极细微,但却极清晰。人们把刻成的贝叶捵成一捵,在这一捵的两面都涂上了黄金,足证此书之名贵。看样子是王宫中珍藏的宝典,不知是在什么时候,由什么人偷出来的。石老说,偷这种东西,如被发现,是要砍头的,说着便用右手在脖子前比划了一下。他要把这一帙宝典送给我,我立即拒绝,说:"这是宝贝,应由石老自己珍藏。"

从此我就同石老结成了朋友。

积八十年之经验,我深感,结识朋友要有一点缘分的。缘分这玩意儿确有一点神秘难解,但它确实是存在的,想否定也不可能。它绝非迷信,有一些唯物主义"理论家"大概会这样认为的。无奈事实胜于雄辩,这真叫作没有法子。就拿我自己来说,我曾有过共事几十年之久的同事,到头来却仍然是"话不投机半句多",没有共同的语言,只好分道扬镳了事。

我交了一辈子朋友,我究竟喜欢什么样的人呢?我从来没有做过总结。现在借这个机会考虑了一下。我喜欢的人约略是这样的:质朴、淳厚、诚恳、平易;骨头硬,心肠软;怀真情,讲真话;不阿谀奉承,不背后议论;不人前一面,人后一面;无哗众取宠之意,有实事求是之心;不是丝毫不考虑自己的利益,而是能多为别人考虑;最重要的是能分清是非,又敢分清,从而敢于路见不平,拔刀相助,嫉恶如仇;关键是一个"真"字,是性情中人;最高水平当然是孟子所说的"富贵不能淫,贫贱不能移,威武不能屈"。我曾写过一篇短文《我害怕天才》,现在想改一下:我不怕天才,而怕天才气,正如我不怕马列主义,而怕马列主义面孔一样。古人说:"金无足赤,人无完人。"我自己不能完全做到上面讲到的那一些情况,也不期望我的朋友们都能完全做到。但是,必须有向往之心,虽不中,不远矣。简短一句话,我追求的是古人所说的"知音"。孔子说:

"无友不如己者。""如"字有二解：一是"如同"，二是"赶得上"，我取前者。我生平颇有几个一见如故、"一见钟情"的朋友。我们见面不过几次，谈话不过几个小时。他的表情，他的谈吐，于我心有戚戚焉，两颗素昧平生的心立即靠拢，我们成了知己朋友。

我同石老的友谊颇有类同之处。

我上面说到，石老是佛山人，佛山属广东。我自己是典型的北方人，但颇有一些广东朋友，也曾多次到过广东。俗话说：食在广州。记得当年印度友人师觉月博士曾对我说，印度人中流行着一种说法：水里面的东西，除了船以外，中国人都敢吃；四条腿的东西，除了桌子以外，中国人都敢吃；中国人使用筷子精妙到能用筷子喝汤。前两句话用到广东人身上，似乎极为恰当。天上飞的，地上跑的，无不是他们餐桌上的珍品，吃蛇已经是家常便饭。吃猴脑，吃猫，我还没有亲眼见到过。我举这些吃的例子，没有别的用心，只想指出广东人勇气之大。广东人还决不保守，他们敢于引进西方人的点心，把在中国流行了千百年的酥皮月饼改造成现在这样的广东月饼，大概是由于确实好吃，于是天下靡然从之，统一了神州的月饼坛。他们又引进了西方音乐，把中国旧乐与之融合，改造成现在的广东音乐，至少我这个乐盲——应该称为"乐聋"——听起来异常好听。这一点又证明广东人决不保守，对新鲜事物极为宽容，心胸极为豁达。广东人，还有福建人，有了这一些特点，中国近代史上的一些革命或者革新的英雄人物，如康有为、梁启超、孙中山、林则徐等等，都生在闽粤，就丝毫也不足怪了。

我像博士买驴一样，唠唠叨叨地写了这样一大篇，所为何来呢？我只想证明一件事，证明石老确是一个佛山人，一个广东人，一个真正的佛山人、广东人，广东人所有的优点，他无不具备。我由石老而联想到我的另外一个老朋友林志纯教授。林是福建人，较我犹长一岁，是地道的耄耋老人了。个子虽不高，然而腰板挺直，走路健步如飞。在他眼中，宇宙间好像没有困难之事，字典里好像没有"困难"二字。他做事果断迅捷，我从来没有看见他皱过眉头，像是一团火，所向无前。同这样的人见面，自己纵因事碰壁而精神萎靡，也必能立即振作起来。有这样感染力的人是极少的，林老就是一个。

然而，石老也是一个。要举例子嘛，就在眼前。今年11月8日，石老在教育部的支持下准备向全国一百零一所"211工程"的大学赠书，地点选在广州的暨南大学。暨大是一所有九十多年历史的著名学府，从上海迁至广州，以面向华侨为主，兼收内地学生，学生数目已达一万多人，教师队伍整齐，图书设备丰富。这次赠书是一次空前壮举，石老和暨大都希望我能参加。但我自念年迈体衰，难耐长途跋涉，没有答应。可我万万没有想到，11月1日上午，石老竟在施汉云和汉屏姐妹陪同下，不远数千里，专程从广州飞到北京，亲临寒舍催请。这颇有点出我意料，然而感激之情却溢满胸腔，我义无反顾，只能舍命陪君子了。

有一件小事儿，颇值得一提。我正在写《新疆佛教史》中的一章，需要台湾出版的《高僧传索引》，但在北大图书馆中却只能找到其中的一本。这次见到石老,不禁向他提到此事,我只不过是试一试运气而已。然而我万没有想到,四五天以后,汉云从香港打来长途电话说,《高僧传索引》,石老已经用十万火急的办法,从台湾购得,又用真正的特快专递的办法,运到了香港,共用去两千多港币。听了以后,我感激得简直说不出话来。这是我最想得到的一套书;然而茫茫大地,渺渺人寰,我托什么人,到什么地方去找呢?可眼前竟不费吹灰之力,于无意中得之,真是"不亦乐乎"了。从这一件微不足道的小事中也能看到石老对朋友之忠诚,办事之雷厉风行,我钦敬之心油然而生。

我在上面已经说到,石老捐书的规模之大是绝对空前的。这一件事,从表面上看起来,能促进海峡两岸文化教育的发展。但是,我认为,其意义远不止于此。它能增强两岸同胞的相互了解,而了解又能使感情增长。感情逐渐浓厚了,会大大地有利于统一。不管眼前还有多少跳梁小丑别有用心地在捣鬼,在破坏,中国有朝一日必然要统一,这是顺乎民心应乎潮流的问题,螳臂是挡不了车的。等到将来吾中华土地金瓯重圆之日,麒麟阁上必然有石老的名字,这还用怀疑吗?

我本来没有打算写这样多的,然而下笔不能自休,仿佛不是我拖笔写字,而是笔提着我写。写到这里,好像还有许多许多话要说。我用尽全力,强迫自己停下笔来。好一个说不完道不尽的石老石景宜!

二、暨南大学

我这一次广东之行的主要动因来自暨南大学,这一点我在上面已经谈了一点。

此时北京已是初冬。虽然今年北方气温偏暖,但也已是木叶脱落,层林尽染的季节,而广东却仍是夏天天气。北京开暖气,广州开冷气,差别有如天渊了。因此,在飞临广州时,我们在飞机上忙着换衣服,脱掉毛衣,换上单衣,忙得不亦乐乎。

走下飞机,还没有走到迎接客人的人们聚集的栏杆旁边,就见到一位青年女子,满面欢笑,雀跃而来,紧紧地抱住了我的肩膀,这是汉云。在她身后是一位青年学者,经介绍,知道是暨大的副校长蒋述卓教授。我对他可以说是久仰久仰了,他的文章我已经读过一些,是一位成绩卓著的哲学家、史学家、天文学家。我可万万没有想到,我们竟在这里会面。汉云的来接,是在意料之中的。蒋先生来接则完全在我意料之外。不管怎样,他们的来临使我这一个刚从初冬的北京来的人胸中溢满了融融的暖意,与广州的夏日天气正相配合。

广州对我并不陌生,我已经来过多次了。但是,当前中国的发展,疾如暴风骤雨,一转瞬间,就会让人有换了人间之感。城市的发展,也完全一样。我在北京海淀已经住了将近半个世纪,但是,今天让我步行出门,走不了多久,肯定就会迷路。广州何独不然!街道宽敞了,到处都清洁了,再衬上南国的绿树碧草,有的地方真如阆苑仙境，我不禁顾而乐之。

　　走进暨南大学，住进专家楼，楼里、楼外、楼上、楼下，一派繁忙的节日热烈气氛。这样的赠书盛会，据我所能回忆到的，在中国还是第一次，大概暨大全校师生都动员起来了，到处彩旗飘扬，标语闪红，连百年古榕都似乎是焕发了青春，叶子碧绿油亮，根须在暖风中晃来晃去，仿佛在鼓掌喝彩。人们则个个忙得团团转，但是满面含笑，透露出心中的快乐，人人都仿佛是在过年。一派喜气洋洋的温馨的气氛弥漫了整个的风光旖旎的校园。我们被安置在整个专家楼最高级的套间里。不断有各地来的旧友来访。石景宜老先生也在汉云的陪同下前来看我。一直到了深夜，我已经沐浴上床，忙碌了一天的暨大刘校长还在蒋述卓副校长的陪同下来到我的房间，向我表示欢迎。所有这一切行动都温暖着我的心。仅仅在半天以前，我们还处在万里雪飘的北方；一转瞬间，我们就来到繁花生树的南国，处在温暖的友情中。我心里甜甜蜜蜜地进入睡乡。

　　第二天上午，赠书大会在曾宪梓捐建的科学会堂中举行。这一座建筑巍峨雄伟，大气磅礴，会议大厅也十分宽敞明亮。厅中坐满了来自全国的三四百位大学领导人和图书馆长，他们代表着全国一百零一所"211工程"的大学。大家都知道，所谓"211工程"是在教育部领导下，经过极其严格慎重的手续评选出来的大学，是全国一千多所大学的排头兵，它们代表着中国教育的最高水平，"211工程"是一个极其光荣的称号。教育是一个国家的核心，是保证这个国家前进的重要手段，是这个国家立国的基础，而大学又是一个国家教育的最高基地。今天到会的嘉宾就是这些基地的代表。大学是知识的渊薮，是智慧的宝库，今天到会的代表就是从众多的渊薮中，从众多的宝库中走出来的。我浮想联翩，不禁想到了中国旧日传说的天上的文曲星，我抑制不住自己的幻想和联想，顺口就溜出来了一副对联：

百座文曲聚暨大
八方风雨会羊城

这仅仅是一时感情冲动，工拙非所计也。

今天到会的除了一百零一所大学的领导外，还有教育部副部长韦钰院士，以及中央和广东本地的一些政府领导人。石景宜老先生当然是众人瞩目的中心人物，他的长公子和事业接班人石汉基先生也参加并代表石老发了言。仪式隆重而简单，不到一个小时就结束了。

这样，我们应石老的召约到广州来的任务可以说是已经完成了，晚上再参加广州市长的宴请，明天就可以打道回府了。然而，石老却让我们到他的故乡佛山去看一看、玩一玩，用他的话来说："你玩三天，四天，五天，六天，时间越长越好。"情不可却，我只有遵命了。于是，在汉云的护驾下，我们登上了车，向着佛山疾驰而去。

三、到了佛山

佛山，我是第一次来，但是它的大名却久已如雷贯耳了。

我不知道，佛山距广州究竟有多远。我只是懵懵懂懂地觉得，或者说是期望着，一出广州，马路两旁必然是稻田星罗棋布，流水潺湲，椰榕成荫，一派南国农田风光。然而，车子行行重行行，路两旁只见高楼耸立，路中间只见车如穿梭，毫无田园的感觉。走了约摸一个多小时，汉云说："到了！"她的意思是指佛山到了；然而，在我的感觉中，我们仿佛还没有离开广州。

可是"到了"毕竟是真的到了。我们住进了佛山市政府迎宾馆。这是一座美奂美轮、富丽堂皇的宏伟建筑，似乎不对外营业，只招待来佛山的贵宾。在迎宾大厅的里面，是一泓清水，里面浮泳着几十条尺把长的五色鲤鱼。再往里是一丛丛的热带植物，把整个小天井渲染得郁郁葱葱，青翠欲滴，宛然一首绿色的诗，一曲绿色的音乐。令人看了胸中不禁萌生盎然的生机。

我被安置在一套所谓总统套间里。这一个套间之大真令我惊诧不止。一进门是一间会客室，估计面积至少有一百多平米，中间摆着几只极大的皮沙发，然而在这一间屋子里却不见其大，只觉其小。再往里面走，是一间书屋；转进一个门，是一间极大的卧室；最后是一间极大的卫生间。我平生颇住过几次总统套间，今年春天在山东聊城住的那一个套间面积就大得惊人。然而，同佛山的比起来，却只能说是小巫见大巫了。这一下子就让我回忆起在建国初期我随中国文化代表团访问缅甸和印度的情景。我在印度首都新德里，被印度朋友视作贵宾中之贵宾，被安置在原为英国总督府现为印度总统府的、用红色巨石建筑成的、宛如一个巨大的城堡的贵宾楼中。我同团长的居室本是隔壁，但走出我的房门走向丁老的居室时，好久都走不到，大有长途跋涉之感，由此可见我的卧室之宽大。这一间房子至少有半个篮球场大。在空荡荡的大屋的正中摆上了一张床，夜里我躺在床上，左顾右盼，左距墙壁极远，右也不近，我仿佛是躺在大海中的一叶孤舟中。这令我不期而然想到了宋代苏东坡《赤壁赋》中的两句话："纵一苇之所如，凌万顷之茫然。"我的屋中当然没有水，然而在我的感觉中却确实有水；虽然水波不兴，却依然感到水天渺茫。时隔将近半个世纪，这种印象或者幻觉犹历历如在目前。今天我在佛山又忽然回忆起这种令人神往的印象或者幻象来，仿佛时间凝住未动，我又回到了五十年前。

这次来到佛山，陪同我们参观游览的主人，除汉云外，又增加了几位：一位是徐玲玲，是佛山市政府办公室综合处的科长，为人热情，诚恳，淳朴，活泼，我们真可以说是一见如故。见面不久，她就管我叫爷爷，别人说，我又认了一个孙女。一位是梁文炽，是佛山市图书馆的副馆长，按照当地的习惯，所有带"长"的官员，在别人嘴中都把"长"字省掉，所以我们就称他为"梁馆"，他为人敦厚，诚恳，说话不多，但待人殷勤。一位是南海市图书馆的馆长陈志东，我们当然称她为"陈馆"了。她为人文静，说话不多，但热情可掬。另一位是黄锡荣，是石景宜刘紫英伉俪艺术馆的司机，我们管他叫"小黄",一直陪我们到处参观,服务认真不苟。我们这个参观游览的队伍一下子增加到七八个人。在三天中,我们这个小小的队伍,不论是坐在车内,还是走在路上,总是欢声笑语,其乐融融,令我永世难忘。

四、佛山街头小景

我们每天准时从迎宾馆出发,出去参观访问。但一定要先在馆中上演一幕简短的"序剧",地点就在水池岸边。玲玲总让那些花枝招展的服务小姐拿一碟鱼饵来,并请我撒向池中,池中的锦鲤似乎能通人性,只要我们在池边一站,它们就从远处摇摆着尾巴游了过来,恭候我们的布施。鱼饵一撒下去,鱼们立即活跃起来,拥拥挤挤,跌跌撞撞,一条鱼甚至压在另一条的身上,抢夺鱼饵。小池中一时波浪翻腾,水花四溅,形成了非常壮观的局面。

鱼饵撒完,序剧告终。

我们走出了大门。

我们走出了大门,并不是在佛山街头溜达,我们实在没有足够的时间或闲散的心情。俗话说"走马观花",我们只能走"车"观花。正如今年年初在台北一样,"台北街头小景",都是透过车窗的玻璃看出来的。今天在佛山,"佛山街头小景",也都是在车上看到的、体会到的。完全出我意料。我原以为那如雷贯耳的佛山镇,不过是南国的在偏僻中初露繁华的比一般镇稍大的边鄙的城镇而已。今天身临其境,才发现我完全错了。佛山市并不比我在中国、在世界上许多地方看到的繁华的古城稍有逊色,这里的马路,虽然不像北京那样宽敞,然而马路上车水马龙,行人多如过江之鲫,挥汗成雨,联袂成云,拥拥挤挤,摩肩接踵。北京的王府井大街,上海的南京路,不为过也。

我无论到哪一个新的城市,总好注意街旁的店铺。在这方面,佛山并没有什么特异之处,它不像台北那样,到处都有槟榔店,这里我一间也没有看到。同是亚热带潮湿闷热的气候,为什么两地竟这样悬殊,我说不明白。这里同广州一样,饭店酒楼林立,多半标出了"生猛海鲜"一类的宣传字样。对于广州的食品,我在上面已经略有涉及。只这"生猛"二字就是多么彰明昭著,多么生动有力。积多年之经验(含教训),我得到了一个真理:一个北方人在广东吃饭,一道菜端上桌来,你尽管伸筷猛夹,开口大嚼,你可千万别盘问是什么东西。否则的话,如果你得到的回答是长虫(蛇)或水中山上的某一种虫子或动物,则你必悚然败下阵来,筷欲伸而退避,口欲开而紧闭,这一顿饭你准吃不好。

我还有一个习惯,也许是一个好习惯,这就是,我不管走到什么地方,总注意当地的花草树木。我在中国北方住了一辈子,抬头见松柏,环视唯柳槐,繁花虽满地,不是终年开。心中颇以为憾。现在来到了佛山,在北方季节已经到了初冬,此地却还似盛夏。花树繁茂,眼光所及,无非姹紫嫣红,真正是顾而乐之。但是也还有遗憾之处,就是不知道花的名称。当年中国诗人李思纯到了巴黎花都,他有两句著名的诗:"对月略能推汉历,看花苦为译秦名。"

我在佛山,确实用不着推汉历,也用不着译秦名;可是我连汉名也不知道。因此,我改作了两句:"对月无需推汉历,看花难于问姓名。"我的心情可见一斑。无已,我只能迷离模糊地欣赏花的秀色了。

我在广州街头就曾得到了一个印象:同北京比较起来,这里的摩托车要比北京多得多。然而到了佛山才发现,这里的摩托车比广州还要多。这使我一下子回忆起泰国的曼谷来。几年前,我曾在那里呆过几天。曼谷的堵车现象名震寰宇。有时候一堵就是几个小时。此时,我坐在车中,好像被囚在一座古堡里,车窗变成了囚窗,心中满怀雄心壮志,有如一只搏云天而上腾的大鹏,却是伤了翅膀,动弹不了也么哥。我莫名其妙地想到两句唐诗:"沉舟侧畔千帆过,病树前头万木春。"千帆是什么呢?就是在汽车的夹缝里颇为迅速敏捷地走动的摩托车。佛山的摩托车的数量确实还不能同曼谷比肩,然而已颇为可观了。困扰北京交通的自行车,在这里变成了稀有品种,有时候竟像在日本一样走在行人道上。摩托车则在街尾爬行的汽车长龙中,翩若惊鸿,宛若游龙,在汽车群的缝隙中,左闪右躲,前瞻后顾,转瞬就飞出去老远老远。驾驶摩托车的人,因为一律头戴钢盔,乍看上去,不辨雌雄。但是,有时候我从车窗里忽然看出去,瞥见摩托车的脚蹬上挂着一只高跟鞋的高跟,再抬头向上一看,头盔的外面有几缕秀发在风中飞动,我一下子就恍然了:驾车者是一位妙龄靓女,威武秀逸,雄风不减须眉,宛如《红楼梦》中提到的"姽婳将军",真让我们这些外地人喜煞,羡煞。

五、佛山陶瓷厂

我的地理知识和科技知识，都不是很令人满意的。但是我从小就听说江西景德镇的瓷器和广东佛山镇的陶器。虽然听说了，但是山高路远，只有心向往之而已。哪里想到，今天竟因缘巧合，我来到了佛山，以陶瓷闻名全国全世界的佛山。在参观节目中必须有佛山陶瓷厂，这已经是天经地义的事了。

在迎宾馆里住了一夜，第二天开始参观。匆匆忙忙地参观了祖庙以后，陪同我们参观的朋友们，汉云、玲玲、梁馆、陈馆等就迫不及待地把我们带到了佛山陶瓷厂。玲玲是当地政府官员，从而我们这一队人马就受到了特殊的待遇，到处为我们开了绿灯，经理亲自出来迎接。要说受宠若惊嘛，我们似乎没有这样的感觉；但是，我们感觉到温暖与亲切，却也是事实。我们首先看制作车间。看样子，这个车间也不可能是对外开放的，只因我们一下子变成了VIP"贵宾"，所以我们就有了进入的特权。屋子很大，有许多工作台，每一个台旁坐着一位雕塑家，大半是年轻的妇女。台上堆着一大块黑色的用水和成的陶土，这是用来雕塑的原料。我用"雕塑"这个词儿，也许不太恰当。她们在手中把陶土抟来抟去，抟成了一些小动物、一些小人和其他许多别的东西，准备入窑烧炼。北方有捏面人这个行当，"捏"字也许更恰当。这个问题，我有点说不清楚，就此打住吧。那一些年轻的雕塑家——不能叫做"捏家"吧？——

有的在干活，有的手里拿着一个极大的梨在使劲地啃，意态潇洒，笑容可掬。

我们又走到了一个展览大厅去参观。这里同工作车间大不一样了。大厅四周排列着一些木架，架子上陈列着一些烧炼好了的大型的彩陶雕塑品，流光溢彩，姿态生动，有的是中国民间崇拜的仙佛，特别引人瞩目的是大肚子弥勒佛，这是在任何庙中都能见到的一尊佛，看到他，人们都会不由自主地想到关于他的一副对联："大肚能容，容天下难容之事；笑口常开，笑世上可笑之人。"今天在这里又见到了他，在艺术家的手下，他的形象更生动，更可笑，更令人喜爱。除了佛像，还有一些中国历史上的名人，都是老百姓喜闻乐见的。另外还有一些其他题材的雕塑品，琳琅满目，美不胜收。木架之间都留有空隙，墙上贴着艺术家的照片和艺术职称，他们显然都是名家、大家，造诣非凡，同制作车间里的那一些年轻女艺术家们不可同日而语了。我灵机一动，忽然想到，同制作车间比较起来，这里好像是阳春白雪，那里就有点像下里巴人了。

我浮想联翩，一下子忽然想到几年前的一个春天我到洛阳去看牡丹。"洛阳牡丹甲天下"，这是没有人不承认的。牡丹的国色天香，也是无人不知的。每年四月下旬，牡丹就开满了古都洛阳。大马路上，公园里，特别是最大的与皇城有联系的公园里，牡丹开得姹紫嫣红，花团锦簇，形成了一片花海，形成了一座花城，全国各地的人，全世界各地的人，操着不同的方言和语言，穿着不同的服装和鞋靴，拥拥挤挤，摩肩接踵，聚集在一起，共同分享着"朝酣酒"

和"夜染衣"的飘逸的神采和境界，欢笑声和惊叹声汇成了一曲有声音、有彩色、又有形象的钧天广乐，直上云霄。

在我的回忆中，在这样一曲钧天广乐中，却闪出了一缕缕黄色、绿色和白色的光芒，这是有名的唐三彩的光芒。洛阳的唐三彩名闻天下，一件真正的唐三彩的骆驼或马，价值连城。唐三彩也是陶器。我的知识面太有限，我至今还弄不清楚，洛阳的唐三彩与佛山的彩陶雕塑有什么关系，有什么分别。二者都是天下之至美，为中国人民和世界人民平庸的生活增添不少耀目的光彩，成为我们中华民族的骄傲。

我又浮想联翩，想到中国的雕塑和西欧的雕塑。西方自古希腊以来，雕塑就是美学家主要研究对象之一，这个传统几千年来一直延续下来，从未中断过。在中国，雕塑的起源似乎比希腊晚，地位也没有那样重要。但是也并非没有著名的雕塑家，唐代的杨惠之就是最著名的一个，他同吴道子同师张僧繇，吴后来成了"画圣"，他则以雕塑名天下。但是后继似乎乏人。雕塑这一门艺术，同绘画比较起来，完全不能相提并论，后者历史悠久，涉及面广，英姿勃发，光彩照人，代代都是如日中天，名家辈出，佳作迭陈，几乎垄断了中国艺术史。雕塑则干瘪失色，不能登大雅之堂。全国许多地方的五百罗汉，虽艺术水平参差不齐，但确有精品，多半也沦为民间艺术。另外一些雕塑，比如龙门、云冈、敦煌、麦积山、大足等地的佛像石雕或泥塑，确实引起了全世界的瞩目，但是它们的价值还没有得到充分的阐明与评估，不禁为之一叹。

说到佛像雕塑，我忽然联想到好多年前我在四川都江堰李冰庙中的一点感受。我去参观李冰庙时，这一座气势恢宏、历史悠久的大庙已经遭受了"十年浩劫"的洗礼，无知暴徒们已经把李冰父子的塑像砸了个粉碎。改革开放以后，天日重明，有识之士看到高高的台座上空空如也，实在不像样子，于是请什么美术学院的雕塑家们，用受了西方影响的雕塑手法，塑成了两座像，放置在那里。这两座像艺术性可能是高的；但是，在我眼中，它们同巍峨的大殿，庄严的台座，无论如何也协调不起来，看上去简直有滑稽之感。我因而想到，我国历代那一些民间雕塑家，名不见经传，艺不被重视，却确有其不可及之处，这问题实在值得深入研究。

今天的佛山陶瓷厂，依我看是民间艺术与专家精英艺术相结合的地方。可是还没见有人注意到这个问题。中国民间的捏面人、塑佛像、制陶瓷等等的艺术家们，实在还有很多有待发掘的奥秘，专家学者们何妨暂时走出象牙之塔，观察和探讨一下这一个问题。这个问题如能解决，我国的雕塑理论必能有新的突破。

六、西樵山

广东有两句俗话：佛山无山，南海无海。可是我们的佛山之游中竟包括了西樵山这一座真正的山，可见我们已经走出了狭义的佛山的境界，来到有山的地方来了。

我缺少对广东地理的知识，手头又没有地图可查。我依稀感觉到，佛山可能是广东的一个中等市，管辖几个小的市和县。因为，在经常陪同我们参观访问的本地朋友中,有一位南海市图书馆的馆长陈志东女士,按当地的习惯说法,应该称之为"陈馆"。南海市是否是一个属于佛山市的县级市呢?

这些猜想,不管正确与否,都是无关大局的。中国古人说:"名者,实之宾也。"这些猜想都属于名的范畴,不过是"宾"而已。西樵山却是"实"的,西樵山之美更是实而又实的。我在上面已经说到,此时的北方正是初冬天气,虽然还没有达到"千里冰封,万里雪飘"的程度,但池塘已经结成了薄冰,屋里已经使用了暖气了。可是在广东,在佛山,却依然是阳春天气,杂花满树,群鸟飞鸣。我们的车子驶出了佛山市,真正领略到了广东的田园风光。马路两旁长满了低低的灌木丛,不知道叫什么名字。一路都看到一丛丛紫色的花,万绿丛中一团紫,确实是鲜艳动人,引人瞩目,我们北方来的几个侉子,在吃惊之余左右打听花的名字,到头来也没有打听出什么结果。

我们的车一路开上山去,这就是西樵山。山不算太高,但山路上弯子也不少。山下的田野村舍一会儿出现在车的右边,但一转瞬间又忽然出现在车的左边,当然都是居高临下的。我事前就听说,石景宜老先生就诞生在山下某一个村庄里。此时,我遥望山下,但见烟雾缭绕,树影迷离,却说不出究竟在什么地方诞生了这样一位热爱祖国,热爱祖国文化教育的奇人。我继而又想到,在这样山清水秀的地方,诞生这样欽崎磊落的人,又是事理之必然者。想来想去,我别是一番滋味在心头。

汽车终于开上了山巅。所谓山巅，其实并没有什么云峰插天，鸟道蔽日，只是一片大平地。上面修建了旅馆、花园和其他一些设施，有点像庐山的牯岭。山顶上立着一座南海观世音菩萨站立的雕像，高达三十多米，不知道是用什么材料雕成的。谁要是想攀登上去瞻仰一下的话，要登几百级台阶。游人虽多，真正登上去的人却极少，可见攀登艰苦的程度。我们同来的人中，我是一个衰朽老翁，当然连想攀登都不敢想，其余的年轻人也都安于在下面徘徊，向上仰望。我见有人站在离台阶还很远的地方低头合掌，虔心默祷，以表示对这一位救苦救难的大菩萨的敬意。但是，我幻想，如果我真正登上去的话，我会看到别有一番境界，至少也会像杜甫登泰山那样："会当凌绝顶，一览众山小。"

我没有打听，是什么人，由于什么原因，花费这样多的财力和物力、人力，选择了这个地方，修建这样一座上凌青天的观音雕像。我却无端联想到我在欧洲进几个著名的天主教大教堂的感受。我走进了哥特式的大教堂，里面设备并不豪华，毋宁说是相当简陋；但是，如果抬头向上看，就会看到在大堂极高极高的尖顶上有一缕阳光透过五彩玻璃窗流了进来。阳光到处都有，但在不同的地方会产生不同的效果。在这大教堂内部光顶上，衬托着堂内灰暗的背景，这阳光显得特别耀眼，光彩熠熠，带给人们特殊的涵义和感觉，不管你信不信上面有个天堂，你总会感觉到，这神秘的光明象征着什么；如果是信徒的话，当然就会在下意识或潜意识中感觉到，上面有一个光明的天堂。

现在，在西樵山上，这一座加上底座和山包恐怕要高达百米的、"离天三尺三"高的观世音菩萨的塑像，起到同西方哥特式大教堂同样的作用。不管你是否是信徒，看到这一位慈眉善目，好像用悲天悯人的目光下视大千世界的芸芸众生，随时准备着拯救他们于苦难的大海中，心里总会有一种异样的、温暖的感觉吧。至于我自己，我研究了一辈子佛教，但从来不是佛教信徒。我尊重世界上一切正大光明的宗教的信徒，也尊重他们的宗教。因为，我认为人与人是不相同的。有的人有宗教需要，有的人就没有，决不能是此而非彼，厚此而薄彼，宗教信仰是个人的问题，只要能帮助我们安定团结，就是好事情。

在这西樵山顶上，树木蓊郁，空气新鲜，山风习习，净无纤尘。我们狠狠地享受了一下大自然给予我们的快乐。陶渊明的诗"久在樊笼里，复得返自然"，好像是为我们写照。可惜世间的快乐都是短暂的，这一次也不能例外。到了我们该下山的时候了。我们的汽车沿着原路盘旋而下。走到了一个地方，看到在碧绿的山麓下，立着一座黄色的神像，背景的绿色与神像的黄色相映鲜明，十分有趣。玲玲说：那是黄大仙。我没有来得及细问黄大仙又是怎么一回事，脑袋里还是装满了南海观世音菩萨的影子，不久就回到了佛山。

七、中央电视台南海影视城

对于影视城这种新鲜玩意儿，我不是没有印象和认识的。我已经看过两座了。

十几年以前，我应邀到河北石家庄去讲学。讲完以后，主人热情安排我们到临近的正定县去参观，这里有拍摄电视剧《红楼梦》时使用过的一个院子，里面大院套小院，大概原书中的潇湘馆、怡红院等等地方都有，当然不能完全像当年真实建筑那样辉煌，只不过是拍摄用的特殊道具而已。大院外面是一条名字与荣国府有联系的大街，街两旁有一些商店，不是真正做买卖用的，也只是道具而已。好像当时还没有"影视城"这样的名称，其实已经具备了现在影视城的规模。这一座大院现在怎样了？我不清楚，我再也没有听人提到过它，可它却时不时地会出现在我的回忆中。

第二座就是前几年由女企业家梅子创建的北普陀影视基地，坐落在北京大兴县。我曾应邀去过几次。基地规模极大，据说原是一个垃圾场，梅子出资买了下来，清除了垃圾，一片高楼大厦拔地而起，气势极为雄伟。里面有自成院落的楼群，有艺术培训中心，有供人们开会住宿的大厅和客房。另外有很多座别墅，其中有几座称做"总统别墅"。另外有一座大庙，内供一百尊南海观世音菩萨，形态各异，美轮美奂。走进里面，香气缭绕，磬声回荡，即使非信徒也会有肃穆之感。院中有一个大湖，花榭游廊，径达湖心亭中。旁边有一个院落，叫作曹雪芹诗词碑林，由当代著名的学者、书法家书写刻石。由此可见基地主人的文化修养。又有一条"宋街"，是按照宋代的建筑形式修建成的，当然这与正定县的荣国府街是一样的，不是为了做生意，而是为了拍摄电影。有一年春天，正是桃花盛开的时候，梅子想请我们去游赏，因事未果。但是我遥想十里桃花怒放的情景，不由想到东坡的词："春牛春杖，无限春风来海上。便丐春工，染得桃花似肉红。"我遐想不已。又有一次，我们到了北普陀，看到大院两端，各竖一长竿，高达几十米，竿间柱上栓了一条长绳，有河南来的马戏团特技演员在绳上走来走去，还玩出一些花样，仰望如空中飞燕，让人看了无限担惊。从那以后，我好久没有听到北普陀的消息，不知道它现在怎样了。

今天我们居然来到了佛山的南海影视城。事先我脑袋里一点想法都没有，以为不过是一个参观的项目，同其他项目不会有什么两样。然而，一下车，我就傻了眼。大门楼简直像一座大城堡，朝外面的极高极宽的墙壁上，赫然嵌着五个大字："太平天国城"。我猜想，当年为了拍摄以太平天国为背景的电视片时修建了这一座城。仅从城门外看上去就能够知道，城里面的规模会极为宏伟辽阔，不但非正定县的荣国府大院所能比拟，连大兴的北普陀影视基地也难望其项背。

在进入城门之前，我还想补充一点。在高大的城门洞上面城墙上，耸立着一座黄瓦红柱的大殿似的建筑，令人一看到会想到北京的午门和前门，像是箭楼，但比一般的箭楼规模要大得多。这还不足为奇，奇怪的是，覆盖着三个城门洞的城墙，不是短短的一段城墙，而是形成了一段半圆形的城墙，相当长，两端城上各建有角楼一座，名之曰东角楼和西角楼。这在其他地方我还没有见过。在城墙的半环抱中有一个广场，面积当然比不上天安门广场，但是较之莫斯科的红场，绝无多少逊色。总之，人们在走进太平天国城之前，先受到一个下马威，它的雄伟恢宏的气象震慑了你的灵魂。

现在是走进太平天国城的时候了。一走进大门，眼前豁然开朗，我们仿佛走进了北京的故宫。先要走过五龙桥，这就有点像故宫的御河桥，桥两面各有清塘一泓，碧波潋滟，怡神悦目。再往前是前殿，有点像北京的午门，建筑形式也几乎一模一样。再前进是正殿。过了正殿最后是大殿，殿高数层，绮楼金阁，回廊四通，气势恢宏，令人神移。所有这些殿阁，一律是黄瓦红柱，一派帝京气象。虽然规模不及北京故宫，然而留给人的印象，则极有相似之处，让我们这些从北京来的人，逛过故宫的人，恍惚间忘记了自己是在佛山，仿佛又置身北京的故宫中了。

因为园子太大，建筑太多，想要仔细观赏，非有几天的时间不可，那样我们是绝对做不到的。我们仅有几个小时的时间，迫不得已，只好租了两部电瓶车，乘车漫游全园，对全园先有一个概括的印象，然后再重点观赏几处重要的景点，点与面相结合，就算是真正游逛了太平天国城。电瓶车在园子里绕了一周，道路时高时低，弯弯曲曲，两旁的景观随时变化，夹道盛开着南国的名花。有时看到小山，上面挤满了郁郁葱葱的树木，一片碧绿。时见巨石，据说多半是人工制造的。但是，这对我们来说，毫无影响。我们是欣赏者，不是研究者，只要我们眼中是石，心中也自然就是石了。只要能赏心悦目，真假与我何干？又见大小湖泊，清水满塘。这自然不会人工假造的了。又见零散楼台，与正殿大殿不相连系，依然黄瓦红柱，威仪俨然。总之，我们坐在电瓶车上，走马观花，走车观景，看到了不知多少美妙的东西,印象庞杂,心旷神怡;虽然仍难免迷离模糊,但是在心中对这一座影视城有了一个比较完整的印象。还有一些重要景点,大概是因为电瓶车一闪而过,我们没有能下车参观,比如天王府区、东王府、翼王府、杭州府衙、钟鼓楼、江南水乡、江南民居、香港澳门街、梨园大戏院等等名胜,我们都没有下车欣赏,只有俟诸异日了。

走车观景,对全园有了一个大体的了解以后,主人建议我们重点深入参观几个重要景点。而太平天国城,除了固定的景点以外,还有一些并不固定而随时变换的表演节目。这在买门票时我们知道了,因为随着门票还有一个"演出时间表",前者是固定的,后者是变动的。我们去的时候,正在上演着一些新节目,大可一饱眼福了。

我们首先选择的是法属大溪地土著风情舞,演出地点是水乡区舞台。我们的电瓶车开到的时候,舞蹈已经开始了。既然是在"水乡区",此地一定多水。看台建筑在水乡岸上,居高临下,有几十层台阶。表演地是在深深的下面平地上,三面环水,中有一岛,水上有桥,表演者有时是在桥后,有的又走过桥来。他们的队伍看来是相当庞大的,男、女、老、幼都有。最引人注目的可能是一群年轻的女孩子的舞蹈。因为我在埃及开罗看到过全世界闻名的女孩子的肚皮舞,极富特色,极富吸引力,为全世界任何民族所无。我对舞蹈不是内行,但是我感到眼前这些非洲女孩子的舞蹈颇有点像埃及的肚皮舞,难道这是一种非洲独特的舞风吗?除了舞蹈以外,还有歌唱,歌唱者男女都有。我想在场没有什么人会听懂歌唱的内容的,因为歌词据说是斯瓦希里语。在这样一个纯粹中国古典式的园林中，听到了这样充满了异域风情的歌声，而中非两地的观众和演唱者却能心心相印，这不能不说是大千世界和谐的表现，不同肤色、不同语言的人民的心灵相通了。

演出结束以后，看台上一片掌声。我们那位开电瓶车的极为机灵的小伙子，不知道是怎样一来，竟走下了台阶，走到非洲演员的队伍中，同那些女孩子手拍手地对舞起来。汉云和玲玲也把我从车上扶下，同玉洁一起，走下了台阶，走到非洲艺术家队伍中。我知道，他们大概都能说一点法语，便讲了几句法语，对他们表示感谢和赞美。我万没有想到，这几句法语竟有这样大的神力。舞蹈队伍中一位年龄最大的人，可能是他们的领队，一下子把我搂住，跟我拥抱起来，并把他头上戴的一顶草帽盖在我的头上，还摘下脖子上挂的一串用白色贝壳穿成的项链，套在我的脖子上。我一时手足无所措，却感到对方赤着上身的体温，温得我心神激动。我顿时想到白居易的两句诗："同是天涯沦落人，相逢何必曾相识！"这诗只对了一半，我身居祖国，并未沦落，而他却是不远数万里从西非流落到中国来卖艺为生，是地地道道的天涯沦落人。他难道不日夜怀念自己的祖国吗？同情心冲击着我的灵魂，我眼中流出了泪水。但是，时间只有几分钟，我们相逢的缘分也就仅有这么长。我回头登上了台阶，说了声"Au revoir"，"明日隔山岳，世事两茫茫"了。

从那里我们乘上了电瓶车，走到了水战馆，观看"靖港水战"。水战的内容和情节都不清楚。但是设备却极具规模，一个宽大的水塘,中间用木板、木柱搭成了许多架子和平台,还有一座木板大桥。架子最高的地方约摸有几十丈高,像是一艘军舰上的指挥塔,这可能是当年拍太平天国的影视剧时当作军舰使用的。这一次"靖港之战",实际上是一场跳水表演,有的演员从桥上往下跳,有的从木架子上往下跳,技术最高的则从指挥塔上往下跳,几十丈高,演员入水时,当然会水花四溅。一时水塘中波浪汹涌,人声鼎沸,记得还有烟火一类的东西;虽无情节,仍然蔚为奇观。看台上一时掌声雷动。我没有看清楚,不知怎样一来,一位小伙子从水中跃出,走到看台前面,浑身滴着水,用湿漉漉的手,同坐在前排的人——我们也坐在那里的——一握手,嘴里连声呼"hello"不已。这立刻引起了我的警觉,仔细一瞅小伙子,竟是碧眼黄发,并非炎黄子孙。同刚才碰到非洲人一样,我又浮想联翩:难道这是流落到中国来打工献艺的"天之骄子"吗?过去都是中国人到欧美去打工,现在竟也有欧美人到中国来打工了,岂不大快人心也!

我们的电瓶车又移动了,驶到了马戏场,去看"三英战吕布"。这是一个极大的场子,坐落在一块洼地上,与靖港水战区相连。看台高高地筑在崖子上,居高临下,对场子里面的活动可以一览无余。我们的电瓶车走过崖子上面时,看到一两百名十几岁的男孩子,身穿黄色的兵卒的衣服,大概是等候入场集体跑龙套的,他们喜笑颜开,快活非常,让人看了高兴。我们走到看台上,坐在前排。不久,崖下广场上战斗就开始了,左边一彪人马,旌旗招展,威武雄壮,将军骑在马上,步卒停在马下。右边同样一彪人马。两军对垒,表演的是《三国演义》"虎牢关三英战吕布"那个节目,刘、关、张三英在左方,吕布在右方。只见一匹战马飞也似的从左边跃出,右面的吕布出马迎战,没有战上两三回合,吕布方天画戟一举,把对方的战将挑于马下,人躺在地上,战马跑回本营。如此这般,吕布连挑四五员大将。最后,刘、关、张三英出马,大战一场,刀枪齐举,花样繁多,战了不知多少回合,不分胜负,双方鸣金收兵。一场大战,从而结束。三英和吕布驰马绕场一周,皆大欢喜。

我们又登上电瓶车,走马观花式地参观了城中的几个景点,看了看吴桥杂技表演,听了听编钟演奏,都能怡情娱性,各有所长。太平天国城太大,我们的时间太短。几个小时的逗留,对全城有了一个大体的了解,对城中的特色也有了比较深刻的印象。要说是尽兴,那就相距太远了。希望有朝一日还能回到这里来。我们就这样一步三回首地离开了太平天国城。

八、南国桃园

我们在佛山仅仅停留了两天,但是我们却两过南国桃园,我与桃园可谓缘分不浅。我在这里又立了专章写南国桃园,有人可能认为我对桃园应该十分熟悉,了如指掌。可是事实却是,我对桃园了解极少,不知桃园究竟是个什么样子。

第一天下午,我们参观了几个地方以后,来到了南国桃园,目的是想看里面的动物园。这里的动物园同北京的不一样,在北京是动物,特别是老虎和狮子一类的凶恶的家伙,被关在铁栏杆里面,人们在外面自由自在地观赏。而在这里则正相反，凶猛的动物自由自在地窜跃在林莽中，人却被囚在汽车里，隔着车窗观赏动物，实际上人反而成了动物观赏的对象。这情景很多年前我曾在印度海得拉巴经历过一次。是一片养着一头雄狮和七八头雌狮的广袤的山林。我们的汽车走近狮群时，狮子们懒洋洋地躺在树荫里，对我们露出不屑一顾的样子，煞是有趣。我在那里第一次，也是最后一次，亲手摸了老虎的屁股，一只猛虎被诱进一只铁笼子里，空间仅够老虎转身之用。当老虎的屁股转到我们眼前时，园长把手伸进铁栏杆，拍了拍老虎的屁股，给我们示范，为我们打气。我战战兢兢地把手伸进去，拍了拍老虎的屁股，窘态可掬，至今历历如在目前。

今天我们来到佛山的南国桃园，听说里面也有这样一座动物园，我这个有过经验的人喜出望外，很想看上一看，重温一下摸老虎屁股的旧梦；其余没有我这种经验的人，当然更是急不可待。可是，我们失望了，时间已逼近下午四时，据说是停止入园的时候了。我们都回天无力，怏怏离去。

第二天，我们在上午游览了太平天国城，中午时分，又经过了南国桃园，这一次不过是假道而已，本来没有抱有什么希望。可是，当我们的车行驶在一片大湖的岸边时，湖的对岸有山峰数座，蓊郁的碧树从山下湖边一直长到山巅，除了绿色以外，看不到任何杂色。奇怪的是，树上竟开满了白色的花朵，极大极白。这立刻引起了我的兴趣，却忽然又见几朵白色竟飞了起来，从一丛绿树飞向另外一丛。即使是飞了起来，看起来也依然是白色的花朵。别人告诉我，这是白鹭,夜里栖息在树上,白天飞到湖上去觅食鱼虾。中午时分是很难见到的。难道白鹭们是为了欢迎我们才在中午飞还的吗?我立即想起了唐诗:

> 西塞山前白鹭飞,
> 桃花流水鳜鱼肥。

这里不是西塞山,只有流水,不见桃花,水里是否有鳜鱼,不得而知。然而白鹭确实飞了。一千多年前诗人笔下的奇景,我竟于无意中见之,不亦快哉!

九、石景宜艺术馆

全名应该是石景宜刘紫英伉俪文化艺术馆,这里写的是简称。

石景宜先生是佛山人,功成名就之后,在自己的故乡修建了这一座艺术馆,其心情是完全可以理解的。

艺术馆坐落在一座大公园中,前面是一片极大的空阔的绿地。入门处一排大石头刻着启功先生题写的馆名。往里走是一座新式的大楼。我前后来过两次,留给我的印象是:气势恢宏,宽敞,明亮。再想细致地去描绘,我就没有了词。

在这里,我忽然想到了一个问题,是我以前也偶尔想到过的,这就是汉语表达能力的问题。汉语是世界上最伟大的语言,或者说至少是其中之一。理由是,使用汉语,能够用最少的劳动传达最多的信息,这一点我曾屡次申言。但是,当代流行的汉语语言和文字也存在缺点:缺少能使用的形容词。说风景美、宫阙美、美人美、花卉美等等,翻来倒去就是那几个常用的词儿。描写山高峰险的词儿也是缺少的。其实在中国辞书中,这样的词儿是相当丰富的。连中国古典文学诗、词、歌、赋中,也不贫乏。不知是出于什么原因,到了今天的语言和文字中竟变得这样单调和贫乏。可为什么一般人都感觉不到呢?我无法解释。可能是因为一般人的审美情趣老化了,迟钝了,只求了解一个大概齐,就感到满足,不细加追究了。

今天我来到了石景宜艺术馆,看到了宏伟宽敞的楼房,很想细致地描绘一番,但是,搜索枯肠,毫无所获。我除了像晋朝人那样高呼"奈何!奈何!"之外,也没有别的办法,我有的只是那几个老掉了牙的形容词,只有一切尽在不言中了。

进了大楼,二楼有宽大的走廊,向外一面,没有房间,可以俯瞰整个公园。对面墙上挂满了石景宜先生收藏的中国现代名家的书画,琳琅满目。馆内藏书却不多,石景宜先生捐赠的书有三四百万册之多,足以组成一个中型的图书馆,而艺术馆中藏书却颇少,所以此馆以"艺术"名,而不以"图书"名,经我鉴定的那几帙泰文字母写成的巴利藏和缅文字母写成的巴利藏,陈列在一间特辟的小房间中,可见石老对这两种巴利藏珍视的程度。艺术馆馆长梁根祥先生本人就是一个很有造诣的画家,原是佛山画院的院长。他热情招待我们,陪我们参观,最后还拿出了自己的画集送给我们,结了一段艺术因缘。最后他请我写几个字,我写了"功在祖国,泽被人民"八个大字，指的当然是石景宜先生。又算了结了一个翰墨因缘。

这样，我们在佛山的两天的参观游览活动就以参观石景宜艺术馆画上了一个非常令人满意、非常令人难忘的句号。至今遥望南天，犹追思不已。

十、尾声

这一段尾声其实是没有必要的。没有必要又写它干吗呢？我只不过感到非写不行而已。

我们在佛山虽然住了三夜，但实际上只活动了两天。除了参观我在上面写过的地方以外，还参观了祖庙和梁园，都是令人难忘的。在我这将近九十年的一生中，两天只不过如太仓之一粟，大海之一滴；然而留给我的印象和忆念却超过了两个月，甚至两年。我在上面的"楔子"中把自己比作一只风筝，现在这一只风筝早已落在燕园中，而且还跨越了一个世纪，从二十世纪越到二十一世纪，不知道风筝尾巴上的那一条极长极长的线的另一端还捏在汉云、玲玲以及其他佛山朋友手中没有。佛山市的党政领导，梁绍棠、梅彼得、李玉光、麦炎祥等同志，与我素无往来，我一介书生，"文不如司书生，武不如救火兵"，他们又绝无求于我；然而却盛情宴请，精心接待，我感到异常温暖，我的佛山情结将伴我终生矣。

尾声毕，全文终。

2000 年 1 月 8 日

歌唱塔什干

我怎样来歌唱塔什干呢？它对我是这样熟悉，又是这样陌生。

在小学念书的时候，我就已经读到有关塔什干的记载。以后又有机会看到这里的画片和照片。我常想象：在一片一望无际的沙漠中间，在一片黄色中间，有一点绿洲，塔什干就是在这一点浓绿中的一颗明珠。它的周围全是瓜园和葡萄园。在翡翠般的绿叶丛中，几尺长的甜瓜和西瓜把滚圆肥硕的身体鼓了出来。一片片的葡萄架，在无边无际的沙漠中，形成了一个个的绿点。累累垂垂的葡萄就挂在这些绿点中间。成群的骆驼也就在这绿点之间走动，把巨大的黑影投在热烘烘的沙地上。纯伊斯兰风味的建筑高高地耸入蔚蓝的晴空中。古代建筑遗留下来的断壁颓垣到处都可以看到。蓝色和绿色琉璃瓦盖成的清真寺的圆顶，在夕阳余晖中闪闪发光。

大起来的时候，我读了玄奘的《大唐西域记》。我知道，他在七世纪的时候走过中亚到印度去求法。他徒步跋涉万里，曾到过塔什干。关于这个地方的生动翔实的描述还保留在他的著作里。这些描述并没有能改变我对塔什干的那一些幻想。一提到塔什干，我仍然想到沙漠和骆驼、葡萄和西瓜，我仍然看到蓝色和绿色的琉璃瓦圆顶在夕阳余晖中闪闪发光。

我想象中的塔什干就是这个样子，它在我的想象中已经待了不知道多少年了。它是美丽的、动人的。我每一次想到它，都不禁为之神往。我心中保留着这样一个幻想的城市的影子，仿佛保留着一个令人喜悦的秘密，我觉得十分有趣。

然而我现在竟然真来到了塔什干，我梦想多年的一个地方竟然亲身来到了。这真就是塔什干吗？我万没有想到，我多少年来就熟悉的一个城市，到了亲临其境的时候，竟然会变得这样陌生起来。我想象中的塔什干似乎十分真实，当前的真实的塔什干反而似乎成为幻想。这个真实的塔什干同我想象中的那一个是有着多么大的不同啊！

我们一走下飞机，就给热情的苏联朋友们包围起来。照相机、录音机、扩音器，在我们眼前摆了一大堆。只看到电光闪闪，却无法知道究竟有多少照相机在给我们照相。音乐声、欢笑声，人的声音和机器的声音，充满了天空。在热闹声中，我偷眼看了看机场，是一个极大极现代化的飞机场。大型的"图-104"飞机在这里从从容容地起飞、降落。候机室也是极现代化的高楼。从楼顶上垂下了大幅的红色布标，上面写着"欢迎参加亚非作家会议的各国作家"的词句。

汽车开进城去，是宽阔洁净的柏油马路，两旁种着高大的树。树荫下是整齐干净的人行道。马路两旁的房子差不多都是高楼大厦，同莫斯科一般的房子相差无几。中间或间杂着一两幢具有民族风味的建筑。只有在看到这样的房子的时候，我心头才漾起那么一点

"东方风味",我才意识到现在是在苏联的一个加盟共和国里。

为了迎接亚非作家会议的召开,古城塔什干穿上了节日的盛装。大街上,横过马路,悬上了成百成千的红色布标,用汉文、俄文、乌兹别克文、阿拉伯文、日文、英文,以及其他文字,写着欢迎祝贺的词句,祝贺亚非人民大团结,希望亚非人民之间的友谊万古长青。有上万盏,也许是上十万盏——谁又知道究竟有多少万盏呢——红色电灯悬在街道两旁的树上、房子上。就是在白天,这些电灯也发着光芒。到了夜里,这些灯群更把塔什干点缀成一个不夜之城。从任何一条比较大的马路的一端望过去,一重重一层层一团团的红色灯光,一眼看不到头,比天空里的繁星还要更繁。

这不是我多少年来所想象的那一个塔什干,我想象中的那一个塔什干哪里是这样子呢?

然而这的确又是塔什干。

面对着这一个美丽的大城市,觉得它十分熟悉,又十分陌生,我的心情有点错乱了。

但是,我并没有真正错乱,我一下子就爱上了这一个塔什干。就让我那一些幻想随风飘散吧!不管它是多么美丽、多么动人,还是让它随风飘散吧!如果飘散不完的话,就让它随便跟一个什么城市连接在一起吧!我还是十分热爱我跟前的这一个塔什干。

我怎能不热爱这一个塔什干呢?它的妙处是说不完的,用多少话也说不完,用什么话也说不完。

这里的太阳似乎特别亮,一走进这个城市,就仿佛沐浴在无边无际的阳光中。在淡蓝的天空下，房子的颜色多半是浅白的，有的稍微带一点淡黄、淡灰，有的带一点浅红，大红大绿是非常少的。大概这里下雨的时候也不太多，天永远晴朗。这一切配合起来，就把这里的阳光衬托得更加明亮。你一走进塔什干，只需待上那么一两个钟头，你就会感觉到，这里的太阳永远是这样亮；你会感觉到，一年四季，阳光普照，百年千年，也会是这样。

到处都可以看到玫瑰花。但是你却千万不要用我们平常对于玫瑰花的概念来想象这里的玫瑰花。你应该想象在小树上开满了牡丹花或芍药花，这样就跟这里的玫瑰花差不多了。就是这样大的玫瑰花，一丛丛，一团团，开在闹市中间，开在浅白色的楼房的下面，开在喷水池旁，开在幽雅的公园中，开在巨大的铜像的周围，枝子高，花朵大，在早晨和黄昏，香气特别浓，给这一座美丽的城市增添了芳香。

葡萄架比玫瑰花丛还要多，几乎家家都有一架葡萄，撑在房子前面，在白色的阳光下，把浓黑的影子投在地上。葡萄的种类据说有一千多种，而且每一种都是优良品种。我们到了塔什干，正是葡萄熟了的时候。家家门口或者小院子里，都累累垂垂地悬着一嘟噜一嘟噜的葡萄，黄的、红的、紫的、绿的，长的、圆的，大大小小，不同的颜色，不同的样子，像是一串串的各色的宝石。

说到葡萄的味道，那是无法形容的。语言文字在这里仿佛都失掉了作用。你可以拿你一生吃过的各种各样的最甜美的水果来同它比较：你可以说它像山东肥城的蜜桃，你可以说它像江西南丰的蜜橘，你可以说它像广东增城挂绿的荔枝，你可以说它像沙田的柚子，你可以说它像一切你曾尝过你能够想象到的水果——这些比拟都有道理，它的确有一点像这些东西，但是又不全像这些东西。我们用尽了自己的想象力和联想力，归根结底，还只有说：它什么都不像，只是像它自己。

我们一到塔什干，这种绝妙的东西就成了我们的亲密朋友。我们在这里住了将近三个星期，随时随地都要跟它接触，它给我们的生活增添了无穷的情趣。一日三餐的餐桌上摆的是一盘盘的葡萄，像是一盘盘红色的、紫色的、黄色的、绿色的宝石，把餐桌衬托得美丽动人。在会场的休息室里摆的也是一盘盘的葡萄。在我们住的房间里，每天都有人把成盘的葡萄送了来，简直是取之不尽，用之不竭。我们出席宴会，首先吃到的也就是葡萄。到集体农庄去参观，主人从枝子上剪下来塞到我们手里的也还是葡萄。塔什干真正成了一个葡萄城。

这一种个儿不大的果品还让我们回忆起历史，把我们带到遥远的古代去。在汉代，中国旅行家就已经从现在的中央亚细亚一带把这种绝妙的水果移植到中国来。移植起始的地方是不是就是我们现在所在的塔什干呢？我不能不这样遐想了。我不由自主地想到两千多年以前葡萄通过绵延万里渺无人烟的大沙漠移植到东方去的情况，想到我们同这一带悠久的文化关系，想到当年横贯欧亚的丝路，成捆成捆的中国丝绸被运到西方去，把这里的美女打扮得更加美丽，给这里的人民带来快乐幸福。就这样，一直想下来，想到今天我们同苏联各族人民的万古长青牢不可破的兄弟般的友谊。我心里面思潮汹涌，此起彼伏。我万没有想到这一颗颗红色的、黄色的、紫色的、绿色的宝石，竟有这样大的魔力，它们把过去两千多年的历史一幕一幕地活生生地摆在我的眼前……

不管这里的自然景色多么美好，不管这里的西瓜和葡萄多么甘美，塔什干之所以可爱、可贵，之所以令人一见难忘，却还并不在这自然景色，也不在这些瓜果，而在这里的人民。

对这样的人民，我还有什么话可说呢？他们同苏联其他各地的人民一样，热情、直爽、坦白、好客。他们把亚非作家会议的召开看成是自己的节日，把从亚非各国来的代表看成是自己最尊贵的客人和兄弟姐妹。在这一段时间内，他们每天都穿上美丽多彩的民族服装，兴高采烈，喜气洋洋。我虽然跟他们交谈得不多，但是看来他们每天想到的是亚非作家会议，谈到的也是亚非作家会议。他们是在过他们一生中最好的一个节日，全城大街小巷到处都弥漫着节日的气氛。

为了招待各国的代表，乌兹别克加盟共和国的领导人特别在城中心纳沃伊大剧院的对面建筑了一座规模很大的旅馆。里面是崭新的现代化的设备，外表上却保留了民族的风格。墙壁是淡黄色的，最高的一层看起来像是一座凉亭。给人的印象是朴素、幽雅、美丽。

在塔什干旅馆和纳沃伊大剧院之间是一个极大的广场。这个广场十分整齐美观，是我在许多国家许多城市所看到的最美的广场之一。中间用柏油和大块的石头铺得整整齐齐，四周是四条又宽又长的马路。在这些马路上，日夜不停地行驶着各种各样的汽车。按理说这个广场应该很乱很闹。但是，如果你在广场的中心一站，你却不但感觉不到乱和闹，而且还会感觉到一点寂静，似乎远远地离开了闹市的中心。难道这里面还有什么奥秘吗？广场大，它自己又仿佛形成了一个独立的世界，这就是奥秘之所在。广场中心有一个大喷水池，它就是这一个独立世界的中心。银白色的不断喷涌的水柱，水柱中红红绿绿变幻不定的彩虹，谁看到它，谁的注意力一下子就会给它吸住。不管有多少人，只要他们一踏上广场，就会不由自主地因喷泉产生了向心力。对他们来说，广场以外的东西似乎根本不存在了。此外，广场的两旁还栽种了雨后像小树丛一样大小的玫瑰花。季节虽然已近深秋，但大朵的玫瑰花仍在怒放。它们的色和香也仿佛构成了一座墙壁，把广场和外面的热闹的马路隔开。

在这个全城的节日里，这一座广场也穿上了节日的盛装。那许多临时售卖书报的小亭，都油饰一新。红色的电灯挂满了全场。两头两个大建筑物上的五彩缤纷的标语交相辉映。两面的大街上，横悬着两幅极其巨大的红色布标。一幅上面用汉文写着："向亚非作家会议参加者致热烈的敬意。"一幅写着："所有国家的文学都应该为人民，为和平，为先进事业，为各民族之间的友谊而服务。"布标的红色仿佛把广场都映红了。我们走在这一片红光里，看到我们熟悉的汉字，似乎已经回到了祖国。

在那一些日子里，这一座广场就成了全城聚会的中心。

天还没有亮，塔什干人民就成群结队地来到广场上。父母抱着孩子，孙子扶着祖母，男女老幼，拥拥挤挤，都来了。里面各族人民都有，有俄罗斯族人，有乌兹别克族人，有朝鲜族人，还有其他各族的人民。他们都穿得整整齐齐，脸上带着愉快的笑容。闹闹嚷嚷，喜喜欢欢，在这里一直待到深夜。

每天，从早到晚，广场上人群队形是随着时间的不同而随时在变化着。一看队形，就几乎可以猜出时间来。早晨初到广场上的时候，人群是零零乱乱地到处散布着的。在这一大片场子上，各处都有人。只在中央喷水池的周围，在玫瑰花畦的旁边，聚集得比较密一点。大家的态度都从从容容，一点也不紧张。在这时候，广场上是一片闲闲散散的气象。

一到大会开始前半小时，代表们从塔什干旅馆走向纳沃伊大剧院的时候，广场上的队形就陡然变化。人群从块块变成了条条，很自然地形成了两路纵队。一头是塔什干旅馆，另一头是纳沃伊大剧院，仿佛是两条巨龙。中间人稍稍稀疏一点，这就是巨龙的细腰；一头一尾则又粗又大。这时候，广场上的气象由从容闲散一变而为热烈紧张。不管是大人小孩，很多人手里都拿了一个小本子或者几张白纸，争先恐后地拥上前去，请代表们在上面签字。有些人就在旁边的书摊上买了亚非各国文学作品的俄文或者乌兹别克文的译本，请代表们把名字写在上面。有的父母抱着三四岁的小孩子，小孩子手里拿了小本子或者书籍，高高地举在代表们眼前，小眼睛一闪忽一闪忽的，等着签字。还有一些人，手里什么都没有拿，看样子是并不想得到什么签字。但是他们也是满腔热情十分勇敢地挤在人群里，拼命伸长了脖子，想多看代表们两眼。在这时候，广场上是一片热闹景象。

到了代表们不开会而出去参观的时候，队形又大大地改变。这时候的广场上，不是一块块，也不是一条条，而是一团团。每一团的中心,不是一辆汽车,就是几个代表。他们给塔什干的人民包围起来了。这里的人民愿意同代表们谈一谈,交换一些徽章或者其他的纪念品。从塔什干旅馆的五层楼上看下来,广场上仿佛开出了一朵朵的大黑花,周围黑色的人群形成了花瓣,穿着花花绿绿的服装的非洲代表和披着黄色袈裟的锡兰代表,就形成了红红绿绿或黄色的花心。

有一次,我看到一个老祖母抱了小孙女,坐在大剧院门外台阶上,喘着气休息。她见了我,就对着我笑,我也笑着向她问安,并且逗引小女孩。这就引得这一位白发老人开了话匣子。她告诉我,她的家离这里很远,她坐了很久的电车和公共汽车才来到这里。"年纪究竟大了,坐了这样久电车和汽车,就觉得有点受不了,非坐下来喘一口气休息休息不行了。"说着擦了擦头上的汗,又说下去,"各国的代表都来了,塔什干还是头一次开这个眼界呢。你们是我们最欢迎的客人,我在家里怎么能待得下去呢?小孙女还小,不懂事,但是我也把她带来,她将来大了,好记住这一回事。"这样的感情难道只是这一位白发老人的感情吗?

又有一次,我碰到了一群朝鲜族的男女学生。他们一看到我,就像看到了久别的亲人,一拥而上,争着来跟我握手。十几只手同时向我伸过来,我恨不能像庙里塑的千手千眼佛一样,多长出一些手来,让这些可爱的孩子们每个人都满足愿望,现有的这两只手实在太不够分配了。握完了手,又争着给我照相,左一张,右一张,照个不停。照完了相,又再握手。他们对于我依依难舍,我也真舍不得离开这一群可爱的孩子们。

还有一次，是在晚上，我们到什么地方去参加宴会。一上汽车，司机同志为了"保险"起见，就把车门关上了。但是外面的人还是照样像波涛似的涌上来，把汽车团团围住，后面的人不甘心落后，拼命往前挤；前面的人下定决心，要坚守阵地。因而形成了相持不下的局面，后面来的人却愈来愈多了。很多人手里高高地举着签名的小本子，向着我们直摇摆，但是司机却无论如何也不开门，我们只有隔着一层玻璃相对微笑。我们的处境是颇有点尴尬的。一方面，我们不愿意伤了司机同志的"好意"；另一方面，我们又觉得有点对不起车窗外这些热情的人们。正在左右为难的时候，我们忽然看到人群里挤出来了一个中年男子，怀里抱着一个三四岁的小孩，手里还领着两个六七岁七八岁的孩子。看样子不知道费了多大劲才挤到车跟前来，他含着微笑，把小孩子高高举起来，小孩子也在对着我们笑。看了这样天真的微笑，我们还有什么办法呢？眼前的这一层薄薄的玻璃，蓦地成了我们的眼中钉。我们请求司机同志把汽车的大门打开，我们争着去抱这一个可爱的小孩子，吻他那苹果般的小脸蛋，把一个有毛主席像的纪念章别在他的衣襟上。

　　这样的情景几乎每天都有，它使我们十分感动，我们陶醉于塔什干人民这种热情洋溢的友谊中。

　　但是我们也有受窘的时候，也有不得不使他们失望的时候。最初，因为我们经验不丰富，一走出塔什干旅馆，看到这些可爱的人民，我们的热情也燃烧起来了。我们握手，我们签名，我们交换纪念品，我们做一切他们要我们做的事情，根本没有注意到，也没有觉到时间的逝去。等我们冲出重围到了会场的时候，会议已经开始很久了。据我的观察，其他国家的代表也有类似的情况。我常常在楼上看到代表们被包围的情况。有一次，一个印度代表被群众包围了大概有四个小时。另外一次，我看到一个穿黄色袈裟的锡兰代表给人包围起来。我不知道是什么时候开始的，我看到的时候，他周围已经围了六七百人。等了很久，我在屋子里工作疲倦了，又走上凉台换一换空气的时候，我看到黄色的袈裟还在人丛里闪闪发光。又等了很久，他大概非走不行了。他走在前面，后面的人群仍然尾追不散，一直跟出去很远很远，仿佛是一只驶往远洋的轮船，后面拖了一串连绵不断的浪花。

在这样的情况下，我们要出门的时候，就先在旅馆里草拟一个"联防计划"。如果有什么人偶入重围，我们一定要派人去接应，去解围。我们有时候也使用金蝉脱壳的计策，把群众的注意力转移到别的地方去，我们自己好顺利地通过重重的包围，不致耽误了开会或者宴会的时间。

这样一来，自然会给这一些可爱的塔什干人民带来一些失望，我们又有什么办法呢？在我们内心的深处，我们实在为他们这种好客的热情所感动，我们陶醉于塔什干人民热情洋溢的友谊中。

等我们在哈萨克加盟共和国的首都阿拉木图访问了五天又回到塔什干来的时候，会议已经结束了好多天，代表们差不多都走光了。我们也只能再在这一个可爱的城市里住上一夜，明天一大早就要离开这里，离开这些热情的人民，到莫斯科去了。

吃过晚饭，我怀了惜别的心情，站在五层楼的凉台上，向下看。我还想把这里的东西再多看上一眼，把这些印象牢牢地带回国去。广场上冷冷清清，只有稀稀落落的人影在空荡荡的场子里来回地晃动。成千盏成万盏的红色电灯仍然在寂寞中发出强烈的光辉。

但是仍然有一群小孩子挤在旅馆门口，向里面探头探脑。代表们都走了，旅馆也空了。看来这些小朋友并不甘心，他们大概希望像前几天开的那样的会能够永远开下去，让塔什干天天过节。现在看到场子上没了人，旅馆里也没了人，他们幼稚的心灵大概很感到寂寞吧。

我对这一些天真可爱的小朋友有无限的同情。我也希望，能够永远住在塔什干，天天同这些可爱的人民欢度佳节。但是，在实际生活中，这只是幻想，是完全不可能的，是永远也不会实现的。会议完了，我们的任务已经完成。现在我们的任务是，把在塔什干会议上形成的所谓塔什干精神带到世界各地去，让它在世界上每一个角落里开出肥美的花，结出丰硕的果。

我来到了塔什干，现在又要离开了。当我才到的时候，我对这个城市又感到熟悉，又感到陌生。当我离开它的时候，我对它感到十分熟悉，我爱上了这个城市。现在先唱出我的赞歌，希望以后再同它会面。

1959 年 3 月 23 日

重过仰光

从飞机的小窗子里看下去,地面上闪出一团金光,高高地突出在一片浓绿之上,我心里想:仰光到了。

是的,仰光到了。几分钟以后,我们就下了飞机,踏上了这一个美丽的城市的土地。

踏上这里的土地,我心里是温暖的。

又怎么能不温暖呢?我真仿佛同这一个美丽的城市结了缘,在短短十年之内,我这是第六次来到这里了。

第一次是坐船来的。船一转进伊洛瓦底江,就看到远处在云霭缥缈中,有一座高塔耸入蔚蓝的晴空,闪着耀眼的金光。有人告诉我,这就是有名的大金塔,是仰光的象征。

从此,这一座仿佛只能在神话里才能看到的大金塔和这一个可爱的城市就在我心里生了根。

第一次,我在这里住的时间比较长,几乎有三个星期。我走遍了所有的主要街道。我既爱挂满了中国字招牌的华侨聚居的广东大街,它让我想到我们的祖国,说实话,这里的中国味真像国内一样浓烈；我也爱两边长满了绿树的郊区的街道。在这里常常会碰到几头神牛，慢悠悠地在绿树丛中转来转去。我十分欣赏它们那种昂首阔步睥睨一切、仿佛是天上天下唯我独尊的神气。

我参观了所有的应该参观的地方，其中当然包括大金塔。第一次参观这座佛塔的印象是永生难忘的。我赤着脚走过长长的两旁摆满了花摊的走廊，一步步高上去，终于走到大塔跟前。脚踏在大理石铺的地上，透心地凉。这的确是一个奇妙的地方。不知道有多少大大小小的殿堂，里面坐满各种各样的佛像。许多善男信女就长跪在这些神佛面前，闭目合掌，虔心祷祝。有的烧香，有的泼水，有的供鲜花，有的点蜡烛，有的口中念念有词，大概是对佛像说话吧。对我来说，这些都是十分新鲜有趣的。至于大金塔本身，那真不愧是一个黄色的奇迹。那么大一座东西，身上竟都糊满了金箔，看上去就像是黄金铸成的。整个塔闪着耀眼的金光，比从船上看显得强烈多了。这金光仿佛把周围的一切楼阁殿堂、一切人物树木都化成了黄金色，这金光仿佛弥漫了宇宙。

从那以后，我的一切活动仿佛都离不开这个黄色的奇迹。因为，在全城任何地方，只要抬头，总可以看到它，金光闪闪，高高地突出在一片浓绿之上。

我的活动是多方面的。我曾访问过仰光大学，同教授们会了面，看了学生的宿舍。我曾看过缅甸艺术家的画廊，欣赏那些五光十色的杰作。我曾拜访过作家和电影演员，他们拿出自己精心编演的影片，给我们美的享受。

这一切都是使人难忘的，但是最令人难忘的还是这里的华侨。他们有的在这里已经住了几代，有的住了几十年，他们一方面同本地人和睦相处，遵守本地的法令，对于这个国家的建设工作也贡献了一些力量；另一方面，他们又热爱自己的祖国，用最大的毅力来保留祖国的风俗习惯。只要祖国有人来，他们就热情招待。我每次同他们接触，都觉得从他们身上学习了一些东西。

此外，还有一个使我永远不能忘怀的人。他是一个十几岁的缅甸孩子，他在一所豪华富丽的旅馆里当服务员。我曾在这里住过一些时候，出出进进，总看到这个男孩子站在大门内的服务台旁边，瞪着一双又圆又大的眼睛，露着一嘴白牙，脸上满是笑容。我很喜欢他，他似乎对我也有一些好感，不久我们就成了朋友。每次我从外面回来，他总跑着迎上来，抢走我手里拿着的东西，飞跑上楼，送到我的房间里。我每次出门，他总跑出去，招呼车辆。我离开这个旅馆的时候，他流露出十分强烈的惜别的情绪，握住我的手，再三说要到北京来看我。

这一切都是过去的事情了。但是，它却并没有因为过去而被遗忘，而是正相反：我每次走过仰光，总不由自主地要温习一遍，时间越久，印象越深刻，历历如绘，栩栩如生，仿佛是昨天才发生的事情。

现在我又来到仰光了。一走下飞机，我就下定决心，要把我回忆中的那些人物和地方都再去看上一看，重新温理旧梦。

当天下午，我就到华侨中学去看中国国家男子篮球队同这个中学的校队比赛篮球。在球场上，我遇到了许多华侨界的老朋友，我们握手话旧，喜上眉梢。那些华侨学生，一个个精力充沛，像生龙活虎一般，看了不由得从心里喜爱。他们为欢迎中国国家篮球队挂了一幅大标语，上面写着"欢迎祖国来的亲人"。我觉得其中也有我一份，让我一出国就感到无限温暖。

今天早晨，在半睡半醒中，听到楼外面呀呀乱叫，闹嚷嚷吵成一团。我从窗子里看出去：成群的乌鸦飞舞在叶子像翡翠似的大树的周围。它们大声呼喊，震耳欲聋，仿佛不知道世界上还有别的动物，想把世界独占。应该说，我是并不怎样欣赏这种鸟的。但是，在仰光看到这一些浑身黑得像炭精一样的鸟，听到它们呀呀的叫声，我却并不感到多大厌恶。因为它们让我清清楚楚地感觉到，我现在不是在世界上任何城市，而是在缅甸的仰光。这种感觉对我来说是十分珍贵的。我愿意常常保持这种感觉。

大金塔，我当然还是要去拜访一次的。几年没见，我这老朋友似乎越来越年轻了。塔本身大概又重新贴了金，那些小塔也好像是都洗过澡，换上了新衣服，一个个金光闪闪，让人不敢逼视。因为是在早晨，所以拜佛的人不多，但是也有一些人跪在佛像前，合掌顶礼，焚烧香烛，嘴里祷祝着什么。还有人带着大米来喂鸟，把米一把把地撒在大理石铺的地上。珍珠似的米粒在地上跳动，宛如深蓝色的水面上激起的雪似的浪花。一群鸽子和乌鸦拥挤着，抢着来啄食米粒，吃完再飞上金塔。远远望去，好像是大块黄金上镶嵌了无数的黑宝石。

这一次在这里只能停留几天，我们的活动不多，但是我已经很满意了。我怀念的那一些人和那一些地方，我几乎都看到了。我将怀着一颗温暖的心，离开这个美丽的城市，走向离开祖国更远的地方去。如果说还感觉到什么美中不足的话，那就是我没有能够看到那一个在旅馆里工作的小男孩。我在深切地怀念着他。他什么时候才能到北京来看我呢？

1962 年 11 月 25 日于仰光

天雨曼陀罗

到了加尔各答,我们的访问已经接近尾声。我们已经访问了十一个印度城市,会见过成千上万的印度各阶层的人士。我自己认为,把印度人民的心情已经摸透了,绝不会一见到热烈的欢迎场面就感到意外、感到吃惊。

然而,到了加尔各答,一下飞机,我就又感到意外、感到吃惊起来了。

我们下飞机的时候,已经过了黄昏。在淡淡的昏暗中,对面的人都有点看不清楚。但是,我们还能隐约认出我们的老朋友巴苏大夫,还有印中友协孟加拉邦的负责人黛维夫人等。在看不到脸上笑容的情况下,他们的双手好像更温暖了。一次匆忙的握手,好像就说出了千言万语。在他们背后,站着黑压压的一大群欢迎我们的印度朋友。他们都热情地同我们握手。照例戴过一通花环之后,我们每个人脖子上、手里都压满了鲜花,就这样走出了机场。

因为欢迎的人实在太多了,所以在机场前面的广场上,也就是说,在平面上,同欢迎的群众见面已不可能。在这里只好创造发明一下了：我们采用了立体的形式，登上了高楼，在三楼的阳台上，同站在楼下广场上的群众见面。只见楼下红旗招展，万头攒动，宛如波涛汹涌的大海。口号声此起彼伏，惊天动地，这就像大海的涛声。在訇隐訇磕的涛声中隐约听到"印中友谊万岁"的喊声。我们站在楼上拼命摇晃手中的花束，楼下的群众就用更高昂的口号声来响应。楼上楼下，热成一片，这热气好像冲破了黑暗的夜空。

第二天一大早，旅馆楼下的大厅里就挤满了人：招待我们的人、拜访我们的人、为了某种原因想看一看我们的人。其中有白发苍苍的大学教授，有活泼伶俐、满脸稚气的青年学生，有学习中国针灸的男女青年赤脚医生，有柯棣华纪念委员会和印中友好协会的工作人员，也有西孟加拉邦政府派来招待我们的官员。他们都热情、和蔼、亲切、有礼。青年人更是充满了求知欲，他们想了解新中国的政治、经济、文化、教育，他们想了解我们学习印度语言，其中包括梵文和巴利文的情况，他们想了解我们翻译印度文学作品的数量，他们甚至想了解我们对待中外文学遗产的做法。总之，有关中国的事情，他们简直什么都想知道。大概是因为他们知道我是在大学工作的，所以我往往就成了被包围的对象。只要我一走进大厅，立刻就有人围上来，像查百科全书似的问这问那。我看到他们那眼神，深邃像大海，炽热像烈火，灵动像流水，欢悦像阳春，我简直无法抑制住内心的激动了。

在旅馆以外，也有类似的情况。有一天下午，我参加了一个同印度知识界会面的招待会，出席的都是教授、作家、新闻记者等文化人。我被他们团团围住。许多著名的学者把自己的著作送给我们,书里面签上自己的名字。接着就是一连串的问题。我当然也不放过向他们学习的机会,我向他们了解大学的情况、文学界的情况,我也向他们提出了一连串的问题。我们就像分别多年的老友重逢一般相对欢笑着,互相询问着,专心致志,完全忘记了周围发生的事情,忘记了时间和空间。我有时候偶尔一抬头,依稀瞥见台上正有人唱着歌,好像中印两国的朋友都有。再一转眼,就看到湖中小岛上参天古树的枝头落满了乌鸦,动也不动,像是开在树枝上的黑色的大花朵。

我们曾参观过加尔各答郊区的一个针灸中心。这里的居民一半是农民,一半是工人。同在其他地方一样,我们在这里也受到极其热烈的欢迎。附近工厂里的工人高举红旗,喊着口号,拦路迎接我们。农村的小学生穿上制服,手执乐器,吹奏出愉快的曲调,慢步走在我们前面,走过两旁长满了椰子树的乡间小路,走向针灸中心。农民站在道旁,热情地向我们招手。到了针灸中心,我们参加了村民欢迎大会。加尔各答四季皆夏,此时正当中午,炎阳直晒到我们头上。有七八个身穿盛装的女孩子,手执印度式的扇子,站在我们身后,为我们驱暑。我们实在过意不去,请她们休息。但是她们执意不肯,微笑着说:"你们是最尊敬的客人,我们必须尽待客之礼。"尽管我们心里总感到有点不安,但是这样的感情,我们只有接受下来了。

更使我高兴的是,我们在加尔各答看到了真正的农民舞蹈。这一专场舞蹈是西孟加拉邦政府特别为我们安排的。新闻和广播部长亲自陪我们观看演出。在演出的过程中,他告诉我们演员都是农民,是刚从田地里叫来的。说实话,我真有点半信半疑。因为,在舞台上,他们都穿着戏装,戴着面具,我们看到的是珠光宝气、金碧辉煌,而且他们的艺术水平都很高超。难道这些人真正是农民业余演员吗?我真有点难以置信了。但是,演出结束后,他们一卸装,在舞台上排成一队,向我们鼓掌表示欢迎,果然都是面色红黑,粗手粗脚,是地地道道的劳动农民。我心里一阵热乎乎的,望着他们那淳朴憨厚的面孔,久久不想离去。

我们在加尔各答接触的人空前地多,接触面空前地广,它给我们留下的印象也同印度其他城市不同。在其他城市,我们最多只能停留一两天。虽然也都给我们留有突出的印象,但总是比较单纯的。然而,到了加尔各答,万汇杂陈,眼花缭乱,留给我们的印象之繁复、之深刻,是其他城市无法比拟的。我们在这里既有历史的回忆,又有现实的感受。加尔各答之行好像是我们这一次访问的高潮,好像是一个自然形成的总结。光是我们每天从工人、农民、知识分子手中接过来的花环和花束,就多到无法计算的程度。每一个花环,每一束花,都带着一份印度人民的情谊。每一次我们从外面回来,紫红色的玫瑰花瓣,洁白的茉莉花瓣,黄色的、蓝色的什么花瓣,总是散乱地落满旅馆下面大厅里的地毯,人们走在上面,真仿佛是"步步生莲花"一般。芬芳的暗香飘拂在广阔的大厅中。印度古书上常有天上花雨的说法,"天雨曼陀罗"的境界,我没有经历过。但眼前不就像那样一种境界吗?这花雨把这一座大厅变成了一座花厅、一座香厅。这当然会给清扫工作带来不少的麻烦,我们都感到有点歉意。但是,旅馆的工作人员看来却是高兴的,他们总是笑嘻嘻地看着这一切。就这样,不管加尔各答给我们的印象是多么繁复,多么多样化,但总有一条线贯穿其中,这就是印度人民的友谊。

而这种友谊在平常不容易表现的地方也表现了出来。我们在加尔各答参观了有名的植物园,这是我前两次访问印度时没有来过的。园子里古木参天,浓荫匝地,真像我们中国旧小说中常说的,这里有"四时不谢之花,八节长春之草"。给我印象最深的是一株大榕树,据说这是世界上最大的一株榕树。一棵母株派生出来了一千五百棵子树,结果一棵树就形成了一片林子,现在简直连哪棵是母株也无法辨认了。这一片"树林"的周围都用栏杆拦了起来,但是,栏杆可以拦住人,却无法拦住树。已经有几个地方,大榕树的子树越过了栏杆,越过了马路,在老远的地方又扎了根,长成了大树。陪同我们参观的一位印度朋友很有风趣地说道:"这棵大榕树就像是印中友谊,是任何栏杆也拦不住的。"多么淳朴又深刻的话啊!

友谊是任何栏杆也拦不住的。如果疾病也算是一个栏杆的话,我就有一个生动的例子。我在加尔各答遇到了一个长着大胡子、满面病容的青年学生。他最初并没能引起我的注意,但是,他好像分身有术,我们所到之处几乎都能碰到他。刚在一处见了面,一转眼在另一处又见面了。我们在旅馆中见到了他,我们在加尔各答城内见到了他,我们在农村针灸中心见到了他,我们又在植物园里见到了他。他就像是我们的影子一样,紧紧地跟随着我们。我不由自主地想到了印度古代史诗《罗摩衍那》中的神猴哈奴曼,想到了中国长篇小说《西游记》中的孙悟空。难道我自己现在竟进到那个神话世界中去了吗?然而我眼前看到的绝不是什么神话世界,而是活生生的现实。那个满面病容的、长着大胡子的印度青年正站在我们眼前,站在欢迎人群的前面,领着大家喊口号。一堆人高喊:"印中友谊——"另外一堆人接声喊:"万岁!万岁!"在这两堆人中间,他都是带头人。但是,有一天,我注意到他在呼喊间歇时,忽然拿出了喷雾器,对着自己嘴里直喷。我也知道,他是患着哮喘。我连忙问他喘的情况,他腼腆地笑了一笑,说道:"没什么。"第二天看到他没带喷雾器,我很高兴,问他:"今天是不是好一点?"他爽朗地笑了起来,连声说:"好多了!好多了!"接着又起劲地喊起"印中友谊万岁"来。他那低沉的声音似乎压倒了其他所有人的声音。他那苍白的脸上流下了汗珠,我深深地为这情景所感动。我无法知道,在这样一个满面病容的印度青年的心里蕴藏着多少对中国人民的深情厚谊。一直到现在,一直到我写这篇短文的时候,我还恍惚能看到他的面容,听到他的喊声。亲爱的朋友!可惜我由于疏忽,连你的名字也没有来得及问。但是,名字又有什么意义呢?我想把白居易的诗句改动一下:"同是心心相印人,相逢何必问姓名!"年轻的朋友,你是整个印度人民的象征,就让你永远做这样一个无名的象征吧!

1978 年 5 月 14 日

巴马科之夜

巴马科之夜是平静的，平静得像是一潭止水，令人想不到正身处闹市之中。高大的芒果树，局促在大树下的棕榈树，还有其他的开红花、开黄花的不知名树，好像是都松了一口气，伸开了肥大的或者细小的叶子，尽情地享受夜风的清凉。它们也毫不吝惜地散发着浓郁的香气，这香气仿佛充满了黑暗的夜空。中午将近摄氏五十度的炎热天气似乎还给它们留有余悸，趁这个好时候赶快松散一下吧，这样就能积聚更多的精力，明天再同炎阳搏斗。

马里的中午也确实够呛。艳阳像是一个大火轮，高悬中天，把炎热洒向大地，洒在一切山之巅，一切树之丛，一切屋顶上，一切街道上，整个大地仿佛变成了一个大火炉。在这时候，首当其冲的就是这些树木。它们站得最高，热流首先浇在它们头上。但是，它们挺直腰板，精神抖擞，连那些娇弱的花朵也都显出坚毅刚强的样子。就这样，这些树和花联合起来，把炎炎的阳光挡在上面，地面布上了片片的浓荫，供人们享受。

巴马科的人民显出了同树和花一样的风格，他们也在那里同艳阳搏斗。不管天气多么热，活动从不停止。商店都不关门，卖各种杂货的小摊仍然摆在芒果树荫中。街上还是人来人往，熙熙攘攘。穿着宽袍大袖的人们照样骑在机器脚踏车上，来回飞驰，热风把他们的衣服吹得鼓了起来，像是灌满了风的布帆。到处洋溢着一片生机、一团活力。

我是第一次来到马里，我不知道以前的情况怎样，但是，我总觉得，这是一种新精神，一种鼓舞人心振奋斗志的新精神，只有觉醒的、战斗的、先进的人民才能有这种精神。我曾在一个炎热的下午参加了在体育场举行的非洲青年大会。在那里我不但看到了马里的青年，而且还看到从刚果和几内亚战斗的前线来的青年。它们身着戎装，从他们身上仿佛还能嗅到浓烈的炮火气息。当他们振臂高呼控诉殖民主义的滔天罪行的时候，全场激起了暴风雨般的呼声和掌声。非洲的天空仿佛在他们头上颤抖，非洲的大地仿佛在他们脚下震动。刚才进场的时候，我实在感觉到热不可耐。我幻想有一件皮袍披在身上会多好呀，这样至少可以挡住外面的热气。但是，一看到这热烈的场面，我立刻振奋起来，我也欢呼鼓掌，同这些战士热烈地握手。这时候，我陡然感到遍体生凉，一点也不热了。

当然，真正的凉意只有夜间才有。巴马科之夜毕竟还是可爱的。在一天炎热之后，夜终于来了。巴马科之夜是平静的，平静得像是一潭止水，令人想不到身处闹市之中。艳阳已经隐退，头顶上没有了威胁。虽然气温仍在四十二摄氏度左右，但是同白天比起来，从尼日尔河上吹来的微风就颇带一些凉意了。动物和植物皆大欢喜。

长街旁，短墙下，家家户户都出来乘凉。有的人点上了火炉，在那里煮晚饭。小摊子上点上了煤气灯，在灯火中，黑大的人影晃来晃去。看来人们的兴致都不坏，但是却寂静无哗，只有火炉中飘出来的青烟袅袅地没入夜空。

　　这也是我们的好时候。我们参加了中国大使馆举行的招待会。在会上，我们遇到了许多白天参观访问时已经见过面的马里朋友。虽然认识了才不过一天，但是大有旧友重逢之感了。我们也遇到了许多在马里工作的中国专家。看样子，他们都是纯洁朴素的人，谦虚和气的人，但是他们做出来的事情却是十分不平凡。过去，马里是不长茶叶和甘蔗的。殖民主义者曾大吵大嚷，说是要帮助马里人民种茶树，种甘蔗。但是一种种了十几年，钱花了无数，人力费了无数，却不见一棵茶树、一根甘蔗长成。最后的结论是：马里是不适于种茶树和甘蔗的。现在，中国专家来了。他们不声不响，住在马里乡下，同农民一起劳动，一起生活，终于在那样同中国完全不同的气候条件下，让中国的甘蔗和茶树在马里生了根。他们自己也仿佛在马里生了根，马里人民把他们叫作"马里人"。他们赢得了从总统一直到一个普通人上上下下异口同声的赞誉。乡村里的孩子们看到他们老远就用中国话喊："你好！"每年，当第一批芒果和香蕉熟了的时候，马里农民首先想到的就是他们，把果品先送来让他们尝鲜。现在，细长的甘蔗、矮矮的茶树，已经同马里的芒果树长在一起，浓翠相连，浑然一体，它们将永远成为中马两国人民永恒友谊的象征。难道说这不是一个奇迹吗？我觉得，创造这个奇迹的那些单纯朴素、谦虚和气的人们身上有什么东西闪耀着炫目的光芒，吸引住了我。同他们在一起，我感到骄傲，感到幸福。

我们也在夜里参加马里朋友为我们举办的招待会。有时候是在露天舞场里，看马里艺术家表演精彩的舞蹈。有时候是在一起吃晚饭。在这时候，访问过中国的马里朋友往往挤到我们身边来，不知疲倦地对着我们，又像是对着自己，谈论他们在中国的见闻。他们绘声绘色地描述天安门和人民大会堂的庄严瑰丽，描述颐和园的绮丽风光。他们也谈到上海的摩天大楼，南京路上的车水马龙。也总忘不掉谈到杭州：西湖像是一面从天上掉下来的镶着翡翠边缘的明镜。无论谈到哪里，中国人民对他们的友情总是主要的话题。国家领导人、工厂里的工人、人民公社里的农民，连幼儿园的小孩子都对他们怀着真挚的感情，使他们永世难忘。他们谈着谈着，悠然神往，仿佛眼前不是在马里，而是在中国；眼前看到的仿佛不是芒果树，而是天安门、人民大会堂、颐和园、南京路和西湖。我听着听着，也悠然神往。我仿佛回到了祖国，眼前是祖国那如此多娇的江山。等到我一伸手捉到从栏杆外面探进来的芒果树枝的时候，我才恍如梦醒，知道自己是身在马里。我内心里深深感激着马里的朋友们，他们带我回了一趟祖国。

有一天，也是在这样的一个夜里，我们几个人坐在中国大使馆的一个小院子里闲谈。周围是一些不知名的树。因为不知名，所以我们也就没有去注意。但是，刚一坐下，就有一股幽香沁入鼻中。我们异口同声地说道："是桂花！"我们到处搜寻，结果在一株枝条细长的树上找到了像桂花似的细小花朵,香气就是从那里面流出来的。不管树是不是桂花树,但花香确实像桂花香。我的心一动,立刻有一股乡思涌上心头,本来平静的心,竟有点乱起来了。

　　乡思很难说是好东西,还是坏东西;是使人愉快的,还是使人痛苦的。但是,在这样一个亲切友好、斗志昂扬的国家里,在这样一个夜里,有什么乡思似乎是不应该的。中国古语说:"四海之内皆兄弟也。"在马里人的心目中,中国人就是兄弟。同马里人民待在一起,像中国专家那样,同他们一起生活,一起劳动,难道还不是人生最大的幸福吗?在马里闻到桂花香,难道不是同在中国一样令人高兴吗?我陡然觉得,我爱上了这个地方。如果有需要也有可能的话,我愿意长住下去,把自己的微薄的力量贡献给这个国家。

　　巴马科之夜是平静的,平静得像是一潭止水,但是它包含的东西却是丰富的。我应该感谢巴马科之夜,它给了我许多新的启示,它使我看到了许多新东西,它把我带到了一个新的境界。奇妙的巴马科之夜啊!

1965 年 7 月 18 日

同声相求

——参加印度蚁垤国际诗歌节有感

> 嘤其鸣矣,
>
> 求其友声。
>
> ——《诗经·小雅·伐木》

2月末的新德里,因今年气温偏高,到处繁花似锦,绿草如茵,在印度人心目中,正是春光明媚的大好时节。正在此时,两个国际性的盛会在这里召开,其中之一就是蚁垤国际诗歌节。

顾名思义,这个会的唯一内容是诗歌。来自全世界二十八个国家的六七十名代表,聚集一堂,群贤毕至,少长咸集,相向朗诵自己的诗作。这样命名、有这样多国家参加的大会据说是空前的。印度总统和副总统,以及各国使节都亲临现场,其重要性可以想见。

参加大会的人,肤色不同,语言各异,政治信念也不相同,但有一点却是相同的,这就是,大家都是诗人。就算都是诗人吧,大家对诗歌的理解,对诗歌的作用的看法也不尽相同。但也有一点是共同的,这就是印度总统在给印度与世界文学国际讨论会的祝词中所表达的信念：保卫世界和平，促进彼此的了解。

我从来不是诗人，但是我从来就喜欢诗歌，中国的和外国的我都喜欢。给自己脸上涂点金，就称作"门外诗人"吧。我自己是以"门外诗人"的资格来参加这一个国际诗歌节的。"门外诗人"毕竟不是诗人，我最初对这些诗人的做法有点感到奇怪：他们不把自己关在庄严典雅的会议厅里，行礼如仪，点名发言，循规蹈矩，彬彬有礼；而是走出大厅，在尼赫鲁总理故居的大花园里碧绿的草地上搭起了凉棚，在大自然的怀抱中，朗诵诗篇。我一走进凉棚，就为这自然环境所感染，内心的境界似乎提高了一步，更接近诗人，对诗人的做法深表同意了。

但是，就是这样，诗人们还认为同大自然接近不够。主其事者援引诗翁泰戈尔的做法，建议走出凉棚，干脆坐在大树下，草地上。大家立即同意，在极其宽敞的大草地选了一个合适的地点。在离开这里不远的一块草坪里，点燃着一团长明的圣火，大概是为了纪念已故总理尼赫鲁的。太阳在蔚蓝的天空里发出光辉，大树和棕榈树的阴影落在我们身上，暮春的风从百花丛中吹出，带着芬芳的香气，知名的和不知名的大鸟和小鸟在树枝上唱歌、跳跃。在下面，各国的男女诗人引吭朗诵，声音回荡在绿树丛中，百花枝头。小鸟呢喃的鸣声与诗人高亢的诵诗声上下唱和，人与大自然浑然一体，借用一个也许是不太恰当的词儿，大有天人合一之概了。

一说到鸟，我就难免有一些感慨。现在在北京，有些鸟几乎已经成为稀有动物。就拿北京大学来说吧，此地极有林泉之胜，过去鸟是非常多的。可是近几年来，一方面由于污染，一方面由于滥杀滥捕，连最常见的、有时甚至惹人厌烦的麻雀都少见了，稀有的鸟更不用说了。在印度，情况却正相反。由于宗教信仰，印度人民不杀生，鸟类自然包括在内。连顽皮孩子也不会捕捉、杀害任何一只鸟。在几千年的长期相处中，鸟类已经同人类有了默契，知道人类不会伤害自己，因而不存戒心。新德里空气污染也是严重的。当我住在迦腻色迦旅馆十二层楼上时，开窗一望，烟尘滚滚。但是，老鹰和鸽子等却在烟尘中自在飞翔，宛如飞翔在云中一般。每天我一开窗子，鸽子就会成双成对地飞进屋中傲然坦然，旁若无人。它们躲在沙发下面，咕咕地叫个不停，大概是在谈情说爱吧。诗人们朗诵诗的尼赫鲁故居的大花园当然更成了鸟的天堂。此时，鸟儿们似乎心领神会，知道是诗人们诵诗，歌唱得更加起劲。诗人们也似乎心领神会，兴会无前。我自己身处其间，似乎进一步受到感染，虽非诗人，胸中却诗意盎然，更接近一个诗人了。

　　大家都知道，在古今中外的诗歌中，鸟儿占有极其重要的地位。我们甚至可以说，离开鸟儿，有些诗就写不出。中国旧诗词里有许多与鸟有关的名句，例如"鸟鸣山更幽""众鸟高飞尽""时鸣春涧中""处处闻啼鸟""兴阑啼鸟换"等等。有的诗词说出了某一种具体的鸟，例如"落花人独立，微雨燕双飞"等等。这样的例子是举不胜举的。诗歌真是同鸟结下了不解的缘分，缺了鸟，有些诗人就缺了灵感，我因此大发杞忧。鸟儿们在现在中国的处境如果任其发展下去，至少有一些鸟会陷入绝种的危险。到那时候，我们的诗歌会受到威胁，这是显而易见的了。

　　这也许只是我个人的胡思乱想，其他国家的诗人未必会有这样的想法。据我的观察，诗人们尽管语言多么不同，诗歌的内容多么不同，政治信念多么不同，但是他们的情感是融洽的，相处是欢乐的。他们通过诗歌求其友声，同声相求。尽管难免有一些细微的不协调，但是在保卫世界和平、增强相互了解这个巨大的友声面前，大家目标一致，信念相同，共同的语言越来越多了。

　　我再说一句，我不是诗人，参加这样的诗歌节，只能说是滥竽充数。主人一再邀请我朗诵诗歌，我都婉谢。但是，我自己感觉到，在新德里这样有八节长春之草、四时不谢之花的地方，又有世界各地的诗人，在诗歌友声的熏陶下，我心中的诗意日益高涨，如果这个国际诗歌节能延长到半年一年，我自己难道不也会变成一个诗人吗？我在探讨这个问题。

1985 年 3 月 18 日

下瀛洲

我仿佛正飞向一个古老又充满了神话的世界,心里有点激动,又有点好奇。但我又知道,这是一个崭新的完完全全现实的世界,我的心情又平静下来……

我就是怀着这样复杂多变的心情,平静地坐在机舱内。飞机正飞行在万米高空。我觉得,仿佛是自己生上了翅膀,"排空驭气奔如电",飞行的是我自己,而不是飞机。下面是茫茫云海,大地上的东西,什么都看不到。但是,从时间上来推算,我大体上能知道,下面是什么地方。两个多小时以后,茫茫云海并没有改变。但是我明确地知道,下面是大海。又过了一些时候,飞行速度似乎在下降。不久,凭机窗俯望,就看到海岸像一抹绿痕:日本到了。

我是第一次到日本来。但是我从小就读了大量关于日本的书籍,什么瀛洲,什么蓬莱三岛。虽然我不大懂这些东西,"山在虚无缥缈间",但是我对日本并不陌生。今天我竟然来到了这里。对来过的人说来,也许是司空见惯的事。对我说来,却是满怀新奇之感。机舱中那种复杂的心情,又向我袭来。我不禁有点兴奋起来了。

同行的一位青年教师说:"来到日本,似乎是出了国,又似乎没有出。"短短几句话很形象地道出了一个中国人初到日本的心情,事情确实是这样。时间只相隔两三个小时,短到让我们绝不会想到自己已经远适异域。东京大街上的招牌、匾额,甚至连警察厅的许多通告和条例,基本上都是汉字,我们一看就能明白。街上接踵联袂的行人,面孔又同我们差不多。说是已经身在异国,似乎是不大可信的。从前一位中国诗人到了法国巴黎,写了两句有名的诗:"对月略能推汉历,看花苦为译秦名。"在东京,也同在巴黎一样,是在国外,但是我们却绝不会有这样的感觉。"月是故乡明",在日本也同样地明了,至于花,好多花的名字,中日文是一致的。倘若我们不仔细留意,我们绝不会感到,我们已经是在离开祖国几千里外的异域了。

但是,最重要的还不是这些表面上的东西,而是日本人民的心。近两三年来,我在北京大学接待过几十个日本代表团。其中有重要的政治家,有著名的学者和作家,有年高德劭的大和尚,有老人,有青年,有男子,有妇女。他们的职业和经历都是完全不同的,政治见解也是五花八门。但是,他们几乎都有一颗对中国人民诚挚的心。他们对于中国过去的文化曾经帮助过日本这一件事,表示由衷的感谢;对于极少数军国主义者给中国人民造成的灾难,又表示真诚的内疚。我曾多次为这样一颗颗的心而感动。我感到,从我们嘴里说出的和我们耳朵里听到的"中日人民世世代代友好下去"这一句话,表示了我们两国人民的真诚愿望,绝不是一句空洞的话。

就在不久以前,我招待过一个日本大学校长代表团。团长是一位学自然科学的大学校长,他纯朴热情,诚挚忠厚,真正是一位学者。看样子,他并不擅长辞令,但是说出来的话却句句能激动人心。在一次宴会上,喝了几杯茅台之后,他脸上泛起了一点红潮,样子已经有几分酒意了。他站起来讲话,又讲到日中文化关系,讲到日本军国主义者对中国人民的伤害。这些话并没有新的内容,我已经听过许多遍,毫不陌生了。但是,现在从这样一位学者口中说出来,却似乎有异常的力量,让我永远难忘。

今天我自己来到了日本,接触到许多日本学者,接触到广大的日本人民。尽管我不能同所有的日本人都谈话,但是,从一粒沙中可以看到宇宙,从少数日本朋友的谈话中,我仿佛听到了广大日本人民的声音。我在国内从日本代表团那里得到的印象,今天都完全得到了证实。

日本这个国家,整个就是一座大花园。到处树木蓊郁,绿草芊芊,很难找到一块不干净的地方。如果你想丢掉一团用不着的废纸什么的,那还真不容易,你简直找不到一块可以丢废纸的地方。家家户户,不管庭院有多么小,总要栽上一点花木。最常见的是一种矮而肥的绿松,枝干挺拔,绿意逼人,衬托着后面的小楼,看上去令人怡情悦目。

至于住在这里的人,都彬彬有礼,"谢谢!""对不起!"经常挂在嘴上。日本人民九十度的鞠躬是闻名全世界的。

但是,彬彬有礼并不等于慢慢腾腾。初到日本的人,大概都会感到，日本人走路、办事，都是急急忙忙，精神高度集中。连穿着高跟鞋走路的女士们，也都像赶路似的，脊背挺直，精神抖擞，嘚、嘚、嘚一溜小跑。好像前面有什么东西吸引着，后面有什么东西追赶着。日本人重视工作、重视工作效率、重视时间，决不肯浪费一点时间的。有的外国人把日本人描绘为"只知道工作的蜜蜂""工作中毒"等等。这些说法，我觉得丝毫没有讽刺的意思，而是充满了敬佩与赞美。第二次世界大战结束时，日本战败了，国破家亡，疮痍满目，过了一段非常艰苦的日子。一直到今天，年纪大一点的人，谈起来还心有余悸。然而在短短的一二十年中，他们又勇敢地站了起来，创造了让全世界都瞠目结舌的奇迹。这似乎难以理解，实际上却非常自然。联想到我上面说到的日本人民的那种精神，创造了些奇迹，又有什么可以吃惊的呢？

我今天来到的就是这样一个国家：既陌生，又熟悉；既有神话，又有现实；既属于历史，又属于当前；既显得很远，又显得很近；既令人惊诧难解，又令人感到顺理成章。像这样一个国家和人民，我们有许多东西是可以学习的。如果说从前的蓬莱、瀛洲都隐在一团虚无缥缈的神话的迷雾中，那么今天的日本却明明白白、毫不含糊地摆在我的眼前。我就这样怀着好奇而又激动的矛盾心情，开始了对日本的访问。

1981年7月

游唐大招提寺

多么凑巧的事情,又是多么可喜的事情!唐大和尚鉴真回国探亲,我们在北京刚见过面;他回到日本不久,我们又来探望参拜他了。

一走进唐大招提寺,我们仿佛回到了祖国。此地的一草一木,一梁一柱,无不让我们感到亲切可爱。连踏在脚下的沙砾,似乎也与别处不同。我们的心情又兴奋,又宁静;又肃穆,又虔诚。我们明确地意识到,这不是一个普普通通的地方,这是一个神圣的地方,这是中日两国人民悠久的传统友谊结晶的地方,绝不能等闲视之。

我们现在看到的当然是历历在目的大殿、经堂、佛像、神龛。但是我的心却一下子回到了一千多年以前的历史上去,回到鉴真生活的时代中去。这样的经历我从前曾经有过一次,那是在印度瞻谒玄奘遗迹的时候。我当时曾看到玄奘的身影无所不在。今天,印度换成了日本,玄奘换成鉴真了。同玄奘一样,鉴真的面貌我们都是熟悉的。我现在在这一座古寺里到处看到的就是鉴真的慈祥肃穆的面容。我仿佛看到他慈眉善目,看到他盘腿坐在莲花座上,讲经说法,为天皇、皇太子、贵族、平民传法。他在整个寺院里让人搀扶着来来往往地行走。我不但能看到他的身影,而且能听到他的声音,虽然我并说不出,他的声音究竟是个什么样子。我们今天满怀虔敬之心踏在这一座古寺的土地上。我们知道,这一座古寺的每一寸土地都留有鉴真的足迹。我们脚下踏着的就是鉴真当年留下的足迹。因此,我们的步履轻而又轻,谨慎而又谨慎。特别是当我们走过一座重门深锁的院落的时候,我们的步子更轻了,我们仿佛在临深履薄,戒慎恐惧。这院落"庭院深深深几许",在望之如云端仙境的重楼上,鉴真的漆像就作为国宝保存在那里。这门是经常锁着的。我们不由得面向楼阁深处,合十致敬。

鉴真爱不爱日本人民呢?他当然是爱的。他怀着满腔炽热的感情爱日本,爱日本人民。他同中国人民一样,深深地体会到中日两国人民的亲密关系,决心为日本人民牺牲自己的一切,把他认为能济世度人的佛法传到日本去。为了日本人民的幸福,他毅然决然离开了自己的祖国。在当时想到日本去,简直难于上青天。今天讲一衣带水,形容两国邻近,非常轻松,非常惬意。然而海中波涛滚滚,龙蛇飞舞,用木头造的船横渡,其艰险绝非今日所能想象。鉴真尝试过几次,都失败了,最后终于九死一生,到了日本。如果对日本人民不抱有最深沉的爱,能做到这一步吗?他到日本时,双目已完全失明,什么东西都看不见了。但是,我相信,他能够看到一切。他看到的日本、日本人民、日本的自然风光,绝不比任何人少,而且会比任何人都更多,更深刻。他看到了别人看不到的东西,他看到了日本人民的心。他的心同日本人民的心共同跳动,"心有灵犀一点通"。他们心心相印。就凭着这一点,虽然他不懂日本语言——我猜想,他初到日本时是不懂当地的语言的——他却完全能同日本各阶层的人民交流思想,沟通感情。日本人民的喜怒哀乐就是他的喜怒哀乐。他同日本人民浑然一体。"海为龙世界,天是鸟家乡",日本就成了他的海,成了他的天。

　　鉴真会不会怀念祖国呢?当然会的。他同样也是怀着满腔炽热的感情爱着自己的伟大的祖国。否则他绝不会在离开祖国一千多年以后又不远千里不顾年老体衰仆仆风尘回国探亲。不但探望了扬州,而且还探望了他离开祖国时还不存在的首都北京。他是一位高僧,不会有什么尘世俗念。但是爱国之情是人们最基本的感情,高僧也不能例外。遥想他当年远离祖国,寄身异邦,每天在礼佛讲经之余,一灯荧然,焚香静坐,殿外的春花秋月、夏雨冬雪,难免逗起一腔怀乡之情。檐边铁马的叮咚不会让他想到扬州古寺中的铁马吗?日本江户时代大俳句家松尾芭蕉非常了解鉴真的心情。他有一首著名的俳句,前有小引:

　　　　唐招提寺开山祖鉴真和尚来日时,于船中遇难七十余次。其间,因海风侵袭双目,终成盲圣。今日拜谒尊像,得俳句一首。

> 新叶滴翠,摘来拂拭尊师泪。

像鉴真这样的高僧,断七情,绝六欲,眼中的泪珠从何而来呢?除了因怀念祖国而流泪之外,还能有什么原因呢?大俳人芭蕉不愧是真正的俳人,他能深切体会鉴真的心情,发而为诗,才写出这样感人的俳句,使我们今天的人,不管是中国人,还是日本人,读到它,还为之感动不已。

我们中国人,不管读没读过芭蕉的名句,好像都能体会鉴真爱国思乡的心情。因此,当他这次回国探亲时,不管走到什么地方,扬州也好,北京也好,他都受到热烈的欢迎。今天他看到的祖国同他当年的祖国相比,已经完完全全变了样子,但是,祖国的人民、祖国人民的心,特别是对他那一片赤诚之心,则是一点也没有变的。我想,鉴真是完全擦干了眼泪带着微笑回到他的第二祖国日本去的吧!即使在日本再待上几百年,甚至几千年,他内心里也感到欣慰吧!

中国人民对鉴真的敬爱还表现在另外一个方面。今天,凡是到日本来的中国人,只要有可能,没有不到唐大招提寺来参谒的。我们几个人现在就来到了这里。我走在这一座清净肃穆的大寺院里,花木扶疏,竹石掩映,到处干干净净,宛然一处人间仙境。但是我心中却是思潮腾涌,片刻不停,上下数千年,纵横数千里,遍照三世,神驰四极,对眼前的景物有时候视而不见。连自己走过的道路也有时候清楚,有时候不清楚。在不知不觉中,我们终于来到了鉴真的墓塔跟前。这一座墓塔并不特别高大巍峨，同中国常见的高僧墓塔样子和大小都差不多。这里就是鉴真永远安息的地方。我亲眼看到，日本人民男女老少成群结队，怀着极端虔敬的心情，到这里来参谒墓塔。走近墓塔的时候，他们面容严肃，脚步迈得轻轻的，唯恐惊扰了墓中的高僧。鉴真活着的时候，为日本人民的利益而牺牲了自己的一切。到了今天，他圆寂已经一千多年了，他仍然活在日本人民心中，他好像仍然生活在日本人民中间，天天受到他们的礼敬。鉴真死而有知，他一定感到莫大的欣慰吧！

墓塔的周围，茂树参天，绿竹挺秀，更显得特别清幽阒静。离开墓塔不远，有一片荷塘。此时正是夏天，塘里荷花盛开。这里的荷花很有特色，花瓣全是白的，只有顶上有一抹鲜红，闪出红彤彤的光，宛如富士山雪峰顶上照上一片红霞。我在中国许多地方，世界上许多地方，都看到过荷花，在荷花的故乡印度也看到过荷花。白荷花、红荷花，甚至蓝荷花、黄荷花，都看到过。但是像鉴真墓旁这样的荷花却从来没有见过。难道是富士山之灵钟于荷花上面了吗？难道是鉴真的神灵飞附到这荷花瓣上来了吗？

不管我是多么依恋唐大招提寺，多么依恋鉴真的墓塔，多么依恋池塘里的荷花，我们的活动是有时间限制的。经过了两三个小时的漫游，我们终于必须离开了。我们怀着依依难舍的心情，一步三回首，慢慢地踱出了这一座举世闻名的古寺。登上汽车以后，仍然从车窗里回望那些巍峨的大殿楼阁，直至车子转弯，它的影子完全消失为止。这些影子在眼前消失了，然而却落入我的心灵深处，将永远留在那里。

敬爱的鉴真大和尚！我们暂时告别了。倘若有朝一日我还能来到日本，我一定再来参谒你。我会从祖国最神圣的地方，最神圣的一棵树上，采下一片最神圣的嫩叶，来拂拭你眼中的泪珠。

1980年7月23日于日本箱根

重返哥廷根

我真是万万没有想到,经过了三十五年的漫长岁月,我又回到这个离开祖国几万里的小城里来了。

我坐在从汉堡到哥廷根的火车上,我简直不敢相信这是事实。难道是一个梦吗?我频频问着自己。这当然是非常可笑的,这毕竟就是事实。我脑海里印象历乱,面影纷呈。过去三十多年来没有想到的人,想到了;过去三十多年来没有想到的事,想到了。我那一些尊敬的老师,他们的笑容又呈现在我眼前。我那像母亲一般的女房东,她那慈祥的面容也呈现在我眼前。那个宛宛婴婴的女孩子伊尔穆嘉德,也在我眼前活动起来。那窄窄的街道,街道两旁的铺子,城东小山的密林,密林深处的小咖啡馆,黄叶丛中的小鹿,甚至冬末春初时分从白雪中钻出来的白色小花雪钟,还有很多别的东西,都一齐争先恐后地呈现到我眼前来。一霎时,影像纷乱,我心里也像开了锅似的激烈地动荡起来了。

火车停,我飞也似的跳了下去,踏上了哥廷根的土地。忽然有一首诗涌现出来:

山河远阔,三更灯火

> 少小离家老大回,
> 乡音无改鬓毛衰。
> 儿童相见不相识,
> 笑问客从何处来。

怎么会涌现这样一首诗呢?我一时有点茫然、懵然。但又立刻意识到,这一座只有十来万人的异域小城,在我的心灵深处,早已成为我的第二故乡了。我曾在这里度过整整十年,是风华正茂的十年。我的足迹印遍了全城的每一寸土地。我曾在这里快乐过,苦恼过,追求过,幻灭过,动摇过,坚持过。这一座小城实际上决定了我一生要走的道路。这一切都不可避免地要在我的心灵打上永不磨灭的烙印。我在下意识中把它看作第二故乡,不是非常自然的吗?

我今天重返第二故乡,心里面思绪万端,酸甜苦辣一齐涌上心头。感情上有一种莫名其妙的重压,压得我喘不过气来,似欣慰,似惆怅,似追悔,似向往。小城几乎没有变。市政厅前广场上矗立的有名的抱鹅女郎的铜像,同三十五年前一模一样。一群鸽子仍然像从前一样在铜像周围徘徊,悠然自得。说不定什么时候一声呼哨,飞上了后面大礼拜堂的尖顶。我仿佛昨天才离开这里,今天又回来了。我们走下地下室,到地下餐厅去吃饭。里面陈设如旧,座位如旧,灯光如旧,气氛如旧。连那年轻的服务员也仿佛是当年的那一位。我仿佛昨天晚上才在这里吃过饭。广场周围的大小铺子都没有变。那几家著名的餐馆,什么黑熊、少爷餐厅等等,都还在原地。那两家书店也都还在原地。总之,我看到的一切都同原来一模一样。我真的离开这座小城已经三十五年了吗？

但是，正如中国古人所说的，江山如旧，人物全非。环境没有改变，然而人物却已经大大地改变了。我在火车上回忆到的那一些人，有的如果还活着的话年龄已经过了一百岁。这些人的生死存亡就用不着去问了。那些计算起来还没有这样老的人，我也不敢贸然去问，怕从被问者的嘴里听到我不愿意听的消息。我只绕着弯子问上那么一两句，得到的回答往往不得要领，模糊得很。这不能怪别人，因为我的问题本来就模糊不清。我现在非常欣赏这种模糊，模糊中包含着希望。可惜就连这种模糊也不能完全遮盖住事实，结果是：访旧半为鬼，惊呼热衷肠。我只能在内心里用无声的声音来惊呼了。

在惊呼之余，我仍然坚持怀着沉重的心情去访旧。首先我要去看一看我住过整整十年的房子。我知道，我那母亲般的女房东欧朴尔太太早已离开了人世。但是房子却还存在，那一条整洁的街道依旧整洁如新。从前我经常看到一些老太太用肥皂来洗刷人行道，现在这人行道仍然像是刚才洗刷过似的，躺下去打一个滚，绝不会沾上一点尘土。街拐角处那一家食品商店仍然开着，明亮的大玻璃窗子里面陈列着五光十色的食品。主人却不知道已经换了几代了。我走到我住过的房子外面，抬头向上看，看到三楼我那一间房子的窗户，仍然同以前一样摆满了红红绿绿的花草，当然不是出自欧朴尔太太之手。我蓦地一阵恍惚，仿佛我昨晚才离开，今天又回家了。我推开大门，大步流星地跑上三楼。我没有用钥匙去开门，因为我意识到，现在里面住的是另外一家人了。从前这座房子的女主人恐怕早已安息在什么墓地里了，墓上大概也栽满了玫瑰花吧。我经常梦见这所房子，梦见房子的女主人，如今却是人去楼空了。我在这里度过的十年中，有愉快，有痛苦，经历过轰炸，忍受过饥饿。男房东逝世后，我多次陪着女房东去扫墓。我这个异邦的青年成了她身边的唯一的亲人，无怪我离开时她号啕痛哭。我回国以后，最初若干年，还经常通信。后来时移事变，就断了联系。我曾痴心妄想，还想再见她一面。而今我确实又来到了哥廷根，然而她却再也见不到，永远永远地见不到了。

我徘徊在当年天天走过的街头，这里什么地方都有过我的足迹。家家门前的小草坪上依然绿草如茵。今年冬雪来得早了一点。十月中，就下了一场雪。白雪、碧草、红花，相映成趣。鲜艳的花朵赫然傲雪怒放，比春天和夏天似乎还要鲜艳。我在一篇短文《海棠花》里描绘的那海棠花依然威严地站在那里。我忽然回忆起当年的冬天，日暮天阴，雪光照眼，我扶着我的吐火罗文和吠陀语老师西克教授，慢慢地走过十里长街。心里面感到凄清，但又感到温暖。回到祖国以后，每当下雪的时候，我便想到这一位像祖父一般的老人。回首前尘，已经有四十多年了。

我也没有忘记当年几乎每一个礼拜天都到的席勒草坪。它就在小山下面，是进山必由之地。当年我常同中国学生或者德国学生，在席勒草坪散步之后，就沿着弯曲的山径走上山去。曾登上俾斯麦塔，俯瞰哥廷根全城；曾在小咖啡馆里流连忘返；曾在大森林中茅亭下躲避暴雨；曾在深秋时分惊走觅食的小鹿，听它们脚踏落叶一路窸窸窣窣地逃走。甜蜜的回忆是写也写不完的，今天我又来到这里。碧草如旧,亭榭犹新。但是当年年轻的我已颓然一翁,而旧日游侣早已荡若云烟,有的离开了这个世界,有的远走高飞,到地球的另一半去了。此情此景,人非木石,能不感慨万端吗?

我在上面讲到江山如旧,人物全非。幸而还没有真正地全非。几十年来我昼思梦想最希望还能见到的人,最希望他们还能活着的人,我的"博士父亲",瓦尔德施米特教授和夫人居然还都健在。教授已经是八十三岁高龄,夫人比他寿更高,是八十六岁。一别三十五年,今天重又会面,真有相见翻疑梦之感。老教授夫妇显然非常激动,我心里也如波涛翻滚,一时说不出话来。我们围坐在不太亮的电灯光下,杜甫的名句一下子涌上我的心头:

> 人生不相见,
> 动如参与商。
> 今夕复何夕?
> 共此灯烛光。

四十五年前我初到哥廷根,我们初次见面,以及以后长达十年相处的情景,历历展现在眼前。那十年是剧烈动荡的十年,中间插上了一个第二次世界大战,我们没有能过上几天好日子。最初几年,我每次到他们家去吃晚饭时,他那个十几岁的独生儿子都在座。有一次教授同儿子开玩笑:"家里有一个中国客人,你明天到学校去又可以张扬吹嘘一番了。"哪里知道,大战一爆发,儿子就被征从军,一年冬天,战死在北欧战场上。这对他们夫妇俩的打击,是无法形容的。不久教授也被征从军。他心里怎样想,我不好问,他也不好说,看来是默默地忍受痛苦。他预订了剧院的票,到了冬天,剧院开演,他不在家,每周一次陪他夫人看戏的任务,就落到我肩上。深夜,演出结束后,我要走很长的道路,把师母送到他们山下林边的家中,然后再摸黑走回自己的住处。在很长的时间内,他们那一座漂亮的三层楼房里,只住着师母一个人。

他们的处境如此,我的处境更要糟糕。烽火连年,家书亿金。我的祖国在受难,我的全家老老小小在受难,我自己也在受难。夜中枕上,思绪翻腾,往往彻夜不眠。而且头上有飞机轰炸,肚子里没有食品充饥。做梦就梦到祖国的花生米。有一次我下乡去帮助农民摘苹果,报酬是几个苹果和五斤土豆。回家后一顿就把五斤土豆吃了个精光,还并无饱意。

大概有六七年的时间,情况就是这个样子。我的学习、写论文、参加口试、获得学位,就是在这种情况下进行的。教授每次回家度假,都听我的汇报,看我的论文,提出他的意见。今天我会的这一点点东西,哪一点不包含着教授的心血呢?不管我今天的成就还是多么微小,如果不是他怀着毫不利己的心情对我这一个素昧平生的异邦的青年加以诱掖教导的话,我能够有什么成就呢?所有这一切能够忘记得了吗?

现在我们又会面了。会面的地方不是在我所熟悉的那一所房子里,而是在一所豪华的养老院里。别人告诉我,他已经把房子赠给哥廷根大学印度学和佛教研究所,把汽车卖掉,搬到这一所养老院里来了。院里富丽堂皇,应有尽有,健身房、游泳池,无不齐备。

据说，饭食也很好。但是，说句不好听的话，到这里来的人都是七老八十的人，多半行动不便。对他们来说，健身房和游泳池实际上等于聋子的耳朵。他们不是来健身，而是来等死的。头一天晚上还在一起吃饭、聊天，第二天早晨说不定就有人见了上帝。一个人生活在这样的环境中，心情如何，概可想见。话又说了回来，教授夫妇孤苦伶仃，不到这里来，又到哪里去呢？

就是在这样一个地方，教授又见到了自己几十年没有见面的弟子。他的心情是多么激动，又是多么高兴，我无法加以描绘。我一下汽车就看到在高大明亮的玻璃门里面，教授端端正正地坐在圈椅上。他可能已经等了很久，正望眼欲穿哩。他瞪着慈祥昏花的双目瞧着我，仿佛想用目光把我吞了下去。握手时，他的手有点颤抖。他的夫人更是老态龙钟，耳朵聋，头摇摆不停，同三十多年前完全判若两人了。师母还专为我烹制了当年我在她家常吃的食品。两位老人齐声说："让我们好好地聊一聊老哥廷根的老生活吧！"他们现在大概只能用回忆来填充日常生活了。我问老教授还要不要中国关于佛教的书，他反问我："那些东西对我还有什么用呢？"我又问他正在写什么东西。他说："我想整理一下以前的旧稿；我想，不久就要打住了！"从一些细小的事情上来看，老两口的意见还是有一些矛盾的。看来这相依为命的一双老人的生活是阴沉的、郁闷的。在他们前面，正如鲁迅在《过客》中所写的那样："前面？前面，是坟。"

我心里陡然凄凉起来，老教授毕生勤奋，著作等身，名扬四海，受人尊敬，老年就这样度过吗？我今天来到这里，显然给他们带来了极大的快乐。一旦我离开这里,他们又将怎样呢?可是,我能永远在这里待下去吗?我真有点依依难舍,尽量想多待些时候。但是,千里凉棚,没有不散的筵席。我站起来,想告辞离开。老教授带着乞求的目光说:"才十点多钟,时间还早嘛!"我只好重又坐下。最后到了深夜,我狠了狠心,向他们说了声:"夜安!"站起来,告辞出门。老教授一直把我送下楼,送到汽车旁边,样子是难舍难分。此时我心潮翻滚,我明确地意识到,这是我们最后一面了。但是,为了安慰他,或者欺骗他,也为了安慰我自己,或者欺骗我自己,我脱口说了一句话:"过一两年,我再回来看你!"声音从自己嘴里传到自己耳朵,显得空荡、虚伪,然而却又真诚。这真诚感动了老教授,他脸上现出了笑容:你可是答应了我了,过一两年再回来!我还有什么话好说呢?我噙着眼泪,钻进了汽车。汽车开走时,回头看到老教授还站在那里,一动也不动,活像是一座塑像。

过了两天,我就离开了哥廷根。我乘上了一辆开到另一个城市去的火车。坐在车上,同来时一样,我眼前又是面影迷离,错综纷杂。我这两天见到的一切人和物,一一奔凑到我的眼前来;只是比来时在火车上看到的影子清晰多了,具体多了。在这些迷离错乱的面影中,有一个特别清晰、特别具体、特别突出,它就是我在前天夜里看到的那一座塑像。愿这一座塑像永远停留在我的眼前,永远停留在我的心中。

1980年11月在西德开始
1987年10月在北京写完

贰

读书：灵魂只能独行

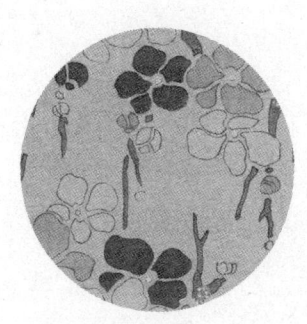

开卷有益

这是一句老生常谈。如果要追溯起源的话，那就要追到一位皇帝身上。宋王辟之《渑水燕谈录》卷六：

> （宋）太宗日阅《（太平）御览》三卷，因事有阙，暇日追补之。尝曰："开卷有益，朕不以为劳也。"

这一段话说不定也是"颂圣"之辞，不尽可信。然而我宁愿信其有，因为它真说到点子上了。

鲁迅先生有时候说："随便翻翻。"我看意思也一样。他之所以能博闻强记，博古通今，与"随便翻翻"是有密切联系的。

"卷"指的是书，"随便翻翻"也指的是书。书为什么能有这样大的威力呢？自从人类创造了语言，发明了文字，抄成或印成了书，书就成了传承文化的重要载体。人类要生存下去，文化就必须传承下去，因而书也就必须读下去。特别是在当今信息爆炸的时代中，我们必须及时得到信息。只有这样，人才能潇洒地生活下去，否则将适得其反。

信息怎样得到呢？看能得到信息，听也能得到信息，而读书仍然是重要的信息源，所以非读书不可。

什么人需要读书呢？在将来人类共同进入大同之域时，人人都一定要而且肯读书的，以此为乐，而不以此为苦。在眼前，我们还做不到这一步。如今有个别的"大款"，也同刘邦和项羽一样，是不读书的。不读书照样能够发大财。然而，我认为，这只是暂时的现象，相信不久就会改变。传承文化不能寄希望于这些人，而只能寄希望于已毕业或尚未毕业的大学生。他们是我们的希望，他们代表着我们的未来。大学生们肩上的担子重啊！他们任重而道远。为了人类的继续生存，为了前对得起祖先，后对得起子孙，大学生们（当然还有其他一些人）必须读书。这已是天经地义、无须争辩的了。

根据我同北京大学学生的接触和我对他们的观察，绝大多数的学生还是肯读书的。有的学生说，自己感到迷惘，不知所从。他们成立了一些社团，共同探讨问题、研究人生，对人生的意义与价值很感兴趣。他们甚至想探究宇宙的奥秘。他们是肯思索的一代人，是可以信赖的极为可爱的一代年轻人。同他们在一起，我这个望九之年的老人也仿佛返老还童，心里溢满了青春活力。说这些青年不肯读书，是不符合实际情况的。

读什么样的书呢？自己专业的书当然要读，这不在话下。自己专业以外的书也应该"随便翻翻"。知识面越广越好，得到的信息越多越好，否则很容易变成鼠目寸光的人。鼠目寸光不但不利于自己专业的探讨，也不利于生存竞争，不利于自己的发展，最终为大时代所抛弃。

因此，我奉献给今天的大学生们一句话：开卷有益。

1994 年 4 月 5 日

"天下第一好事，还是读书"

古今中外赞美读书的名人和文章，多得不可胜数。张元济先生有一句简单朴素的话："天下第一好事，还是读书。""天下"而又"第一"，可见他对读书重要性的认识。

为什么读书是一件"好事"呢？

也许有人认为，这问题提得幼稚而又突兀。这就等于问"为什么人要吃饭"一样，因为没有人反对吃饭，也没有人说读书不是一件好事。

但是，我却认为，凡事都必须问一个"为什么"，事出都有因，不应当马马虎虎，等闲视之。现在就谈一谈我个人的认识，谈一谈读书为什么是一件好事。

凡是事情古老的，我们常常说"自从盘古开天地"。我现在还要从盘古开天地以前谈起，从人类脱离了兽界进入人界开始谈。人成了人以后，就开始积累人的智慧，这种智慧如滚雪球，越滚越大，也就是越积越多。禽兽似乎没有这种本领，一只蠢猪一万年以前是这样蠢，到了今天仍然是这样蠢，没有增加什么智慧。人则不然，不但能随时增加智慧,而且根据我的观察,增加的速度越来越快,有如物体从高空下坠一般。到了今天,已进入知识爆炸的时代。最近一段时间以来,"克隆"使全世界的人都大吃一惊。有的人竟忧心忡忡,不知这种技术发展"伊于胡底"。

人类千百年以来保存智慧的手段不出两端:一是实物,比如长城等;二是书籍,以后者为主。在发明文字以前,保存智慧靠记忆;文字发明了以后,则使用书籍。把脑海里记忆的东西搬出来,搬到纸上,就形成了书籍,书籍是贮存人类代代相传的智慧的宝库。后一代的人必须读书,才能继承和发扬前人的智慧。人类之所以能够进步,永远不停地向前迈进,靠的就是能读书又能写书的本领。我常常想,人类向前发展,有如接力赛跑,第一代人跑第一棒,第二代人接过棒来,跑第二棒,以至第三棒、第四棒,永远跑下去,永无穷尽,这样智慧的传承也永无穷尽。这样的传承靠的主要就是书,书是事关人类智慧传承的大事,这样一来,读书不是"天下第一好事"又是什么呢?

但是,话又说回来,中国历代都有"读书无用论"的说法,读书的知识分子,古代通称之为"秀才",常常成为取笑的对象,比如说什么"秀才造反,三年不成",是取笑秀才的无能。这话不无道理。在古代——请注意,我说的是"在古代",今天已经完全不同了——造反而成功者几乎都是不识字的痞子流氓,中国历史上两个马上皇帝,开国"英主",刘邦和朱元璋,都属此类。诗人只有慨叹"可惜刘项不读书"。"秀才"最多也只有成为这一批地痞流氓的"帮忙"或者"帮闲",帮不上的,就只好慨叹"儒冠多误身"了。

但是,话还要再说回来,中国悠久的优秀的传统文化的传承者,是这一批地痞流氓,还是"秀才"?答案皎如天日。这一批"读书无用论"的现身"说法"者的"高祖""太祖"之类,除了镇压人民剥削人民之外,只给后代留下了什么陵之类,供今天搞旅游的人赚钱而已。他们对我们国家竟无贡献可言。

总而言之,"天下第一好事,还是读书"。

1997年4月8日

我的书斋

最近身体不太好，内外夹攻，头绪纷繁，我这已届耄耋之年的神经有点儿吃不消了。于是下定决心，暂且封笔。乔福山同志打来电话，约我写点儿什么，我遵照自己的决心，婉转拒绝。但一听说题目是《我的书斋》，于我心有戚戚焉，立即精神振奋，暂停决心，拿起笔来。

我确实有个书斋，我十分喜爱我的书斋。这个书斋是相当大的，大小房间，加上过厅、厨房，还有封了顶的阳台，大大小小，共有八个单元。册数从来没有统计过，总有几万册吧。在北大教授中，藏书状元我恐怕是当之无愧的。而且在梵文和西文书籍中，有一些堪称海内孤本。我从来不以藏书家自命，然而坐拥如此大的书城，心里能不沾沾自喜吗？

我的藏书都像是我的朋友，而且是密友。我虽然对它们并不是每一本都认识，它们中的每一本却都认识我。我每一走进我的书斋，书籍们立即活跃起来，我仿佛能听到它们向我问好的声音，我仿佛能看到它们向我招手的情景。倘若有人问我，书籍的嘴在什么地方？而手又在什么地方呢？我只能说："你的根器太浅，努力修持吧。有朝一日，你会明白的。"

我兀坐在书城中，忘记了尘世的一切不愉快的事情，怡然自得。以世界之广，宇宙之大，此时却仿佛只有我和我的书友存在。窗外粼粼碧水，丝丝垂柳，阳光照在玉兰花的肥大的绿叶子上，这都是我平常最喜爱的东西，现在也都视而不见了；连平常我喜欢听的鸟鸣声"光棍儿好过"，也听而不闻了。

我的书友每一本都蕴涵着无量的智慧。我只读过其中的一小部分，这智慧我是能深深体会到的。没有读过的那一些，好像也不甘落后，它们不知道是施展一种什么神秘的力量，把自己的智慧放了出来，像波浪似涌向我来。可惜我还没有修炼到能有"天眼通"和"天耳通"的水平，我还无法接受这些智慧之流。如果能接受的话，我将成为世界上古往今来最聪明的人。我自己也去努力修持吧。

我的书友有时候也让我窘态毕露。我并不是一个不爱清洁和秩序的人，但是，因为事情头绪太多，脑袋里考虑的学术问题和写作问题也不少，而且每天都收到大量的寄来的书籍、报刊以及信件，转瞬之间就摞成一摞。在这样的情况下，如果我需要一本书，往往是遍寻不得，只在此屋中，书深不知处，急得满头大汗，也是枉然。只好到图书馆去借。等我把文章写好，把书送还图书馆后，无意之间，在一摞书中，竟找到了我原来要找的书，得来全不费工夫。然而晚了，工夫早已费过了。我啼笑皆非，无可奈何，等到用另外一本书时，再重演一次这出喜剧。我知道，我要寻找的书友，看到我急得那般模样,会大声给我打招呼的,但是喊破了嗓子也无济于事,我还没有修持到能听懂书的语言的水平。我还要加倍努力去修持。我有信心,将来一定能获得真正的"天眼通"和"天耳通"。只要我想要哪一本书,那一本书就会自己报出所在之处,我一伸手,便可拿到,如探囊取物。这样一来,文思就会像泉水般地喷涌,我的笔变成了生花妙笔,写出来的文章会成为天下之至文。到了那时,我的书斋里会充满了没有声音的声音,布满了没有形象的形象。我同我的书友们能够自由地互通思想,交流感情。我的书斋会成为宇宙间第一神奇的书斋,岂不猗欤休哉!

我盼望有这样一个书斋。

1993 年 6 月 22 日

坐拥书城意未足

古今中外都有一些爱书如命的人。我愿意加入这一行列。

书能给人以知识，给人以智慧，给人以快乐，给人以希望。但也能给人带来麻烦，带来灾难。在"文革"期间，我就以收藏封资修、大洋古书籍的罪名挨过批斗。1976年地震的时候，也有人警告我，我坐拥书城，夜里万一有什么情况，书城将会封锁我的出路。

批斗已成过眼云烟，那种万一的情况也没有发生，我死不改悔，爱书如故，至今藏书已经发展到填满了几间房子。除自己购买以外，赠送的书籍越来越多。我究竟有多少书，自己也说不清楚。比较起来，大概是相当多的。搞抗震加固的一位工人师傅就曾多次对我说：这样多的书，他过去没有见过。学校领导对我额外照顾，我如今已经有了几间真正的书窝，那种卧室、书斋、会客室三位一体的情况，那种"初极狭，才通人"的"桃花源"的情况，已经成为历史陈迹了。

有的年轻人看到我的书，瞪大了吃惊的眼睛问我："这些书你都看过吗？"我坦白承认，我只看过极少极少的一点。"那么，你要这么多书干什么呢？"这确实是难以回答的问题。我没有研究过藏书心理学，三言两语，我说不清楚。我相信，古今中外爱书如命者也不一定都能说清楚。即使说出原因来，恐怕也是五花八门的吧。

真正进行科学研究，我自己的书是远远不够的。也许我搞的这一行有点怪。我还没有发现全国任何图书馆能满足，哪怕是最低限度地满足我的需要。有的题目有时候由于缺书，进行不下去，只好让它搁浅。我抽屉里面就积压着不少这样的搁浅的稿子。我有时候对朋友们开玩笑说："搞我们这一行，要想有一个满意的图书室简直比搞四化还要难。全国国民收入翻两番的时候，我们也未必真能翻身。"这绝非耸人听闻之谈，事实正是这样。同我搞的这一行有类似困难的，全国还有不少。这都怪我们过去底子太薄，解放后虽然做了不少工作，但是一时积重难返。我现在只有寄希望于未来，发呼吁于同行。我们大家共同努力，日积月累，将来总有一天会彻底改变目前情况的。古人说：前人种树，后人乘凉。让我们大家都来当种树人吧。

1985年7月8日晨

对我影响最大的几本书

我是一个最枯燥乏味的人，枯燥到什么嗜好都没有。我自比是一棵只有枝干并无绿叶更无花朵的树。

如果读书也能算是一个嗜好的话，我的唯一嗜好就是读书。

我读的书可谓多而杂，经、史、子、集都涉猎过一点，但极肤浅。小学和中学阶段，最爱读的是"闲书"（没有用的书），比如《彭公案》《施公案》《济公传》《三侠五义》《小五义》《东周列国志》《说岳》《说唐》等等，读得如醉似痴。《红楼梦》等古典小说是以后才读的。读这样的书是好是坏呢？从我叔父眼中来看，是坏。但是，我却认为是好，至少在写作方面是有帮助的。

至于哪几部书对我影响最大，几十年来我一贯认为是两位大师的著作：在德国是亨利希·吕德斯，我老师的老师；在中国是陈寅恪先生。两个人都是考据大师，方法缜密到神奇的程度。从中也可以看出我个人兴趣之所在。我禀性板滞，不喜欢玄之又玄的哲学。我喜欢能摸得着看得见的东西，而考据正合吾意。

吕德斯是世界公认的梵学大师，研究范围颇广，对印度古代碑铭有独到深入的研究。印度每有新碑铭发现而又无法读通时，大家就说："到德国去找吕德斯去！"可见吕德斯权威之高。印度两大史诗之一的《摩诃婆罗多》从核心部分起，滚雪球似的一直滚到后来成型的大书，其间共经历了七八百年。谁都知道其中有不少层次，但没有一个人说得清楚。弄清层次问题的又是吕德斯。在佛教研究方面，他主张有一个"原始佛典"（Urkanon），是用古代半摩揭陀语写成的，我个人认为这是千真万确的事；欧美一些学者不同意，却又拿不出半点可信的证据。吕德斯著作极多，中短篇论文集为一书《古代印度语文论丛》。这是对我的一生影响最大的著作之一。这书对别人来说，可能是极为枯燥的；但是，对我来说却是一本极为有味、极有灵感的书，读之如饮醍醐。

在中国，影响我最大的书是陈寅恪先生的著作，特别是《寒柳堂集》《金明馆丛稿》。寅恪先生的考据方法同吕德斯先生基本上是一致的，不说空话，无证不信。二人有异曲同工之妙。我常想，寅恪先生从一个不大的切入口切入，如剥春笋，每剥一层，都是信而有征，让你非跟着他走不行，剥到最后，露出核心，也就是得到结论，让你恍然大悟：原来如此，你没有法子不信服。寅恪先生考证不避琐细，但绝不是为考证而考证，小中见大，其中往往含着极大的问题。比如，他考证杨玉环是否以处女入宫。这个问题确极猥琐，不登大雅之堂。无怪一个学者说：这太 Trivial（微不足道）了。焉知寅恪先生是想研究李唐皇族的家风。在这个问题上，汉族与少数民族看法是不一样的。寅恪先生从看似细微的问题入手探讨民族问题和文化问题，由小及大，使自己的立论坚实可靠。看来这位说那样话的学者是根本不懂历史的。

在一次闲谈时，寅恪先生问我：《梁高僧传》卷九《佛图澄传》中载有铃铛的声音"秀支替戾罔，仆谷劬秃当"是哪一种语言？原文说是羯语，不知何所指？我到今天也回答不出来。由此可见寅恪先生读书之细心，注意之广泛。他学风谨严，他的著作处处可以给人启发。读他的文章，简直是一种最高的享受。读到兴致淋漓时，真想浮一大白。

中德这两位大师有师徒关系，寅恪先生曾受学于吕德斯先生。这两位大师又同受战争之害，吕德斯生平致力于 Udānavarga 之研究，几十年来批注不断。二战时手稿被毁。寅恪师生平致力于读《世说新语》，几十年来眉注累累。日寇入侵，逃往云南，此书丢失于越南。假如这两部书能流传下来，对梵学国学将是无比重要之贡献。然而先后毁失，为之奈何！

1999 年 7 月 30 日

我最喜爱的书

我在下面介绍的只限于中国文学作品,外国文学作品不在其中。我的专业书籍也不包括在里面,因为太冷僻。

一　司马迁的《史记》

《史记》这一部书,很多人都认为它既是一部伟大的史籍,又是一部伟大的文学作品。我个人同意这个看法。平常所称的《二十四史》中,尽管水平参差不齐,但是哪一部也不能望《史记》之项背。

《史记》之所以能达到这个水平,司马迁的天才当然是重要原因,但是他的遭遇起的作用似乎更大。他无端受了宫刑,以致郁闷激愤之情溢满胸中,发而为文,句句皆带悲愤。他在《报任少卿书》中已有充分的表露。

二　《世说新语》

这不是一部史书,也不是某一个文学家和诗人的总集,而只是一部由许多颇短的小故事编纂而成的奇书。有些篇只有短短几句话,连小故事也算不上。每一篇几乎都有几句或一句隽语,表面简单淳朴,内容却深奥异常,令人回味无穷。六朝和稍前的一个时期内,社会动乱,出了许多看来脾气相当古怪的人物,外似放诞,内实怀忧。他们的举动与常人不同。此书记录了他们的言行,短短几句话,而栩栩如生,令人难忘。

三　陶渊明的诗

有人称陶渊明为"田园诗人"。笼统言之,这个称号是恰当的。他的诗确实与田园有关。"采菊东篱下,悠然见南山。"这样的名句几乎是家喻户晓的。从思想内容上来看,陶渊明颇近道家,中心是纯任自然。从文体上来看,他的诗简易淳朴,毫无雕饰,与当时流行的镂金错彩的骈文,迥异其趣。因此,在当时以及以后的一段时间内,对他的诗的评价并不高,在《诗品》中,仅列为中品。但是,时间越后,评价越高,最终成为中国伟大诗人之一。

四　李白的诗

李白是中国文学史上最伟大的天才之一,这一点是谁都承认的。杜甫对他的诗给予了最高的评价:"白也诗无敌,飘然思不群。清新庾开府,俊逸鲍参军。"李白的诗风飘逸豪放。根据我个人的感受,读他的诗,只要一开始,你就很难停住,必须读下去。原因我认为是,李白的诗一气流转,这一股"气"不可抗御,让你非把诗读完不行。这在别的诗人作品中,是很难遇到的现象。在唐代,以及以后的一千多年中，对李白的诗几乎只有赞誉，而无批评。

五 杜甫的诗

杜甫也是一个伟大的诗人，千余年来，李杜并称。但是，二人的创作风格却迥乎不同：李是飘逸豪放，而杜则是沉郁顿挫。从使用的格律上，也可以看出二人的不同。七律在李白集中比较少见，而在杜集中则颇多。摆脱七律的束缚，李白是没有枷锁跳舞；杜甫善于使用七律，则是带着枷锁跳舞，二人的舞都达到了极高的水平。在文学批评史上，杜甫颇受一些人的指摘，而指摘李白则是绝无仅有。

六 南唐后主李煜的词

后主词传留下来的仅有三十多首，可分为前后两期：前期仍在江南当小皇帝，后期则已降宋。后期词不多，但是篇篇都是杰作，纯用白描，不作雕饰，一个典故也不用，话几乎都是平常的白话，老妪能解；然而意境却哀婉凄凉，千百年来打动了千百万人的心。在词史上蔚然成一大家，受到了文艺批评家的赞赏。但是，对王国维在《人间词话》中赞美后主有佛祖的胸怀，我却至今尚不能解。

七 苏轼的诗文词

中国古代赞誉文人有三绝之说。三绝者，诗、书、画三个方面皆能达到极高水平之谓也。苏轼至少可以说已达到了五绝：诗、书、画、文、词。因此，我们可以说，苏轼是中国文学史和艺术史上的最全面的伟大天才。论诗，他为宋代一大家。论文，他是唐宋八大家之一，笔墨凝重，大气磅礴。论书，他是宋代苏、黄、米、蔡四大家之首。论词，他摆脱了婉约派的传统，创豪放派，与辛弃疾并称。

八　纳兰性德的词

宋代以后，中国词的创作到了清代又掀起了一个新的高潮。名家辈出，风格不同，又都能各极其妙，实属难能可贵。在这群灿若明星的词家中，我独独喜爱纳兰性德。他是大学士明珠的儿子，生长于荣华富贵中，然而却胸怀愁思，流溢于楮墨之间。这一点我至今还难以得到满意的解释。从艺术性方面来看，他的词可以说是已经达到了完美的境界。

九　吴敬梓的《儒林外史》

胡适之先生给予《儒林外史》极高的评价。诗人冯至也酷爱此书。我自己也是极为喜爱《儒林外史》的。

此书的思想内容是反科举制度，昭然可见，用不着细说。它的特点在艺术性上。吴敬梓惜墨如金，从不作冗长的描述。书中人物众多，各有特性，作者只讲一个小故事，或用短短几句话，活脱脱一个人就仿佛站在我们眼前，栩栩如生。这种特技极为罕见。

十　曹雪芹的《红楼梦》

在古今中外众多的长篇小说中,《红楼梦》是一颗璀璨的明珠,是状元。中国其他长篇小说都没能成为"学",而"红学"则是显学。其内容描述的是一个大家族的衰微的过程。本书特异之处也在它的艺术性上。书中人物众多,男女老幼、主子奴才、五行八作,应有尽有。作者有时只用寥寥数语而人物就活灵活现了,让读者永远难忘。读这样一部书,主要是欣赏它的高超的艺术手法。那些把它政治化的无稽之谈,都是不可取的。

2001 年 3 月 21 日

我和东坡词

几年前的一段亲身经历,至今回忆起来,历历如在目前,然而其中的一点隐秘,我却始终无法解释。

患了老年性白内障,要动手术。要说怕得不得了,还不至于;要说心里一点波动都没有,也不是事实。坐车到医院去的路上,同行的人高谈阔论,我心里有点忐忑不安,一点也不想参加,我静默不语,在半梦幻状态中,忽然在心中背诵起了苏东坡的词:

明月几时有?把酒问青天。不知天上宫阙,今夕是何年。我欲乘风归去,又恐琼楼玉宇,高处不胜寒。起舞弄清影,何似在人间。

转朱阁,低绮户,照无眠。不应有恨,何事长向别时圆?人有悲欢离合,月有阴晴圆缺,此事古难全。但愿人长久,千里共婵娟。

默诵完了一遍,再从头默诵起,最终自己也不知道,究竟默诵了多少遍,汽车到了医院。

在这样的时候,在这样的地方,我为什么单单默诵东坡这一首词,我至今不解。难道它与我当时的处境有什么神秘的联系吗?

在医院里住了几天,进行了细致的体检,我终于被送进了手术室。主刀人是施玉英大夫,号称"北京第一刀",技术精湛,万无一失,因此我一点顾虑都没有。但因我患有心脏病,为了保险起见,医院特请来一位心脏科专家,并运来极大的一台测量心脏的仪器,摆在手术台旁,以便随时监测我心跳的频率。于是,我就有了两位大夫,我舒舒服服地躺上了手术台。动手术的右眼虽然进行了麻醉,但我的脑筋是十分清楚的,耳朵也不含糊。手术开始后,我听到两位大夫慢声细语地交换着意见,间或还听到了仪器碰撞的声音。一切我都觉得很美妙。但是,我又在半梦幻的状态中,心里忽然又默诵起宋词来,仍然是苏东坡的,不是上面那一首,而是:

缥缈红妆照浅溪。薄云疏雨不成泥。送君何处古台西。
废沼夜来秋水满,茂陵深处晚莺啼。行人肠断草凄迷。

我仍然是循环往复地默诵,一遍又一遍,一直到走下手术台。

在这样的时候,在这样的地方,我为什么偏偏又默诵起词来,而且又是东坡的,其原因我至今不解。难道这又与我当时的处境有什么神秘的联系吗?

这样的问题,我无法解释。

但是,我觉得,如果真要想求得一个答复,也是有可能找得到的。

我不是诗词专家,只有爱好,不懂评论。可是读得多了,管窥蠡测,似乎也能有点个人的看法。现在不妨写出来,供大家品评。

中国词家一向把词分为婉约与豪放两派,每一派中的诸作者也都各有特点,不完全是一个模样。在婉约派中,我最喜欢的是李后主、李易安和纳兰性德。在豪放派中,我最欣赏的是苏东坡。原因何在呢?我想提出一个真正的专家学者从来没有提过的肯定是野狐谈禅的说法。为了把问题说明白,我想先拉一位诗人来作陪,他就是李太白。我个人浅见认为,太白和东坡是中国几千年的文学史上两位最有天才的最伟大的作家。他们俩共同的特点是:为文如万斛泉涌,不择地而出,文不加点,倚马可待。每一首诗词,好像都是一气呵成,一气流转。他们写的时候,笔不停挥,欲住不能;我们读的时候,也是欲停不能,宛如高山滑雪,必须一气到底,中间绝无停留的可能。这一种气或者气势,洋溢充沛在他们诗词之中,需然不可抗御。批评家和美学家怎样解释这个现象,我不得而知,这现象是明明白白地存在着的,我则丝毫也不怀疑。

我在下面举太白的几首诗,以资对比:

长安一片月,万户捣衣声。秋风吹不尽,总是玉关情。何日平胡虏,良人罢远征。

明月出天山，苍茫云海间。长风几万里，吹度玉门关。

蜀僧抱绿绮，西下峨眉峰，为我一挥手，如听万壑松。

　　你无论读上面哪一首诗，你能中途停下吗？真仿佛有一股力量，一股气势，在后面推动着你，非读下去不行，读东坡的词，亦复如是。这就是我独独推崇东坡和太白的原因。

　　这种想法，过去并没有明确地意识到过，它埋藏在我心中有年矣。动白内障手术是我平生一件大事，它触动了我的内心，于是，这种想法就下意识地涌出来，东坡词适逢其会自然流出了。

　　我的文艺理论水平低，只能说出，无法解释，尚望内行里手有以教我。

2000 年 3 月 20 日

漫谈古书今译

弘扬祖国优秀文化的口号一经提出，立即受到了全国人民和全世界华人，甚至一些外国友人的热烈响应。在这里，根本不存在民族情绪的问题。这个口号是大公无私的。世界文化是世界上各民族共同创造的，而中华文化则在世界文化中占有重要的地位。想求得人类的共同进步，必须弘扬世界优秀文化。想弘扬世界优秀文化，必须在弘扬所有民族的优秀文化的同时，重点突出中华文化。不这样做，必将事倍而功半，南辕而北辙。

弘扬中华优秀文化，其道多端，古书今译也是其中之一。因此，我赞成古书今译。

但是，我认为，古书今译应该有个限度。

什么叫"限度"呢？简单明了地说，有的古书可以今译，有的难于今译，有的甚至不可能今译。

今译最重要的目的是，把原文的内容含义尽可能忠实地译为白话文，以利于人民大众阅读。这一点做起来，尽管也有困难，但还比较容易。有一些书，只译出内容含义，目的就算是达到了，对今天的一般读者来说，也就够了。但是，有一些古书，除了内容含义之外，还有属于形式范畴的文采之类，这里面包括遣词、造句、词藻、修饰等等。要想把这些东西译出来，却非常困难，有时甚至是不可能的。在古书中，文采占有很重要的地位。对文学作品来说，不管内容含义多么深刻，如果没有文采，在艺术性上站不住，也是不能感动人的，也或许就根本传不下来，例如《诗经》《楚辞》、汉魏晋南北朝的赋、唐诗、宋词、元曲等，这些作品，内容与形式高度统一，思想性与艺术性高度结合，只抽出思想加以今译，会得到什么样的效果呢？

我们古人阅读古书，是既注意到内容，也注意到形式的，例如唐代大文学家韩愈在《进学解》中所讲的："上规姚姒，浑浑无涯；周诰、殷《盘》，佶屈聱牙；《春秋》谨严，《左氏》浮夸；《易》奇而法，《诗》正而葩；下逮《庄》《骚》，太史所录；子云，相如，同工异曲。先生之于文，可谓闳其中而肆其外矣。"这里面既有思想内容方面的东西，也有艺术修辞方面的东西。韩昌黎对中国古代典籍的观察，是有典型意义的。这种观察也包含着他对古书的要求。他观察到的艺术修辞方面的东西、文章风格方面的东西，是难以今译的。如果把王维、孟浩然等的只有短短二十个字的绝句译成白话文，我们会从中得到一个什么样的意境呢？至于原诗的音乐性，更是无法翻译了。

这就是我所说的"限度"。不承认这个限度是不行的。

今译并不是对每一个读者都适合的。对于一般读者，他们只需要懂得古书的内容，读了今译，就能满足需要了。但是，那些水平比较高的读者，特别是一些专门研究古典文献的学者，不管是研究古代文学、语言，还是研究哲学、宗教，则一定要读原文，绝不能轻信今译。某些只靠今译做学问的人，他们的研究成果不应该受到我们的怀疑吗？

西方也有今译，他们好像是叫"现代化"，比如英国大诗人乔叟的《坎特伯雷故事集》，就有现代化的本子。这样的例子并不多见。他们古书不太多，可能没有这个需要。

中国古代翻经大师鸠摩罗什有几句常被引用的名言："天竺国俗，甚重文制，其宫商体韵，以入弦为善。……但改梵为秦，失其藻蔚，虽得大意，殊隔文体，有似嚼饭与人，非徒失味，乃令呕哕也。"我认为，这几句话是讲得极其中肯、极其形象的，值得我们好好玩味。

总之，我赞成今译，但必有限度，不能一哄而起，动辄今译。我们千万不要做嚼饭与人、令人呕吐的工作。

1991 年 12 月 11 日

我和外国语言

我学外国语言是从英文开始的。当时只有十岁,是高小一年级的学生。现在回忆起来,英文大概还不是正式课程,是在夜校中学习的。时间好像并不长,只记得晚上下课后,走过一片芍药栏,当然是在春天里,其他情节都记不清楚了。

当时最使我苦恼的是所谓"动词",to be 和 to have 一点也没有动的意思呀,为什么竟然叫动词呢?我问过老师,老师说不清楚,问其他的人,当然更没有人说得清楚了。一直到很晚很晚,我才知道,把英文 verb(拉丁文 verbum)译为"动词"是不够确切的,容易给初学西方语言的小学生造成误会。

我万万没有想到,学了一点英语,小学毕业后报考中学时竟然派上了用场。考试的其他课程和情况,现在完全记不清楚了。英文出的是汉译英,只有三句话:"我新得到了一本书,已经读了几页,但是有几个字我不认识。"我大概是译出来了,只是"已经"这个字我还没有学过,当时颇伤脑筋,耿耿于怀者若干时日。我报考小学时,曾经因为认识一个"骤"字,被破格编入高小一年级。比我年纪大的一个亲戚,因为不认识这个字,被编入初小三年级。一个字给我争取了一年。现在又因为译出了这几句话,被编入春季始业的一个班,占了半年的便宜,如果我也不认识那个"骡"字,或者我在小学没有学英文,则我从那以后的学历都将推迟一年半,不知道会产生什么样的后果。人生中偶然出现的小事往往起很大的作用,难道不是非常清楚吗?不相信这一点是不行的。

在中学时,英文列入正式课程。在我两年半的初中阶段,英文课是怎样进行的,我已经忘记了。我只记得课本是《泰西五十轶事》、《天方夜谭》、《莎氏乐府本事》(*Tales from Shakespeare*)、Washington Irving 的《拊掌录》(*Sketch Book*),好像还念过 Macaulay 的文章。老师的姓名都记不清楚了。只记得,初中毕业后,因为是春季始业,又在原中学念了半年高中。在这半年中,英文教员是郑又桥先生。他给我留下了深刻难忘的印象。听口音,他是南方人。英文水平很高,发音很好,教学也很努力。只是他有吸鸦片的习惯,早晨起得很晚,往往上课铃声响了以后,还不见先生来临。班长不得不到他的住处去催请。他有一个很特别的习惯,学生的英文作文,他不按原文来修改,而是在开头处画一个前括弧,在结尾处画一个后括弧,说明整篇文章作废,他自己重新写一篇文章。这样,学生得不到多少东西,而他自己则非常辛苦,改一本卷子,恐怕要费很多时间。别人觉得很怪,他却乐此不疲。对这样一位老师是不大容易忘掉的。过了二十年以后,当我经过了高中、大学、教书、留学等等阶段,从欧洲回到济南时,我访问了我的母校,所有以前的老师都已离开了人世,只有郑又桥先生一个人孤零零地住在临大明湖的高楼上。我见到他,我们俩彼此都非常激动,这实在是我万万没有想到的事。他住的地方,南望千佛山影,北望大明湖十里碧波,风景绝佳。可是这一位孤独的老人似乎并不能欣赏这绝妙的景色。从那以后,我再没有见到他,想他早已经不在人世了。

我们那一些十几岁的中学生也并不老实。来一个新教员,我们往往要试他一试,看他的本领如何。这大概也算是一种少年心理吧。我们当然想不出什么高招来"测试"教员。有一年换了一位英文教员,我们都觉得他不怎么样。于是在字典里找了一个短语 by the by。其实这也不是多么稀奇的短语,可我们当时从来没有读到过,觉得很深奥,就拿去问老师。老师没有回答出来,脸上颇有愧色。我们一走,他大概是查了字典,下一次见到我们,说:"你们大概是从字典上查来的吧?"我们笑而不答。幸亏这一位老师颇为宽宏大量,以后他并没有对我们打击报复。

在这时候,我除了在学校里念英文外,还在每天晚上到尚实英文学社去学习。校长叫冯鹏展,是广东人,说一口带广东腔的蓝青官话。他住的房子非常大,前面一进院子是学社占用。后面的大院子是他全家所居。前院有四五间教室,按年级分班。教我的老师除了冯老师以外,还有钮威如老师、陈鹤巢老师。钮老师满脸胡须,身体肥胖,用英文教我们历史。陈老师则是翩翩佳公子,衣饰华美。看来这几个老师英文水平都不差,教学也都努力。每到秋天,我能听到从后院传来的蟋蟀的鸣声。原来冯老师最喜欢养蟋蟀,山东人名之曰蛐蛐儿，嗜之若命，每每不惜重金，购买佳种。我自己当时也养蛐蛐，常常随同院里的大孩子到荒山野外蔓草丛中去捉蛐蛐，捉到了一只好的，则大喜若狂。我当然没有钱来买好的，只不过随便玩玩而已。冯老师却肯花大钱，据说斗蛐蛐有时也下很大的赌注，不是随便玩玩的。

在这里用的英文教科书已经不能全部回忆出来。只有一本我忆念难忘，这就是 Nesfield 的文法，我们称之为《纳氏文法》，当时我觉得非常艰深，因而对它非常崇拜。到了后来，我才知道，这是英国人专门写了供殖民地人民学习英文之用的。不管怎样，这一本书给我提供了很多有用的资料。像这样内容丰富的语法，我以后还没有见过。

尚实英文学社，我上了多久，已经记不起来，大概总有几年之久。学习的成绩我也说不出来，大概还是非常有用的。到了我到北园白鹤庄去上山东大学附设高中的时候，我在班上英文程度已经名列榜首。当时教英文的教员共有三位，一位姓刘，名字忘了，只记得他的绰号，一个非常不雅的绰号。另一位姓尤名桐。第三位姓和名都忘了，这一位很不受学生欢迎。我们闹了一次小小的学潮：考试都交白卷，把他赶走了。我当时是班长，颇伤了一些脑筋。刘、尤两位老师却都受到了学生的尊敬，师生关系一直是非常好的。

在北园高中，开始学了点德文。老师姓孙，名字忘记了。他长得宽额方脸，嘴上留着两撇像德皇威廉第二世的胡须，除了鼻子不够高以外，简直像是一个德国人。我们用的课本是山东济宁天主教堂编的书，实在很不像样子，他就用这个本子教我们。他是胶东口音，估计他在德国占领青岛时在一个德国什么洋行里干过活儿，学会了德文。但是他的德文实在不高明，特别是发音更为蹩脚。他把 gut 这个字念成"古吃"。有一次上堂时他满面怒容，说有人笑话他的发音。我心里想，那个人并没有错，然而孙老师却忿忿然，义形于色。他德文虽不高明却颇为风雅，他自己出钱印过一册十七字诗，比如有一首是嘲笑一只眼的人："发配到云阳，见舅如见娘，两人齐下泪，三行！"诸如此类，是中国民间文学的一种形式，严格地说就是民间蹩脚文人的创作，足证我们孙老师的欣赏水平并不怎样高。总之，我们似乎只念了一学期德文，我的德文只学会了几个单词儿，并没有学好，也不可能学好。

到了1928年，日寇占领了济南，我失学一年。从1929年夏天起，我入了山东省立济南高中，据说是当时山东全省唯一的一所高中。此时名义上是国民党统治，但是实权却多次变换，有时候，仍然掌握在地方军阀手中。比起山东大学附设高中来，多少有了一些新气象。《书经》《诗经》不再念了，作文都用白话文，从前是写古文的。我在这里念了一年书，国文教员个个给我的印象都很深，因为都是当时文坛上的名人。但英文教员却都记不清楚了。高中最后一年用的什么教本我也记不起来了。可能是《格列佛游记》之类。我还能清晰地回忆起来的是几次英文作文。我记得有一次作文题目是讲我们学校。我在作文中描绘了学校的大门外斜坡，大门内向上走的通道，以及后面图书馆所在的楼房。自己颇为得意，也得到了老师的高度赞扬。我们的英文课一直用汉语进行，我们既不大能说，也不大能听。这是当时山东中学里一个普遍的缺点，同京、沪、津一些名牌中学比较起来，我们显然处于劣势。这大大地影响了考入名牌大学的命中率。

此时已经到了1930年的夏天，我从高中毕业了。我断断续续学习英语已经十年了，还学了一点德文。要问有什么经验没有呢？应该有一点，但并不多。曾有一度，我想把整部英文字典背过。以为这样一来，就再没有不认识的字了。我确实也下过功夫去背，但持续了一段时间之后，我就觉得有好多字实在太冷僻没有用处，于是采用另外一种办法：凡是在字典上查过的字都用红铅笔在字下画一横线，表示这个字查过了。但是过了不久，又查到这个字。说明自己忘记了。这个办法有一点用处，它可以给我敲一下警钟：查过的字怎么又查呢？可是有的字一连查过几遍还是记不住，说明警钟也不大理想。现在的中学生要比我们当时聪明得多，他们恐怕不会来背字典了。

不管怎么样，高中毕业了。下一步是到北京投考大学。山东有一所山东大学，但是本省的学生都是这山望着那山高，不大愿意报考本省的大学，一定要"进京赶考"。我们这一届高中有八十多个毕业生，几乎都到了北京。当年报考名牌大学，其困难程度要远远超过今天。拿北大、清华来说，录取的学生恐怕不到报的十分之一。据说有一个山东老乡报考北大、清华，考过四次，都名落孙山。我们考的那一年是第五次了，名次并不比孙山高。看榜后，神经顿时错乱，走到西山，昏迷漫游了四五天，才清醒过来，回到城里，从此回乡，再也不考大学了。

入学考试，英文是必须考的，以讲英语出名的清华，英文题出得并不难，只有一篇作文，题目忘记了。另外有一篇改错之类的东西。不以讲英语著名的北大出的题目却非常难，作文之外有一篇汉译英，题目是李后主的词：

别来春半，触目愁肠断。砌下落梅如雪乱，拂了一身还满。

有的同学连中文原文都不十分了解，更何况译成英文！顺便说一句，北大的国文作文题也非常古怪，那一年的题目是："何谓科学方法，试分析详论之。"这样一个题目也很够一个中学毕业生做的。但是北大古怪之处还不在这里。各门学科考完之后，忽然宣布要加试英文听写（dictation），这对我们实在是当头一棒。我们在中学没有听过英文。我大概由于单词记得多了一点，只要能听懂几个单词儿，就有办法了。记得老师念的是一段寓言。其中有狐狸，有鸡，只有一个字 suffer，我临阵惊慌，听懂了，但没有写对。其余大概都对了。考完之后，山东同学面带惊慌之色，奔走相告，几乎完全是丈二和尚摸不着头脑。大家都知道，这一加试。录取的希望就十分渺茫了。

我很侥幸，北大、清华都录取了。当时处心积虑是想出国留洋。在这方面，清华比北大条件要好。我决定入清华西洋文学系。这一个系有一套详细的教学计划,课程有古希腊拉丁文学、中世纪文学、文艺复兴文学、英国浪漫诗人、近代长篇小说、文艺评论、莎士比亚、欧洲文学史等。教授有中国人、英国人、美国人、德国人、波兰人、法国人、俄国人,但统统用英文讲授。我在前面已经谈到,我们中学没有听英文的练习。教大一英文的是美国小姐毕莲女士(Miss Bille)。头几堂课,我只听到她咽喉里咕噜咕噜地发出声音,"剪不断,理还乱",却一点也听不清单词。我在中学曾以英文自负,到了此时却落到这般地步,不啻当头一棒,悲观失望了好多天,幸而逐渐听出了个别的单词,仿佛能"剪断"了,大概不过用了几个礼拜,终于大体听懂了,算是度过了学英文的生平第一难关。

清华有一个古怪的规定:学英、德、法三种语言之一,从第一年 X 语,学到第四年 X 语者,谓之 X 语专门化(specialized in X)。实际上法语、德语完全不能同英语等量齐观。法语、德语都是从字母学起,教授都用英语讲授,而所谓第一年英语一开始就念 Jane Austin 的 *Pride and Prejudice*。其余所有的课也都用英语讲授。所以这三个专门化是十分不平等的。

我选的是德语专门化,就是说,学了四年德语。从表面上来看,四年得了八个 E(Excellent,最高分,清华分数是五级制),但实际上水平并不高。教第一年和第二年德语的是当时北京大学德文系主任杨丙辰(震文)教授。他在德国学习多年,德文大概是好的,曾翻译了一些德国古典名著,比如席勒的《强盗》等等。他对学生也从来不摆教授架子,平易近人,常请学生吃饭。但是作为一个教员,他却是一个极端不负责任的教员。他教课从字母教起,教第一个字母a时,说:a是丹田里的一口气。初听之下,也还新鲜。但b、c、d等等,都是丹田里的一口气,学生就窃窃私议了:"我们不管它是否是丹田里的几口气。我们只想把音发得准确。"从此,"丹田里的一口气"就传为笑谈。

杨老师家庭生活也非常有趣。他是北京大学的系主任,工资相当高,推算起来,可能有现在教授的十几倍。不过在北洋军阀时期,常常拖欠工资,国民党统治前期,稍微好一点,到了后期,什么法币、什么银元券、什么金元券一来,钞票几乎等于手纸,教授们的生活就够呛了。杨老师据说兼五个大学的教授,每月收入可达上千元银元。我在大学念书时,每月饭费只需六元,就可以吃得很好了。可见他的生活是相当优裕的。他在北大沙滩附近有一处大房子,服务人员有一群,太太年轻貌美,天天晚上看戏捧戏子,一看就知道,他们是一个非常离奇的结合。杨老师的人生观也很离奇,他信一些奇怪的东西,更推崇佛家的"四大皆空"。把他的人生哲学应用到教学上就是极端不负责任,游戏人间,逢场作戏而已。他打分数,也是极端不负责任。我们一交卷,他连看都不看,立刻把分数写在卷子上。有一次,一个姓陈的同学,因为脾气粘粘黏黏,交了卷,站着不走。杨老师说:"你嫌少吗?"立即把S(superior,第二级)改为E。

我就是在这样的情况下学习德语的。高中时期孙老师教的那一点德语早已交还了老师,杨老师又是这样来教,可见我的德语基础是很脆弱的。第二年仍然由他来教，前两年可以说是轻松愉快，但不踏实。

第三年是石坦安先生（Von den Steinen，德国人）教，他比较认真，要求比较严格，因此这年学了不少的东西。第四年换了艾克（G. Ecke，号锷风，德国人）。他又是一个马马虎虎的先生。他工资很高，又独身一人，在城里租了一座王府居住。他自己住在银安殿上，仆从则住在前面一个大院子里。他搜集了不少的中国古代名画。他在德国学的是艺术史，因此对艺术很有兴趣，也懂行。他曾在厦门大学教过书，鲁迅的著作中曾提到过他。他用德文写过一部《中国的宝塔》，在国外学术界颇得好评。但是作为一个德语教员，则只能算是一个蹩脚的教员。他对教书心不在焉。他平常用英文讲授，有一次我们曾请求他用德语讲，他立刻哇啦哇啦讲一通德语，其快如悬河泻水，最后用德语问我们："Verstehen Sie etwas davon？"我们摇摇头，想说："Wir verstehen nichts davon."但说不出来，只好还说英语。他说道："既然你们听不懂，我还是用英语讲吧！"我们虽不同意，然而如哑子吃黄连，有苦说不出。课程就照旧进行下去了。

但是他对我却产生了极大的影响。他喜欢德国古典诗歌，最喜欢 Hölderlin 和 Plateno。我受了他的影响，也喜欢起 Hölderlin 来。我的学士论文 *The Early Poems of Hölderlin*，就是在他的影响下写的，他是指导教授。当时我大概对 Hölderlin 不会了解得太多、太深。论文的内容我记不清楚了，恐怕是非常肤浅的。我当时的经济情况很困难，有一次写了几篇文章，拿了点稿费，特别向德国订购了 Hölderlin 的豪华本的全集，此书我珍藏至今，念了一些，但不甚了了。

除了英文和德文外，我还选了法文。教员是德国小姐 Madmoiselle Holland，中文名叫华兰德。当时她已发白如雪，大概很有一把子年纪了。因为是独身，性情有些反常，有点乖戾，要用医学术语来说，她恐怕患了迫害狂。在课堂上专以骂人为乐。如果学生的答卷非常完美，她挑不出毛病来借端骂人，她的火气就更大，简直要勃然大怒。最初选课的人很多，过了没有多久，就被她骂走了一多半。只剩下我们几个不怕骂的仍然留下，其中有华罗庚同志。有一次把我们骂得实在火了，我们商量了一下，对她予以反击，结果大出意料，她屈服了，从此天下太平。她还特意邀请我们到她的住处（现在北大南门外的军机处）去吃了一顿饭。可见师徒间已经化干戈为玉帛，揖让进退，海宇澄清了。

我还旁听过俄文课。教员是一个白俄，名字好像是陈作福，个子极高，一个中国人站在他身后，从前面看什么都看不见。他既不会英文，也不会汉文。只好被迫用现在很时髦的"直接教学法"，然而结果并不理想。我旁听的兴趣越来越低，终于不再听了。大概只学了一些生词和若干句话，我第一次学习俄语的过程就此结束了。

我上面谈到，我虽然号称德文专门化，然而学习并不好。可是我偏偏得了四年高分。当我 1934 年毕业后，不得已而回到母校济南高中当了一年国文教员。之后，清华与德国学术交流处订立了交换研究生的合同，我报名应考，结果被录取了。我当年舍北大而趋清华的如意算盘终于真正实现了，我能到德国去留学了。对我来说，这真是天大的喜事。

可是我的德文水平不高，我看书大概是没有问题的，听、说则全无训练。到了德国，吃了德国面包，也无法立刻改变。我到德国学术交流处去报到的时候，一个女秘书含笑对我说："Lange Reise！"（长途旅行呀！）我愣里愣怔，竟没有听懂。我留在柏林，天天到柏林大学外国语学院专为外国人开的德文班去学习了六周，到了深秋时分，我被分配到 Göttingen（哥廷根）大学去学习。我对于这个在世界上颇为著名的大学什么都不清楚。第一学期，我还没有能决定究竟学习哪一个学科。我随便选了一些课，因为交换研究生选课不用付钱，所以我尽量多选，我每天要听课六七小时。选的课我不一定都有兴趣，我也不能全部听懂。我的目的其实是通过选课听课提高自己的听的能力。我当时听德语的水平非常低，以前从来没有听过，这情况我在上面已经谈过。新中国成立后，我们的外语教育，不管还有多少不能令人满意的地方，其水平和认真的态度是此前无论如何也比不上的，这一点现在的青年不一定都清楚。因此我在这里说上几句。

我还利用另一种方式来提高自己的听说能力，这就是同我的女房东谈话。德国大学没有学生宿舍，学生住宿的问题学校根本不管，学生都住民房。我的女房东有一些文化水平，但不高。她喜欢说话，唠唠叨叨，每天晚上到我屋里来收拾床铺，她都要说上一大套，把一天的经过都说一遍。别人大概都不爱听,我却是求之不得,正好利用这个机会来练习听力。我的女房东可以说是一位很好的德文教员,可惜我既不付报酬,她自己也不知道讨报酬,她成了我的义务教员。

到了第二学期,我偶然看到 Prof. Waldschmidt 开梵文课的告示。我大喜过望,立刻选了这一门课。我在清华大学时,曾经想学梵文,但没有老师教,只好作罢。现在有了这样一个机会,我怎能放过呢?学生只有三个:一个乡村里的牧师,一个历史系的学生,还有我。Waldschmidt 的教学方法是德国通常使用的。德国十九世纪一位语言学家主张,教学生外语,比如教学生游泳,把学生带到游泳池旁,一下子把他推下去,如果淹不死,他就学会游泳了。具体的办法是:尽快让学生自己阅读原文,语法由学生自己去钻,不在课堂上讲解,这种办法对学生要求很高。短短的两节课往往要准备上一天,其效果我认为是好的:学生的积极性完全调动起来了。他要同原文硬碰硬,不能依赖老师,他要自己解决语法问题。只有实在解不通时,教授才加以辅导。这个问题我在别的地方讲过,这里不再详细叙述了。

德国大学有一个奇特的规定:要想考哲学博士学位,必须选三个系,一个主系,两个副系。对我来说,主系是梵文,这是已经定了的。副系一个是英文,这可以减轻我的负担。至于第三个系,则费了一番周折。有一个时期,我曾经想把阿拉伯语作为我的副系。我学习了大约三个学期的阿拉伯语。从第二学期开始就念《古兰经》。我很喜欢这一部经典，语言简练典雅，不像佛经那样累赘重复，语法也并不难。但是在念过两个学期以后，我忽然又改变了想法，我想拿斯拉夫语言作为我的第二副系。按照德国大学的规定，拿斯拉夫语做副系，必须学习两种斯拉夫语言，只有一种不行。于是我在俄文之外，又选了南斯拉夫语。

教俄文的老师是一个曾在俄国居住过的德国人，俄文等于是他的母语。他的教法同其他德国教员一样，是采用把学生推入游泳池的办法。俄文每周两次，每次两小时，德国的学期短，然而我们却在第一学期内，读完了一册俄文教科书，其中有单词、语法和简单的会话，又念完果戈理的小说《鼻子》。我最初念《鼻子》的时候，俄文语法还没有学多少，只好硬着头皮翻字典。往往是一个字的前一半字典上能查到，后一半则不知所云，因为后一半是表变位或变格变化的。而这些东西，我完全不清楚，往往一个上午只能查上两行，其痛苦可知。但是不知怎么一来，好像做梦一般，在一个学期内，我毕竟把《鼻子》全念完了。下学期念契诃夫的剧本《万尼亚舅舅》的时候，我觉得轻松多了。

南斯拉夫语由主任教授 Prof. Braun 亲自讲授。他只让我看了一本简单的语法书，立即进入阅读原文的阶段。有了学习俄文的经验，我拼命翻字典。南斯拉夫语同俄文很相近，只在发音方面有自己的特点，有升调和降调之别。在欧洲语言中，这是很特殊的。我之所以学南斯拉夫语，完全是为了应付考试。我的兴趣并不大，可以说也没有学好。大概念了两个学期，就算结束了。

谈到梵文,这是我的主系,必须全力以赴,我上面已经说过,Waldschmidt教授的教学方法也同样是德国式的。我们选用了Stenzler的教科书。我个人认为,这是一本非常优秀的教科书。篇幅并不多,但是应有尽有。梵文语法以艰深复杂著称,有一些语法规则简直烦琐古怪到令人吃惊的地步。这些东西当然不是哪一个人硬制定出来的,而是历史发展自然形成的,利用比较语言学的方法都能解释得通。Stenzler在薄薄的一本语法书中竟能把这些古怪的语法规则的主要组成部分收容进来,是一件十分不容易做好的工作。这一本书前一部分是语法,后一部分是练习。练习上面都注明了相应的语法章节。做练习时,先要自己读那些语法,教授并不讲解,一上课就翻译那些练习。第二学期开始念《摩诃婆罗多》中的《那罗传》。听说,欧美许多大学都是用这种方式。到了高年级,梵文课就改称Seminar,由教授选一部原著,学生课下准备,上堂就翻译。新疆出土的古代佛典残卷,也是在Seminar中读的。这种Seminar制看似平淡无奇,实际上是训练学生做研究工作的一个最好的方式。比如,读古代佛典残卷时就学习了怎样来处理那些断简残篇,怎样整理,怎样阐释,连使用的符号都能学到。

至于巴利文,虽然是一门独立的课程,但教授根本不讲,连最基本的语法也不讲。他只选一部巴利文的佛经,比如《法句经》之类,一上堂就念原书,其余的语法问题,梵巴音变规律,词汇问题,都由学生自己去解决。

念到第三年上,我已经拿到了博士论文的题目,此时第二次世界大战已经正式爆发。我的教授被征从军。他的前任 Prof. E. Sieg 老教授又出来承担授课的任务。当时他已经有七八十岁了，但身体还很硬朗，人也非常可蔼可亲，简直像一个老祖父。他对上课似乎非常感兴趣。一上堂，他就告诉我，他平生研究三种东西：《梨俱吠陀》、古代梵文语法和吐火罗文，他都要教会我。他似乎认为我一定同意，连征求意见的口气都没有，就这样定下来了。

我想在这里顺便谈一点感想。在那极"左"思潮横行的年代里，把世间极其复杂的事物都简单化为一个公式：在资本主义国家里学习过的人或者没有学习过的人，都成了资产阶级。至于那些国家的教授更不用说了。他们教什么东西，宣传什么东西，必定有政治目的，具体地讲，就是侵略和扩张。他们绝不会怀有什么好意的。Sieg 教我这些东西也必然是为他们的政治服务的，为侵略和扩张服务的。帝国主义的侵略扩张政策，谁也否认不掉。但是不是他们的学者都在任何时间任何地方都为这个政策服务呢？我以为不是这样。像 Sieg 这样的老人，不顾自己年老体衰，一定要把他的"绝招"教给一个异域的青年，究竟为了什么？我当时学习任务已经够重，我只想消化已学过的东西，并不想再学习多少新东西。然而，看了老人那样诚恳的态度，我屈服了。他教我什么，我就学什么。而且是全心全意地学。他是吐火罗文世界权威，经常接到外国学者求教的信。比如美国的 Lane 等等。我发现，他总是热诚地罄其所知去回答，没有想保留什么。和我同时学吐火罗文的就有一个比利时教授 W. Couvreur。根据我的观察，Sieg 先生认为学术是人类的公器，多撒一颗种子，这一门学科就多得一点好处。侵略扩张同他是不沾边的。他对我这个异邦的青年奖掖扶植不遗余力。我的博士论文和口试的分数比较高，他就到处为我张扬，有时甚至说一些夸大的话。在这一方面，他给了我极大的影响。今天我也成了老人，我总是想方设法，为年轻的学者鸣锣开道。我觉得，只要我能做到这一点，我就算是对得起 Sieg 先生了。

我跟 Sieg 先生学习的那几年，是我一生挨饿最厉害、躲避空袭最多、生活最艰苦的几年，但是现在回忆起来却是最甜蜜的几年。甜蜜在何处呢？就是能跟 Sieg 先生在一起。到了冬天，大雪载途，黄昏早至。下课以后，我每每扶 Sieg 先生踏雪长街，送他回家。此时山林皆白，雪光微明，十里长街，寂寞无人。心中又凄清，又温暖。此情此景，终生难忘。

1946 年我回国以后，当了外语教员。从表面上来看，我自己的外语学习任务已经完成了。但是实际上，并不是这个样子。对于语言，包括外国语言和自己的母语在内，学习任务是永远也完成不了的。真正有识之士都会知道，对于一种语言的掌握，从来也不会达到绝对好的程度，水平都是相对的。据说莎士比亚作品里就有不少的语法错误，我们中国过去的文学家、哲学家、史学家、诗人、词客等等，又有哪一个没有病句呢？现代当代的著名文人又有哪一个写的文章能经得起语法词汇方面的过细的推敲呢？因此，谁要是自吹自擂，说对语言文字的掌握已达到炉火纯青的程度，这个人不是一个疯子，就是一个骗子。我讲的全是实话，并不是危言耸听。从这个意义上来讲,我学习外语的任务并没有完成。在教学之余,我仍然阅读一些外文的书籍,翻译一些外国的文学作品,还经常碰到一些不懂的或者似懂而实不懂的地方,需要翻阅字典或向别人请教。今天还有一些人,自视甚高,毫无自知之明,强不知以为知,什么东西都敢翻译,什么问题都不在话下,结果胡译乱写,贻害无穷,而自己则沾沾自喜,真不知天下还有羞耻事!

"你学了一辈子外语,有什么经验和教训呢?"我仿佛听到有人这样问。经验和教训,都是有的,而且还不少。

我自己常常想到,学习外语,在漫长的学习过程中,到了一定的时期,一定的程度,眼前就有一条界线,一个关口,一条鸿沟,一个龙门。至于是哪一个时期,这就因语言而异,因人而异。语言的难易不同,而且差别很大;个人的勤惰不同,差别也很大。这两个条件决定了这一个龙门的远近,有的三四年,有的五六年。一般人学习外语,走到这个龙门前面,并不难,只要泡上几年,总能走到。可是要跳过这龙门,就绝非易事。跳不跳过有什么差别呢?差别有如天渊。跳不过,你对这种语言就算是没有登堂入室。只要你稍一放松,就会前功尽弃,把以前学的全忘掉。你勉强使用这种语言,这个工具你也掌握不了,必然会出许多笑话,贻笑大方。总之,你这一条鲤鱼终归还是一条鲤鱼,说不定还会退化,你决变不成龙。跳过了龙门呢?则你已经不再是一条鲤鱼,而是一条龙。可是要跳过这个龙门又非常难,并不比鲤鱼跳龙门容易,必须付出极大的劳动,表现出极大的毅力,坚韧不拔,锲而不舍,才有跳过的希望。

做任何事情都有类似的情况。书法、绘画、篆刻、围棋、象棋、打排球、踢足球、体操、跳水等等，无不如此。这一点必须认清。跳过了龙门，你对你的这一行就有了把握，有了根底。专就外语来说，到了此时，就不大容易忘记，这一门外语会成为你得心应手的工具。当然，即使达到这个程度，仍然要继续努力，决不能掉以轻心。

学习外语，同学习一切东西一样，必须注重方法。我们过去尝试过许多外语教学的方法，都取得过一定的成绩。这一点必须承认。但是我们决不能迷信方法，认为方法万能。我认为，最可靠的不是方法，而是个人的勤学苦练，发挥主观能动性。这个道理异常清楚。各行各业，莫不如此。过去有人讲笑话，说除臭虫最好的办法不是这药那药，而是"勤捉"。其中有朴素的真理。

我学习外国语言，已经有六十多年的历史了。如今我已经到了垂暮之年。回顾这六十多年的历史，心里真是感慨万端。我学了不少的外国语言，但是现在应用起来自己比较有把握的却不太多。我上面讲到跳龙门的问题。好多语言，我大概都没有跳过龙门。连那几种比较有把握的，跳到什么程度，自己心中也没有底。想要对今天学外语的年轻人讲几句经验之谈。想来想去，也只有"勤学苦练"一句，这真是未免太寒碜了。然而事实就是这个样子。这真叫没有办法。学什么东西都要勤学苦练。这个真理平凡到同说"每个人只要活着就必须吃饭"一样。你不说，人家也会知道。然而它毕竟还是真理。你能说"每个人必须吃饭"不是真理吗？问题是如何贯彻这个真理。我只希望有志于掌握外语的年轻人说到做到。每个人到了一定的阶段，都能跳过龙门去。我们祖国今天的建设事业要求尽量多的外语人才，而且要求水平尽量高的。希望我们大家共同努力，达到这个神圣的目的。

1986 年 9 月 12 日写完

我和外国文学

要想谈我和外国文学,简直像"一部十七史,不知从何处谈起"。

我从小学时期起开始学习英文,年龄大概只有十岁吧。当时我还不大懂什么是文学,只朦朦胧胧地觉得外国文很好玩而已。记得当时学英文是课余的,时间是在晚上。现在留在我的记忆里的只是在夜课后,在黑暗中,走过一片种满了芍药花的花畦,紫色的芍药花同绿色的叶子化成了一个颜色,清香似乎扑入鼻官。从那以后,在几十年的漫长的岁月中,学习英文总同美丽的芍药花联在一起,成为美丽的回忆。

到了初中,英文继续学习。学校环境异常优美,紧靠大明湖,一条清溪流经校舍。到了夏天,杨柳参天,蝉声满园。后面又是百亩苇绿,十里荷香,简直是人间仙境。我们的英文教员水平很高,我们写的作文,他很少改动,而是一笔勾销,自己重写一遍。用力之勤,可以想见。从那以后,我学习英文又同美丽的校园和一位古怪的老师联在一起,也算是美丽的回忆吧。

到了高中，自己已经十五六岁了，仍然继续学英文，又开始学了点儿德文。到了此时，才开始对外国文学发生兴趣。但是这个启发不是来自英文教员，而是来自国文教员。高中前两年，我上的是山东大学附设高中。国文教员王崑玉先生是桐城派古文作家，自己有文集。后来到山东大学做了讲师。我们学生写作文，当然都用文言文，而且尽量模仿桐城派的调子。不知怎么一来，我的作文竟受到他的垂青。什么"亦简练，亦畅达"之类的评语常常见到，这对于我是极大的鼓励。高中最后一年，我上的是山东济南省立高中。经过了五三惨案，学校地址变了，空气也变了，国文老师换成了董秋芳（冬芬）、夏莱蒂、胡也频等等，都是有名的作家。胡也频先生只教了几个月，就被国民党通缉，逃到上海，不久就壮烈牺牲。以后是董秋芳先生教我们。他是北大英文系毕业，曾翻译过一本短篇小说集《争自由的波浪》，鲁迅写了序言。他同鲁迅通过信，通信全文都收在《鲁迅全集》中。他虽然教国文，却是外国文学出身，在教学中自然会讲到外国文学的。我此时写作文都改用白话，不知怎么一来，我的作文又受到董老师的垂青。他对我大加赞誉，在一次作文的评语中，他写道，我同另一个同级王峻岭（后来入北大数学系）是全班、全校之冠。这对一个十七八岁的青年来说，更是极大的鼓励。从那以后，虽然我思想还有过波动，也只能算是小插曲。我学习文学，其中当然也有外国文学的决心，就算是确定下来了。

在这时期，我曾从日本东京丸善书店订购过几本外国文学的书。其中一本是英国作者吉卜林的短篇小说。我曾着手翻译过其中的一篇,似乎没有译完。当时一本洋书值几块大洋,够我一个月的饭钱。我节衣缩食,存下几块钱,写信到日本去订书,书到了,又要跋涉十几里路到商埠去"代金引换"。看到新书,有如贾宝玉得到通灵宝玉,心中的愉快,无法形容。总之,我的兴趣已经确定,这也就确定了我以后学习和研究的方向。

考上清华以后,在选择系科的时候,不知是由于什么原因,我曾经一阵心血来潮,想改学数学或者经济。要知道我高中读的是文科,几乎没有学过数学。入学考试数学分数不到十分。这样的成绩想学数学岂非滑天下之大稽!愿望当然落空。一度冲动之后,我的心情立即平静下来:还是老老实实,安分守己,学外国文学吧。

清华大学西洋文学系,实际上是以英国文学为主,教授,不管是哪一国人,都用英语讲授。但是又有一个古怪的规定:学习英、德、法三种语言中任何一种,从一年级学到四年级,就叫什么语的专门化。德文和法文从字母学起,而大一的英文一上来就念J.奥斯丁的《傲慢与偏见》,可见英文的专门化同法文和德文的专门化,完全是不可同日而语的。四年的课程有文艺复兴文学、中世纪文学、现代长篇小说、莎士比亚、欧洲文学史、中西诗之比较、英国浪漫诗人、中古英文、文学批评等等。教大一英文的是叶公超,后来当了国民党的外交部长。教大二的是毕莲(Miss Bille),教现代长篇小说的是吴可读(英国人),教中西诗之比较的是吴宓,教中世纪文学的是吴可读,教文艺复兴文学的是温特(Winter),教欧洲文学史的是翟孟生(Jameson),教法文的是Holland小姐,教德文的是杨丙辰、艾克（Ecke）、石坦安（Von den Steinen）。这些外国教授的水平都不怎么样，看来都不是正途出身，有点儿野狐谈禅的味道。费了四年的时间，收获甚微。我还选了一些其他的课，像朱光潜的文艺心理学、陈寅恪的佛经翻译文学、朱自清的陶渊明诗等等，也曾旁听过郑振铎和谢冰心的课。这些课程水平都高，至今让我忆念难忘的还是这一些课程，而不是上面提到的那一些"正课"。

从上面的选课中可以看出，我在清华大学四年，兴趣是相当广的，语言、文学、历史、宗教几乎都涉及了。我是德文专门化的学生，从大一德文，一直念到大四德文，最后写论文还是用英文，题目是 The Early Poems of Hölderlin，指导教师是艾克。内容已经记不清楚了，大概水平是不高的。在这期间，除了写作散文以外，我还翻译了德莱塞的《旧世纪还在新的时候》，屠格涅夫的《玫瑰是多么美丽，多么新鲜呵……》，史密斯（Smith）的《蔷薇》，杰克逊（H. Jackson）的《代替一篇春歌》，马奎斯（D. Marquis）的《守财奴自传序》，索洛古勃（Sologub）的一些作品，荷尔德林的一些诗，其中《玫瑰是多么美丽，多么新鲜呵……》《代替一篇春歌》《蔷薇》等几篇发表了，其余的大概都没有刊出，连稿子现在都没有了。

此时我的兴趣集中在西方的所谓"纯诗"上。但是也有分歧。纯诗主张废弃韵律，我则主张诗歌必须有韵律，否则叫任何什么名称都行，只是不必叫诗。泰戈尔是主张废除韵律的，他的道理并没有能说服我。我最喜欢的诗人是法国的魏尔伦、马拉美和比利时的维尔哈伦等。魏尔伦主张：首先是音乐，其次是明朗与朦胧相结合。

这符合我的口味。但是我反对现在的所谓"朦胧诗"。我总怀疑这是"英雄欺人",以艰深文浅陋。文学艺术都必须要人了解,如果只有作者一个人了解(其实他自己也不见得就了解),那何必要文学艺术呢?此外,我还喜欢英国的所谓"形而上学诗"。在中国,我喜欢的是六朝骈文,唐代的李义山、李贺,宋代的姜白石、吴文英,都是唯美的,讲求词藻华丽的。这个嗜好至今仍在。

在这四年期间,我同吴雨僧(宓)先生接触比较多。他主编天津《大公报》的一个副刊,我有时候写点儿书评之类的文章给他发表。我曾到燕京大学夜访郑振铎先生,同叶公超先生也有接触,他教我们英文,喜欢英国散文,正投我所好。我写散文,也翻译散文。曾有一篇《年》发表在与叶有关的《学文》上,受到他的鼓励,也碰过他的钉子。我常常同几个同班访问雨僧先生的藤影荷声之馆。有名的水木清华之匾就挂在工字厅后面。我也曾在月夜绕过工字厅走到学校西部的荷塘小径上散步,亲自领略朱自清先生《荷塘月色》描绘的那种如梦如幻的仙境。

我在清华时就已开始对梵文发生兴趣。旁听陈寅恪先生的佛经翻译文学更加深了我的兴趣。但由于当时没有人教梵文,所以空有这个愿望而不能实现。1935年深秋,我到了德国哥廷根,才开始从瓦尔德施米特(Waldschmidt)教授学习梵文和巴利文。后又从西克(E. Sieg)教授学习吠陀和吐火罗文。梵文文学作品只在授课时作为语言教材来学习。第二次世界大战爆发,瓦尔德施米特被征从军,西克以耄耋之年出来代他授课。这位年老的老师亲切和蔼,恨不能把自己的一切学问和盘托出，交给我这个异域的青年。他先后教了我吠陀、《大疏》、吐火罗语。在文学方面，他教了我比较困难的檀丁的《十王子传》。这一部用艺术诗写成的小说实在非常古怪。开头一个复合词长达三行，把一个需要一章来描写的场面细致地描绘出来了。我回国以后之所以翻译《十王子传》，原因就是这样形成的。当时我主要是研究混合梵文，没有余暇来搞梵文文学，好像是也没有兴趣。在德国十年，没有翻译过一篇梵文文学著作，也没有写过一篇论梵文文学的文章。现在回想起来，也似乎从来没有想到要研究梵文文学。我的兴趣完完全全转移到语言方面，转移到吐火罗文方面去了。

1946年回国，我到北大来工作。我兴趣最大、用力最勤的佛教梵文和吐火罗文的研究，由于缺少起码的资料，已无法进行。我当时有一句口号，叫作："有多大碗，吃多少饭。"意思是说，国内有什么资料，我就做什么研究工作。巧妇难为无米之炊。不管我多么不甘心，也只能这样了。我就是在这种情况下来翻译文学作品的。新中国成立初期，我翻译了德国女小说家安娜·西格斯的短篇小说。西格斯的小说，我非常喜欢。她以女性特有的异常细致的笔触，描绘反法西斯的斗争，实在是优秀的短篇小说家。以后我又翻译了迦梨陀娑的《沙恭达罗》和《优哩婆湿》，翻译了《五卷书》和一些零零碎碎的《佛本生故事》等。直至此时，我还并没有立志专门研究外国文学。我用力最勤的还是中印文化关系史和印度佛教史。我努力看书，积累资料。50年代，我曾想写一部《唐代中印关系史》，提纲都已写成，可惜因循未果。"十年浩劫"中，资料被抄，丢了一些，还留下了一些，我已兴趣索然了。在浩劫之后，我自忖已被打倒在地，命运是永世不得翻身。但我又不甘心无所事事，白白浪费人民的小米，想找一件能占住自己的身心而又旷日持久的翻译工作，从来也没想到出版问题。我选择的结果就是印度大史诗《罗摩衍那》。大概从1973年开始，在看门房、守电话之余，着手翻译。我一定要译文押韵。但有时候找一个适当的韵脚又异常困难，我就坐在门房里，看着外面来来往往的人，大半都不认识，只见眼前人影历乱，我脑筋里却想的是韵脚。下班时要走四十分钟才能到家，路上我仍搜索枯肠，寻求韵脚，以此自乐，实不足为外人道也。

上面我谈了六十年来我和外国文学打交道的经过。原来不知从何处谈起，可是一谈，竟然也谈出了不少的东西。记得什么人说过，只要塞给你一支笔，几张纸，出上一个题目，你必然能写出东西来。我现在竟成了佐证。可是要说写得好，那可就不见得了。

究竟怎样评价我这六十年中对外国文学的兴趣和所表现出来的成绩呢？我现在谈一谈别人的评价。1980年，我访问联邦德国，同分别了将近四十年的老师瓦尔德施米特教授会面，心中的喜悦之情可以想见。那时期，我翻译的《罗摩衍那》才出了一本。我就带了去送给老师。我万没有想到，他板起脸来，很严肃地说："我们是搞佛教研究的，你怎么弄起这个来了！"我了解老师的心情，他是希望我在佛教研究方面能多做出些成绩。但是他哪里能了解我的处境呢？我一无情报，二无资料，我是不得已而为之的。只是到了最近五六年，我两次访问联邦德国，两次访问日本，同外国的渠道逐渐打通，同外国同行通信、互赠著作，才有了一些条件，从事我那有关原始佛教语言的研究，然而人已垂垂老矣。

前几天，我刚从日本回来。在东京时，以东京大学名誉教授中村元博士为首的一些日本学者为我布置了一次演讲会。我讲的题目是"和平和文化"。在致开幕辞时，中村元把我送给他的八大本汉译《罗摩衍那》提到会上，向大家展示。他大肆吹嘘了一通，说什么世界名著《罗摩衍那》外文译本完整的，在过去一百多年内只有英文，汉文译本是第二个全译本，有重要意义。日本、美国、苏联等国都有人在翻译，汉译本对日本译本会有极大的鼓励作用和参考作用。

中村元教授同瓦尔德施米特教授的评价完全相反。但是我决不由于瓦尔德施米特的评价而沮丧，也决不由于中村元的评价而发昏。我认识到翻译这本书的价值，也认识到自己工作的不足。由于别的研究工作过多，今后这样大规模的翻译工作大概不会再干了。难道我和外国文学的缘分就从此终结了吗？绝不是的。我目前考虑的有两件工作：一是翻译一点儿《梨俱吠陀》的抒情诗，这方面的介绍还很不够；二是读一点古代印度文艺理论的书。我深知外国文学在我们国家精神文明建设中的重要性，也深知我们研究的深度和广度都有待大大地提高。不管我其他工作多么多，我的兴趣多么杂，我决不会离开外国文学这一块阵地，永远也不会离开。

1986 年 5 月 31 日

龙抄本《中国古典小说》序

在中国先秦时代，著书都刻写在竹简或木简上，读书当然也得读这些东西。纸张发明了以后，就以纸来代替竹木。书籍都必须用手抄写。印刷术发明了以后，才改变了这种局面。这是人类文化史上一个非同等闲的进步。到了今天，除了海内孤本有时还有人手抄外，手抄本已经不见了。

然而，刘国龙先生却孤愤独发，用了很多年的时间，亲手抄了几部大名垂宇宙的中国古典小说，有的甚至一抄再抄，一丝不苟。看了龙抄本，令人肃然起敬。刘先生还并不是奴隶式地手抄而已，他在选定本子方面煞费苦心。选定了本子以后，也不是依样画葫芦，抄开抄开；而是句斟字酌，选定最恰当的字句，这已经越出了手抄的范围，进入了校勘学的领域了。

这样做有什么意义呢？我个人认为，这有意义，而且是特殊的意义。弘扬中华民族的优秀文化，是每一个炎黄子孙不可推卸的责任。但是，弘扬的方式却可以有所不同，不必也不能强求一律。刘先生的龙抄本就是方式之一，而且是一个独特的方式，人们读排印本同读手抄本,印象和感情是不会一样的,后者更为深刻。刘国龙先生有福了。总之,两句话:刘国龙先生可入"奇人传",龙抄本可入"无双谱"。

是为序。

2000 年 1 月 5 日

《西学东传人物丛书》序

多少年来,我逐渐形成了一种看法或者主张,我认为,文化交流是推动人类社会发展,促进人类科技文化增长,加强人民与人民间、政府与政府间相互理解、增添感情的重要手段之一。这绝不是我个人的凭空臆想,而是有历史事实为根据的,我的主张是能站得住的。

我们中华民族是伟大的民族,几千年来我们的发明创造,传出了中国,传遍了世界。其中四大发明更是辉煌无限,尽人皆知。我们甚至可以说,如果没有中国的四大发明,人类文化发展的进程将会推迟的。至于那一些比较小的发明创造,更是难以计数。英国学者李约瑟关于中国科技史的名著,是许多人都熟悉的。我在这里不再重述。我只举一本大家也许还不太知道的书,说明同一个问题,这就是伊朗裔的法国学者阿里·玛扎海里的《丝绸之路》,其中讲了许多中国的发明创造,虽不像四大发明那样辉煌,但意义并未减少。这一些看起来极其微末琐细的发明创造,对人类文化的发展,对人类生活的方便,同样做出了重大的贡献,且莫等闲视之。

上面说的是中华民族送出去的东西。在过去两千多年中，我们也同样拿来了很多很多的有用的东西。现在从宏观上来看，在中国历史上外来文化大规模的传入共有两次：一次是汉代起印度佛教的传入，一次就是从四百年前起西方天主教，后来又加上了基督教的传入。两次传入，从表面上来看，都是宗教的传入，但从本质上来看，实际上传入的是文化，是哲学，是艺术，是技术，等等。没有这两次的传入，我们今天的科技和文化的发展绝不会是现在这个样子。这是一件事实，没有争辩的余地。

佛教在这里先不谈，这不是我要谈的题目，我只谈天主教和基督教。虽然西方信仰耶稣的宗教在中国唐代已经以景教的名义传入中国，但是影响不大。真正有影响的是明末清初天主教的传入。晋代佛教高僧道安对弟子们说过两句话："不依国主，则法事难立。"这两句话是从经验中得来的，完全符合实际情况。佛教如此，天主教亦何独不然。天主教所依的最初不是国主，而是大臣和艺术家、学者，前者可以徐光启为代表，后者的代表当首推大画家吴历。到了清代康熙皇帝统治时期，这一位大皇帝并不一定为天主教义所动，然而他的目光犀利，看到了西方科技的重大意义，亲自学习西方的几何学。皇帝的榜样有力量，清代颇出了几个大数学家。到了20世纪，西方文化猛烈冲击"东方睡狮"，如暴风骤雨，惊涛骇浪，中国人民接受了这个挑战，在短短一百年的时间内，从一个殖民地半殖民地国家，达到了今天的社会主义社会的初级阶段，其进步之速超过了过去的一千年。

由于种种人所共知的原因，今天的中国青年，有的产生了信仰危机，思想浮躁不安，对世间事有些茫然。有识之士憬然忧之，大家一致提出来要提高人民的，特别是青年的人文素质教育和伦理道德教育。我个人认为，这种想法是完全正确的，有远见卓识的，是"及时雨"。

但是，要做好这一件工作却并不容易。为之之法，其道多端。首先，要对青年进行爱国主义教育，让他们知道，中华民族对世界做出过重大的贡献，今后还将做出更重大的贡献，作为一个中国人是很值得骄傲的。一个人只能有一次生命，必须实现人生的价值，才对得起这仅有的一次生命。麦当劳，肯德基，可口可乐加雪碧；比萨饼，加州面，卡拉OK，美容院。这样的生活，虽然也能增加一些人生乐趣，但是，天天这样，就毫无意义。我希望，我们中国人，特别是青年人，要认识到自己对国家和后世子孙的义务。我们都是人类进化无尽长河中的一段，承前启后，是跑接力赛中的一棒，我们这一棒跑不好，会对全局产生恶劣影响。这就是爱国主义。但是，同时我们又必须认识到，我们对世界也负有义务，这就是国际主义。真正的爱国主义与国际主义，不但没有矛盾，而且是相辅相成、互相依存的。我个人认为，人类前途还是光明的。能否真正光明，就决定于各国人民能否做到爱国主义与国际主义相结合。

怎样才能让中国青年认识到这一点呢？办法多种多样。其中之一就是让他们认识到，一个人、一个民族、一个国家，都不能离开别的人、别的国家、别的民族而完全独立生存。人类都是要互相帮助、互相依存，而文化交流尚矣，就连我在上面说的麦当劳、肯德基等也是文化交流的结果。

我们目前当务之急就是对青年进行文化交流的教育。世界上文化极多，而大别之无非东西两大文化体系，讲文化交流，首先就是要讲东方文化和西方文化的交流。我从前主编过一套《东学西渐丛书》，是讲东学，主要是中国文化向西传布的历史事实。现在王渝生研究员又主编了这一套《西学东传人物丛书》，二书正好互补。王先生这一部书以人物为主体，讲来更加生动有趣。我相信，它一定会受到青年学子的欢迎的，故乐而为之序。

2000 年 1 月 16 日

追求一个境界
——漫谈梁衡的散文

最近几年,我在几篇谈散文的文章中,提出了一个看法:在中国散文坛上有两个流派。一个流派主张(或许是大声地主张),散文之妙就在一个"散"字上,信笔写来,松松散散,随随便便,用不着讲什么结构,什么布局,我姑且称此派为"松散派"。另一个正相反,他们的写作讲究谋篇布局,炼字铸句,我借用杜甫的一句话:"意匠惨淡经营中",称此派为"经营派",都是杜撰的名词。我还指出,在中国文学史上,散文大家的传世名篇无一不是惨淡经营的结果。

我窃附于"经营派"。我认为,梁衡也属于"经营派",而且他的经营还非同寻常。即以他的写人物的散文来说,一般都认为,写人物能写到形似,已属不易,而能写到神似者则不啻为上乘。可是梁衡却不以神似为满足,他追求一种更高的水平,异常执着地追求。但是他追求什么呢?我想了好久,也想不出一个恰当的名词。我曾想用"境地",觉得不够;又曾想用"意境",也觉得不够;也曾想用"意韵""韵味",等等,都觉得不够。想来想去,我突然想到王国维的"境界",自认得之矣。"境界说"是王国维论词的新发展。《人

山河远阔，三更灯火

间词话》有很多地方讲到"境界"：

> 词以境界为最上。有境界则自成高格，自有名句。
>
> 境非独谓景物也，喜怒哀乐亦人心中之一境界。故能写真景物、真感情者谓之有境界，否则谓之无境界。"红杏枝头春意闹"，著一"闹"字而境界全出。"云破月来花弄影"，著一"弄"字而境界全出矣。

"境界"，同"性灵""神韵"等一些文艺理论名词一样，是有一定的模糊性的，颇难以严格界定其涵义，但是统而观之，我们是能够理解的。这是一个富有启迪性、暗示性、涵盖性的名词，上举《人间词话》最后几句话可以给我们一些启迪。现在从梁衡散文中举出一个例子来。他的名作《觅渡，觅渡，渡何处？》是写瞿秋白的。瞿秋白这个人才华横溢，性格中和行动中有不少矛盾，梁衡想写这样一个人，构思了六年，三访瞿秋白纪念馆，迟迟不敢下笔。他忽然抓住了"觅渡"这个概念，于是境界立出，运笔如风，写成了这篇名作。我们常说"画龙点睛"，画一条龙，不管多么活灵活现，如不点睛，毕竟还是一条死龙。一旦点睛，则顿成活龙，腾跃而起，飞龙在天矣。

在并世散文家中，能追求、肯追求这样一种境界的人，除梁衡以外，尚无第二人。

2002 年 3 月 5 日

读《人生宝典》

高占祥同志，当代《畸人传》或《无双谱》中人物也。其所以"畸"，其所以"无双"，就因为他同别人不一样。他为高官，为显宦，为诗人，为学者，为这，为那，不知道有多少"为"。他能文，能画，能摄影，能书法，能管理，能交友，能这，能那，又不知道有多少"能"。这一些"为"与"能"，就使他进入《畸人传》，进入《无双谱》，就形成了"高占祥现象"。为中国的诗坛、画坛、文坛、政坛，还有些什么坛增添了奇光异彩。

我行年九十，老迈龙钟，耳半聪，目半明，步履蹒跚，艰于行动。连每天收到的信件和报纸，都需要别人读给我听。新出版的书籍则很少过问。对高占祥这个名字，也只是"如雷贯耳"，他的书则一本也没有读过。前不久，忽然蒙他垂青，赠给我了他自己的著作数种。我在惊喜之余，连忙武装起来，眼戴深度老花镜，手持放大镜，用艰苦卓绝的精神，宛如攀登珠穆朗玛峰，一句句，一页页，把《人生宝典》大体上读了一遍。套一句幼年读私塾时写文章的滥调："不禁有所感焉。"

我"感"的是什么呢?

首先是高占祥同志在十多年前就感到,在我们新社会中亮点虽多,但是不亮之处亦复不少,社会道德水平亟待提高。于是拿起笔来,"妙手著文章",给人们提供榜样,提供理论依据。如今,"以德治国"之口号洋洋乎盈耳矣。占祥同志先见之明不值得我"感"吗?

其次,高占祥同志从各个方面思考人生道德修养问题,细大不捐,了无遗漏;用简明朴素的语言,阐明平常而又深刻的道理;不是死板的教条,而是活生生的典范。称之为《人生宝典》,实在是名副其实,面对这样的一本书,我能不"感"吗?

最后,Last but not least,我想谈一谈本书的内容。对人对己进行伦理道德教育或修养,其道多端。但笼统言之,不出两途:一高一低。高者陈义极高,高到"高不可攀"的程度。宛如示人以"海上三山",云雾缭绕,美妙无极,然而可望而不可即。又如示人以镜中花,水中月,晶莹澄彻,动人心魄,然而却是无论如何也拿不到手的。芸芸众人会想:"反正做不到,不如不去追求吧!依然故我,反而落得一个潇洒"。

低者陈义不高,有时甚至显得琐细,然而却切实可行。从小处做起,从现在做起,从个人做起。古人说:"不以善小而不为,不以恶小而为之。"这实在是见道之言。杜甫诗:"润物细无声。"虽然又"细"又"无声",然而最终"物"却被"润"了。积众小而为一大,一个人在不知不觉中,道德修养就一步步提高起来。如果全社会都能这样，则天下焉能不治！以德治国的号召焉能得不到贯彻！人世间焉能不祥和！人类的精神境界焉能不提高！我觉得，高占祥同志的《人生宝典》正是这样一部起点似低而实极高的书，有实事求是之心，无哗众取宠之意，此其所以可贵也。

这一部《人生宝典》是真正的"人生宝典"。

高占祥应该列入《畸人传》或者《无双谱》。

这就是我的"初读高占祥"。

2001 年 5 月 29 日